# 泰緬鉄道からの生還【第2版】

ある英国兵が命をかけて綴った捕虜日記

一九四二〜一九四五

アルバート・モートン 著
ディビット・モートン 監修
チームPOW 訳

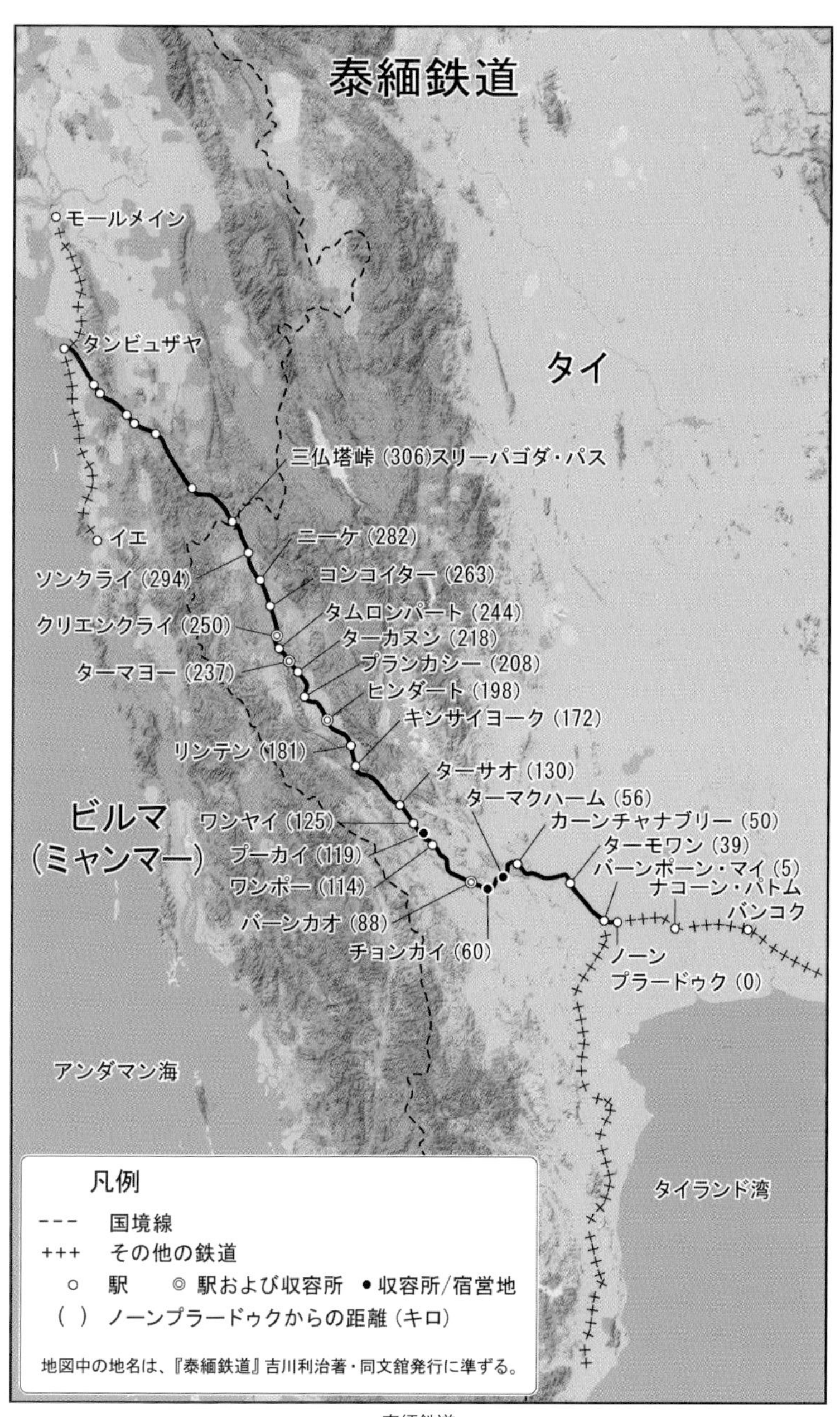
泰緬鉄道
モールメイン
タンビュザヤ
タイ
三仏塔峠 (306)スリーパゴダ・パス
イエ
ニーケ (282)
ソンクライ (294)
コンコイター (263)
タムロンパート (244)
クリエンクライ (250)
ターカヌン (218)
ターマヨー (237)
プランカシー (208)
ヒンダート (198)
キンサイヨーク (172)
リンテン (181)
ターサオ (130)
ターマクハーム (56)
ビルマ
(ミャンマー)
ワンヤイ (125)
カーンチャナブリー (50)
ターモワン (39)
プーカイ (119)
バーンポーン・マイ (5)
ナコーン・パトム
ワンポー (114)
バンコク
バーンカオ (88)
チョンカイ (60)
ノーン
プラードゥク (0)
アンダマン海
タイランド湾
凡例
--- 国境線
+++ その他の鉄道
○ 駅 ◎ 駅および収容所 ● 収容所/宿営地
( ) ノーンプラードゥクからの距離 (キロ)
地図中の地名は、『泰緬鉄道』吉川利治著・同文舘発行に準ずる。

泰緬鉄道

ワンラン駅

ワンヤイ駅

プーカイ

ターキレン駅

タイ・ビルマ国境

## 一九四六年六月一一日の日記より

「一年前の今頃、私はまだ戦争捕虜だった。一ヶ月の間、私たちは五〇〇人の男たちとクリエンクライに向けて移動していた。それはまさに悪夢だった。雨が降り、道はぬかるんでいた。服はぼろぼろで体中が汗臭く、睡眠をとるために鰯のように線路の枕木に横たわった。体中、蚊に刺されていた。裸足の行軍をして仕事から戻った男たちの顔には一縷の望みが見えた。それは、いつも我々が最後に勝利するのだという希望だった。」

目次

# まえがき

本書は、私の祖父アルバート・モートン（一九一〇年八月一〇日、ポルトガルのリスボン生れ）が、日本軍の戦争捕虜となっていた一九四二年から一九四五年までの期間に密かに綴った三冊の小さな日記に基づいています。

一九八三年に祖父が亡くなり、私の叔父ピーター・モートンがその日記を受け取り書き写そうとしたのですが、それは感情的にも辛いものであったため、以後二〇年近く中断されたままになっていました。二〇〇三年、私は、叔父の後を引き継いでその作業をしてみたいと申し出て、叔父から、祖父が一九七七年に書き直した日記を受け取りました。三冊の日記をコンピューターに入力し、更に、戦前と一九四五年から一九四七年の日記も入力しました。この作業が終わってから、私は一九七七年に書き直された日記と、戦時中に書かれた元の日記を比較してみました。すると、実に驚くべきことに、多くの部分が戦時中の日記から削除されていたのです。そこで、私は、元の日記を復元し、それと同時に一九七七年版に祖父が書き込んでいた注を加えました。二〇〇四年に、祖父の軍歴、戦争捕虜カード、戦後調査票をイギリスの国立公文書館から取り寄せ、泰緬鉄道や帰国経路の地図も作成しました。こうして、二〇〇五年初頭に、これら全ての資料を一つにまとめて製本した『戦争日記』を家族や親類に配りました。翌年の三月に、徳島の女性グループが祖父の戦争日記の翻訳をすることになり、以来三年間にわたり、毎月一、二回集まって共に翻訳作業を進めてきました。翻訳にあたり、日記を改めて詳しく読み直し、地名、人名、食べ物の名前など色々な事柄を調べて明確にする必要がありました。こうして日記を見直すことにより、単語のスペルミスを見つけたり、以前見たときには判読できなかった言葉が判明したりしました。その結果、英語版（徳島で出版）も、以前のただ製本しただけのものと比べて、より正確なものになりました。

私の長年に渡る日本滞在、日本の歴史に対する関心、日本語の知識、これらに加えて、皮肉にも、私の祖父が私とは全く違うかたちで日本人と関わりを持っていたという事実は、このプロジェクトに取り組み、完成させたいという私の意欲をさらに高めました。

二〇〇九年六月　ディビット・モートン

アルバート・モートン

# 序　文

アルバート・モートンは、一九三二年、二二歳でイギリス陸軍に入隊、二年後インドに派兵され、そこで未来の妻ペギーと出会う。二人は一九三七年に結婚し、翌三八年に長女ヴァレリーを授かるが、生後三週間で突然亡くなってしまう。日記の中で、アルバートは、「ペギーを心から愛している。唯一の願いは、除隊してイギリスに帰国するか、十代に訪れて以来強いあこがれを抱いているカナダに移住することだ」と述べている。しかしながら、東アジアでの戦況が悪化するに伴い、日本軍撃退のため、ついにシンガポールに移動させられてしまう。その後、一九四二年、シンガポールでイギリス軍司令官パーシバル中将が降伏したため、アルバートを含め、十万人の連合国軍兵士は突然捕虜となった。その結果、日本軍は、大量の捕虜を目の前にして、彼らをどう処遇したらよいか困惑していたが、同年の秋には、大半の捕虜は、汽車でタイのバンコク近郊へ、あるいは船でビルマのモールメインへ移送され、この二つの都市を結ぶ鉄道建設に従事することになる。連合国軍捕虜たちは、その後の三年半、後に「死の鉄道」と呼ばれる鉄道建設において、自らがどのような恐ろしい体験をすることになるか知るよしもなかった。捕虜生活の間、連合国軍兵士の多くは、日記を書き、スケッチを描き、写真を撮る者までいた。禁止されたこのような日記などを発見され厳罰に処せられる者もいたが、一方、何とか隠しおおせて、戦後母国に持ち帰ることの出来た者もいた。本書は、そういう兵士の一人アルバート・モートンが捕虜中に書きためた日記であり、厳しい戦争をいかに生き抜き無事母国イギリスに帰り着いたかを記したものである。

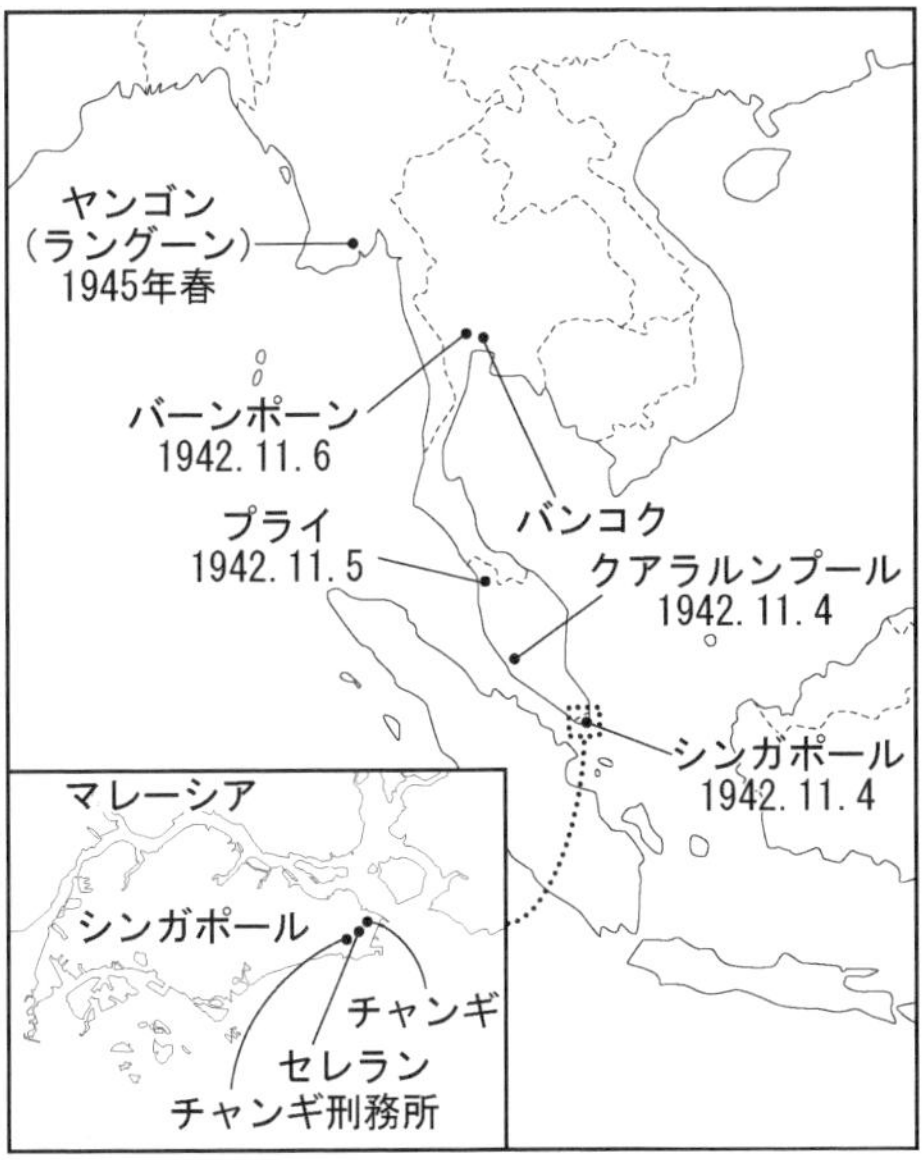

バーンポーンまでの移動ルート

## 訳者による注釈

*アルバート・モートンの家族関係とそれぞれの呼称について

ローラ　母の本名、文中では未使用　一八八〇～一九四九
　マルシンハ（母のポルトガル名）
　タニカ（母の愛称）

エセル　妻の本名　一九一〇～一九八〇
　ペギー（妻の呼称）
　チージー（妻の愛称）

ヴァレリー　娘　一九三八～一九三九　生後三週間で死去

ロバート　息子の本名　一九三九～
　ティドリー（息子の愛称）

ピーター　息子　一九四六～

エリック　兄　一九〇六～一九四〇
　香港で死亡

ヴァイオレット　妹　一九一二～二〇〇五

*本文中の［　］は一九七七年の日記に書かれていたもので、訳者の加えた注釈は（　）と区別した。

*地名のカタカナ表記については、吉川利治著　一九九四　『泰緬鉄道機密文書が明かすアジア太平洋戦争』東京・同文舘に準じた。

*距離、長さや重量などの単位は原文に忠実に記し、必要箇所には（　）で換算値を付記した。

*日付と曜日の合わない部分があるが、原文のまま訳出した。

*書籍名については、日本語訳本のあるものは書名を付記した。

*言語のニュアンスなどにより、英語版と本書日本語版に表現の上で若干相違する部分がある。

## 写真について

次の写真はタイのカーンチャナブリー市にある泰緬鉄道センター（英語名 Thailand Burma Railway Centre）所蔵のもので、館長ロッド・ビーティー（Rod Beattie）氏の御厚意で、本書への掲載許可をいただきました。

| 掲載ページ | 写真提供 |
|---|---|
| 11 | 英国空軍 |
| 40 | 菅野廉一氏・泰緬鉄道センター |
| 86 138 | 泰緬鉄道センター |
| 91 113 | イギリス国立公文書館 |
| 93 96 105 | 駐バンコク・オランダ大使館 |

その他の写真

| | |
|---|---|
| 6 28 38 160 171 | ディビット・モートン所蔵 |
| 10 12 | ディビット・モートン撮影（二〇〇九年三月） |

# 一冊目の日記　一九四二年一一月四日～一九四四年六月一三日

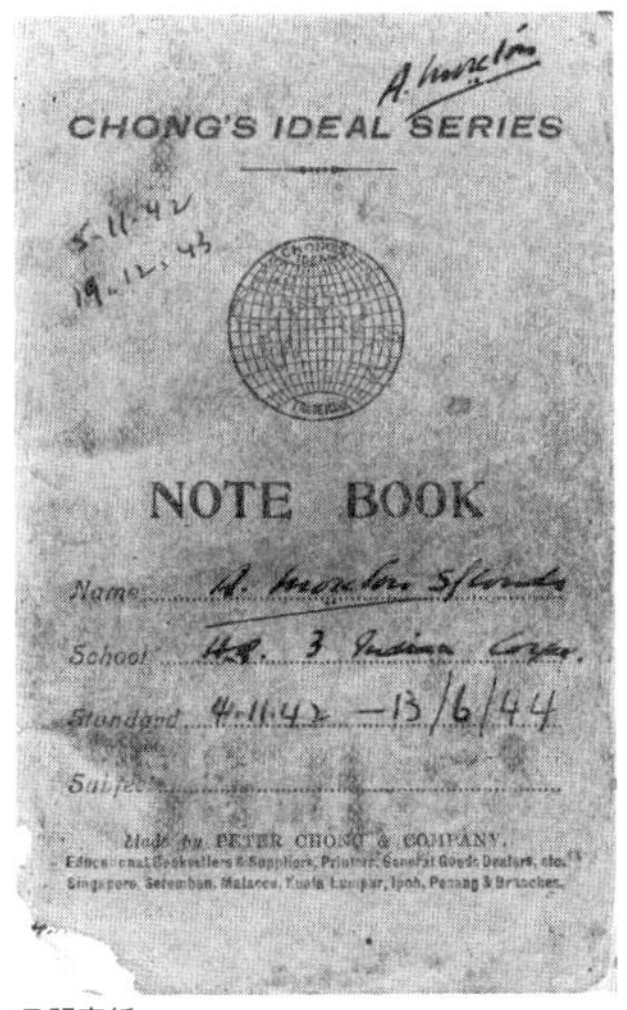


日記表紙

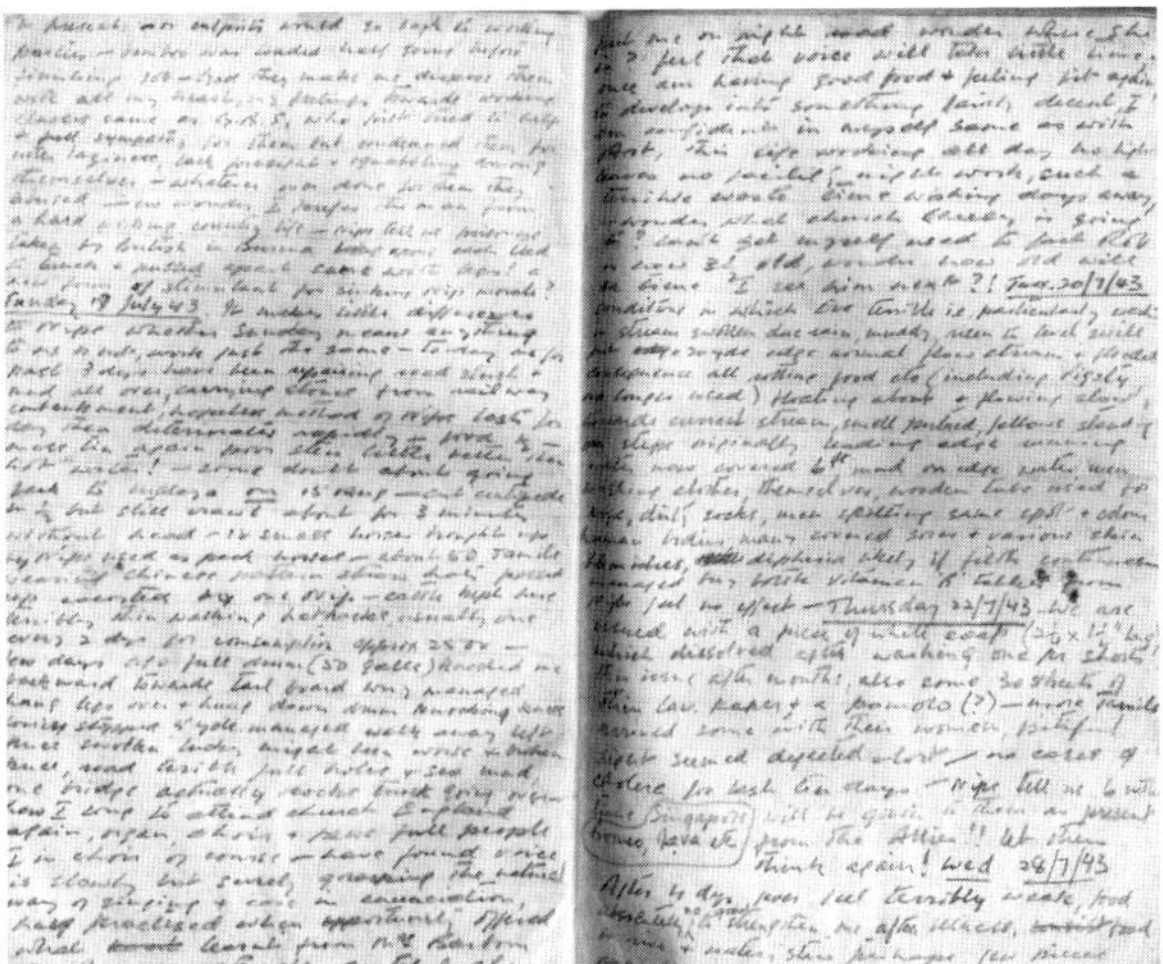

日記本文

## 一九四二年一一月四日　水曜日

我々は午前八時四五分にセレラン地区を出発、九時三〇分に駅に着き、午後一時三〇分までプラットホームで時間を潰した。それぞれの貨車に三一人ずつ乗せられ、横になる場所もないほど家畜のように詰め込まれた。午後二時にクアラルンプールに到着した。

貨車１

貨車２

## 一九四二年一一月五日　木曜日

最初の食事をとり、午前八時にプライに到着した。

## 一九四二年一一月六日　金曜日

食堂のブリキの洗い桶で顔を洗った後、出発した。一一月六日の夕刻、マラヤとタイとの国境を横切り、日本時間の一一月八日午前七時三〇分、バーンポーンに到着した。二日間泊まる予定の収容所まで行軍した。あまりきれいなところではなかったが、そこに一一月一一日の午後三時まで宿営した。八日の日曜日に到着し、水曜日に出発したことになる。収容所の小屋はアタップヤシと竹でできており、その両側には横になれるように竹の台があった。我々の台は一〇フィート（約三ｍ）しかなかったので、屋根から剝ぎ取ったアタップの切れ端を地面に敷いて、そこに寝なければならなかった。このように台がないのは、近くでココアを売っているイギリス人下士官たちが竹を薪として使ってしまったからだ。宿営中ずっと雨が降り、どこもかしこも泥、泥、泥でぬかるんでいた。一人の男が暗闇の中で便所に滑り落ちた。掴まれるように両側に竹の棒があったが、離れすぎていて役に立たなかった。駅から収容所までの道は約一・五マイル（約二・四㎞）あり、インドの道のような田舎道だ。至る所に穴や溝があり、そこら中に汚物が落ちている。主要道路から収容所へ入る細道も同様で、牛車が通った跡の深い溝があり、雨が降ると六インチ（約一五・二㎝）ほどの深さの溝になり完全にぬかるむ。収容所では行商人たちがバナナを一ダース一〇セント、ゆで玉子を一個六セント、ビスケットやピーナッツ、コーヒー、地元のタバコを売っている。

ライムは非常に安い。タイ軍の制服は泥のようなカーキ色だ。兵士たちは体格が良く、不恰好でもなく、肌は茶褐色だが、女のように背が低い。収容所はあちこちに立てられている杭で境界が定められているが、その中にこそこそと出入りするタイ人が一般市民の服や軍服をかなり売っている。何人かが日本兵に捕えられ棒で殴られた。それを見たイギリス人がタイ人を助けようとしたが、どうしようもなかった。日本兵の八割は非番の時はかなり愛想がいい。私は日本兵の一人にカーキ色の軍服一着を売ったが、一ドルとタバコ二箱にしかならなかった。収容所では食事は一日二食である。まずいご飯、野菜、それに肉少々だ。お茶がある時でもマグカップにたった三分の一である！　我々は午後一時に出発した。持ち物は全て背中に担がなければならなかった。

[一九七七　厨房道具、ポット、フライパンを含む。]

**一九四二年一一月一一日　水曜日**

我々はトラックで午後六時四五分に出発した。カーンチャナブリーまでは一時間で、その夜はそこに宿営した。辺り一面ぬかるみだった。

**一九四二年一一月一二日　木曜日**

我々は雨の中、タープドナを出発した。もちろんテントの

チュンカイ第二収容所

中の全ての用具が雨でずぶ濡れになった。船着場まで半マイル（約〇・八km）歩き、荷船の中に押し込まれた。モーターボートで引っぱられ、川を一マイル（約一・六km）上った。船を降りて膝までの深さの川を歩いて渡った。何人かの行商人に会い、バナナ、ピーナッツ、タフィ（キャンディーの一種）と巻きタバコを買った。その後、足首までぬかるみに浸かりながらジャングルの中の道を進み、そして開けた所からはほとんど膝まで水に浸かりながら洪水のようになっている水田を通り抜け、二マイル半（約四km）行軍した。靴には絶えず水が入り泥んこになった。行軍は困難で、周りの風景は私にフランク・ブチのアフリカのジャングルの絵を思い起こさせた。午後二時三〇分にチュンカイ第二収容所に到着した。その夜は自分たちでテントを張ってそこで過ごした。あらゆる物が水浸しの中、すぐに暗くなり大混乱となった。

## 一九四二年一一月一三日　金曜日

午前七時三〇分に起床ラッパが鳴り、朝食は冷えたご飯と濁ったお茶だった。午前九時三〇分に出発し、建設中の線路を作るために爆破された二本の切り通しを過ぎ、川の流れに沿って行軍した。それから開けた所に建設されている基礎部分を足首までぬかるみに浸かりながら通り過ぎた。行軍はどこも困難だった。二回休憩し、ワンランに到着した。炊事場は川の片側にあり、宿営地の他の設備はおよそ二〇〇フィート（約六〇m）上流の対岸にある。川の水位は一八フィート（約五・五m）の高さにまで溢れ、インドを思い出させる暑い陽射しの中で、食べ物や飲み物のあてもなく、数時間座っていなければならなかった。

チュンカイ切り通し

## 一九四二年一一月一四日　土曜日

川の両岸を斜めに結んで張ったロープを手繰って炊事場と宿営地とを艀で行き来した。そして二、三時間後、川を横切り泥だらけの階段を上ってテントを運んだ。それから濡れた地面に太い竹を敷き、薄板を置いてテントを張った。そうしたにもかかわらず、夜間に水位はおよそ二インチ（約五・一cm）も上がり、おまけに雨漏りもした。洪水が予想されたので、深夜二時に炊事場に道具を取りに行かなければならなかった。泥は糊のようにべたべたして、階段は滑りやすい。艀で午前二時半から六時まで他の二人と一緒に働いた。作業は困難を極め、足もズボンもびしょ濡れだった。必死に働き、午前六時までに全ての物を取ってくることができた。その後でココアを作った。ココアを飲んでやっと気分が落ち着いた。それから私はびしょ濡れのまま眠ろうとした。幸い雨は降らなかったが、状態は最悪だった。靴下は中まで濡れていたが、替えもなく、朝になってもそのまま履いていなければならなかった。眠っている間に乾くといいと思ったが、何も食べていなかったので空腹で寝つけなかった。夕方五時にアスピリンを二錠もらいに軍医の所へ行ったが、飲んでも効かなかった。フランス野郎が竹の上に渡してある薄板を何枚か取ってきてその上に横になっていた。

六回目に便所に行って帰ったら、我々の組は近くの小屋に移動していた。それから乾いた所で何とか眠ろうとしたが、便所にまた五回も行ったので、全く眠れなかった。下痢だった。

### 一九四二年一一月一五日　日曜日

軍医に診てもらったら、急性下痢だから休むようにと言われた。一日に二回硫酸マグネシウムを服用し、何も食べられずお茶とココアしか受け付けない状態だったので、水筒をいつも抱えていた。何度も便所に行き、何も食べられず体に力が入らなかった。明日はよくなることを願う。

### 一九四二年一一月一六日　月曜日

朝から晴れていたので、地面が乾くだろう。頭がはっきりし、胃のむかつきも前より治まってきた。昨晩は二回だけ、昼間は三回便所に行った。毎日、軽作業で二五セントの減給だ。比較的軽い作業が与えられたが、全く働けなかったので、少しでも食べて体力をつけようと、頼み込んでもう一日猶予をもらった。先週の土曜日以来何も食べていなかった。幸いにも雨が降らず、地面は完全に乾いた。昼に少しご飯を食べた。夕方には小隊が再び移動したので、窮屈な状態から開放され、夜はゆったりと休めた。二回便所に行っただけで、胃の具合は快方に向かっている。

### 一九四二年一一月一七日　火曜日

幸いにも、また今日も晴天だった。異常事態なし。食料は欠乏している。

### 一九四二年一一月二〇日　金曜日

整列して、深い竹やぶと広葉樹に覆われたジャングルを切り開いていく作業に出かけた。水は踵まである。竹やぶは直径一五から一八フィート（約四・六～五・五ｍ）の範囲にまで広がり、太さ九インチ（約二二・九㎝）の竹もある。日本兵一人と捕虜七人の各班に分かれて、斧と草刈用の短刀を持って作業をした。一日目は熱と下痢の病み上がりで、朝九時に宿営地を出発して一一時から午後二時半まで働いたので疲れ果てた。七時半に朝食をとってから午後二時半まで全く飲まず食わずだった。帰りはジャングルの中の小道を通り抜け、鉄道線路用に切り開かれた道に沿って長い道のりを戻らねばならないので、午後五時一五分に作業を終えた。辺りは泥の山だ。次の日、体調は少し良くなっていたが、昼食時までひどく疲れが残った。

## 一九四二年一一月二二日　日曜日

ジャングル側の地面を掘り起こし、線路の基礎となる中央部分に土を運び、鉄道の建設作業に従事した。皆に仕事の分担が割り振りされていた。

## 一九四二年一一月二三日　月曜日

再び、ジャングルに出かけ、時に腰まで水に浸かって働いた。午後一時、全員が作業を一段落して、靴下を脱ぎ靴の中に溜まった水を取り除いた。食料が届くのを一時間一五分も待たねばならなかったが、その間に衣服を乾かした。それから黙々と昼飯を食べ、またすぐに作業に取りかかった。作業を終え、宿営地に戻った時には午後四時になっていた。幸いなことにここ五日間雨が降っていない。今日七日分の給与として一・七五ドルを受け取る。昨日バーンポーンからもう一つの部隊が着いたが、作業中にかなり酷い待遇を受けていたようだ。おそらく仕事をサボろうとしていた何人かの怠け者のせいだろう。

## 一九四二年一一月一三日　日曜日

午後四時に出て、歯の治療を受けにチュンカイへと向かい、午後五時に着いた。私はジフテリアに罹っていると言われ、完全隔離されて歯の治療までも拒否された。これは四日間続けざまの作業に出かけ、部隊の移動も中止となった後のことだ。我々は普段よりましな食べ物を与えられ、他の皆から離れた場所を指定された。私は地面の柔らかい所に自分の腰を置く穴を掘って、ほとんど吹きさらし状態ではあるが、他の一二人の仲間と共によく寝ることができた。蛇がいなかったのは幸いだった。

## 一九四二年一二月一四日　月曜日

八時に朝食をとってから、ワンランに向けて八キロの道のりを二時間二五分も歩いて戻った。チュンカイで軍医がジフテリアの疑いがある私を診察してくれ、また皆も歯の治療を受けることができるだろうと考えていたが、どちらも診てもらえなかった。結局は骨折り損だった。軍医たちにとっては大した労力でもないのにどうして我々を診てくれないのか。自分たちの軍内部でのいろいろな職務においてすら全く協力体制がないのだから、他の国の軍隊とうまくやっていけないのも当然のことだ。宿営地に戻ってみたら、更に先の宿営地へと移動するということを知った。我々はここに既に一ヶ月も滞在している。明日はまた移動だ。

ペギーと幼いロバートのことが心に浮かぶ。彼らがシンガポールへ向け、クアラルンプールを出発したのはちょうどこの頃のはずだ。クリスマスがもう目の前へと近づき、あと一一日だ。どんなクリスマスになるのだろう。チュンカイで朝食をとり、それから九時五〇分に出発した。乾いた道を突き進み、一二時一五分に着いた。移動の命令があったものの給与の支払いがない。四日間も待ったあげくにだ。何もやる気にならなかった。しかし、フォルナー大尉主催のコンサートでの余興はとても面白かった。夜九時には終わらねばならなかった。賑やかなひとときは終わった。

## 一九四二年一二月一五日　火曜日

午後一時までに準備しておくようにと先に命令があったにもかかわらず、私が炊事場で朝食をとりながら休んでいたら、早く整列するように言われた。けれども、誰も荷造りを急ぐ者はいなかった。我々は一〇分間行軍した。四〇人の兵士と一〇人の士官、誰もが正確な行き先を知らないままに次の宿営地へ向かうことになった。一〇時一〇分に荷船に乗り出発した。ぎゅうぎゅう詰めだった。上流へと川を上っていくのは興味深かった。そこでは一面深い竹やいろいろな木々が茂り、ワニ、猿、象やイグアナの一種、それに色鮮やかな鳥、牛そして馬などが見られた。午後一時三〇分に食糧が配給された。思いがけなくリッソール（油で揚げたパイ風詰め物料理）があり、とてもうまかった。日の当たる所はかなり暖かかった。こんな窮屈な状況の中でも、何とか本を読むことができた。我々は午後四時四五分にまだ正式名のない第三宿営地らしき場所に着き、そこで所持品検査があった。またしても、ここの小屋ではワンランの時と同じで、何人かの男たちが地面で寝ていた。洗濯をしに川の方へと降りていってみたら、幸いにもこの辺りはかなり水が澄んでいることが分かった。かなり涼しい。点呼が午後七時にあったが、軍隊式の厳しい調子ではなく、誰も緊張しているふうではなかった。売店として使われている小さな小屋ではコーヒーが一杯五セント、一六本もついたバナナの房が一五セントだった。寒い夜だった。見た事がないので、真偽の程は不明だが、虎や大蛇がいるという噂もある。私がミルナー指揮下の無線部隊に配属された期間、病気の際に支給される給与の半分を補う手立てとして、毎回給与から一〇パーセントが天引きされた。我々は同意しなかったが、兵士たちの意見は完全に無視だ。それが一般の兵士たちに対するいつもの軍のやり方で、正当性とか配慮などというものは全くない。このやり方は多くの兵士たちが任務をサボったり仮病を使ったりする結果となり、何人かは病気だと言い逃れをしては仕事を休み、いろいろな物を売ったりしていた。もう一つの詐欺事件だが、セラランに着いてから、南部の方の売店でオランダ兵が支払った金銭に関しての話も聞いた。売店の売上金が当時の総司令部のヒューイット大尉に渡されたが、どうやらその金は訳の分からない会計へとうやむやにされてしまったそうだ。誰もその金がどこに行ったのか、知らないようだった。利口なやつだ。そんなずるいことをしている士官がいて、我々に自分たちを尊敬するように要求してくる。この捕虜生活の中で、私は彼らの真の人間性を見る事ができた。自分たちの得になることのためには人を騙し、他人よりも利を得ようとしている姿だった。それが彼らの日課だった。何という所だ！碌なやつがいない。だから、作業が思い通りに進まなかったのだろう。部隊間、部署間、同盟軍の間にも全く協力体制がなっていない。我々は、いつもあれこれと話し合いの時間ばかりもって、本当に役立つことを何もしていない。ただ自分たちの利益を得ることばかりに貴重な時間を費やしている。毎日の生活上での支援や日用品が不足しているために、現場での作業がうまく進まない。ほとんどがそんな状況だ。どうして、イギリス人やスコットランド人やウェールズ人は他人を理解しないのだろうか。これは軍人だけにいえることなのだろうか。この特殊な状況のせいなのだろうか。絶対そうじゃない。戦争という非常時こそ、人が本性を見せる時だ。平穏な時には、みんな余裕の表情で、何の苦労もなく万事うまくいっている。何の問題もない。だが、困難な時期には、問題が起こり試練が与えられる。なんという醜さだ！

1942年12月のスケッチ

1942年12月のスケッチ

## 一九四二年一二月一六日　水曜日

今日は、休日だった。日中は晴れていて暖かいが、夜になると寒い。数軒の小屋しか建っていなかった。ここの最初の部隊は、何をするよりも、まずジャングルを伐採しなければならなかった。我々がここへ来るのについては、ちょっとした行き違いがある。ここにやって来る別の部隊がいて、我々はもっと前進することになっていたのだ。その行き違いの責任は、日本帝国軍にあるはずだ。仲間として働くべき任務を背負いながら、同時に規律を維持しなければならない微妙な状況だった。かなり飢餓が蔓延していて、食糧配給は十分ではない。現地の人たちは友好的だが、食料については、法外な料金をふっかける。それは、全ての宿営地で同じ状況だった。タイ人は、お金のためなら我々もしくは日本帝国軍、どちらにでも寝返る恐れがあるため信用できない。彼らの性格は、このジャングルのように訳が分からない。

**一九四二年一二月一七日　木曜日**

今日はよく晴れている。家族に送る葉書をくれると約束したのに、まだくれない。何ということだ！

我々が作業部隊にいる間、全ての准尉は作業を免除される。日本軍の情報によると、ここは中国語のようだが、ワン・カイ・チョンという場所らしい。バンコクから約八五キロ、ワン・ロからは六八キロ、バーンポーンからは六〇キロちょっとの所にある第三宿営地だと思う。

**一九四二年一二月二〇日　日曜日**

森林伐採の仕事の二日目だった。昨日は日本帝国軍に振り回され、仕事にじっくりと打ち込むことができなかった。

**一九四二年一二月二二日　火曜日**

森林伐採を続け、日本兵が辺りを片付けるのを手伝った。昨日日本兵からタバコをたくさん貰った。クリスマスはひどく侘しくなりそうだ。セラランを発ってからは赤十字からの物資は貰っていない。ここの食べ物は実にまずくて、米と野菜がほんの少しだ。給料で買える物もごく僅かだ。兵士の一人が病気になり、一〇五度（セ氏約四〇度六分）の高熱がある。軍医はほとんど気にも留めていないようで、四五分もしてからやって来たが、全くおざなりな態度だ。病人はうわごとを言ったり、唸ったり、吐き気を催していた。こんな嫌な奴らが医務官だなんて、酷い話だ。デリーでの経験［一九七七年　イギリス軍病院で幼い我が娘、ヴァレリーが死んだこと］をよく覚えているが、それ以来ずっとこうだ。戦争が終わったらこのことを書いて、軍医の注意不足のために何人もの仲間が死んだというＲＡＭＣ（英軍医療部隊）のスキャンダルを暴いてやるんだ。兵士は、赤痢、腸チフス、コレラ、マラリアなどに罹り、下痢、何週間も続く手足全体の痛み、白癬などで苦しんでいて、病人の多くは熱があって一人で便所にも行けない。そういう兵士たちは、軍医の所に行く以外、他にどこにも行く所がないのに、かわいそうに何の手当てもしてくれない。

下士官の一人が卵を盗んだというので、カポン地区は立ち入り禁止になっているが、誰もほとんど気に留めていない。これは、東洋における英国の影響力の低下を示しており、また、イギリス人がどこまで堕落しうるか、あるいは、もう堕落してしまったのか、ということをはっきり示している例だ。

**一九四二年一二月二五日　金曜日**

今日はクリスマスだ。日本兵が一二月一日にくれると言っていたクリスマスカードがやっと支給された。まあ、遅くても無いよりはましだ。カードは次のようなものだ。表には、左上の隅に名前、国籍、階級、収容所名の欄があり、下三行は住所。裏には一番上に「日本帝国軍」というブロック体の文字。その次に、

「私は、　　　　で抑留中です。

健康状態は、良好、普通、不良。病気で入院中。

有給で働いています。働いていません。

　　　　のことをよろしくお願いします。

愛をこめて」

とあり、不要な文を消すようになっていた。

IMPERIAL JAPANESE ARMY

I am interned in

My health is excellent.

I am ill in hospital.

I am working for pay.

I am not working

Please see that..........................................................is taken care

My love to you

1944年以前のハガキ

IMPERIAL JAPANESE ARMY

Date

Your mails (and　　　　　) are received with thanks.

My health is (good, usual, poor).

I am ill in hospital.

I am working for pay (I am paid monthly salary).

I am not working.

My best regards to

Yours ever,

1944年以降のハガキ

今日の朝食は、魚、リッソール、卵、フライドポテトだと前もって知らされていた。フライドポテトはなかったが、リッソールはちゃんとあった。魚の代わりに何かの肉を使っていた。ゆで卵とご飯もあった。なかなかうまかったが、量が少なかった。

今朝、牧師はいなかったが、礼拝のようなものがあった。士官が数人、準備をしていたが、気持ちが入っていないようだった。賛美歌を歌ったら、少しクリスマスらしい気分になってきた。国歌を歌うことは禁じられていた。

昼食は、ご飯と薄めたジャム、パイナップル一切れ半で、皆満足していない。二等兵は一日一〇セント。ご飯と出された副菜で暮らさなければならない。出すと約束してくれたクリスマス料理を楽しみにしていたが、叶えられなかった。前の晩までは、牛肉を買う計画があったが、残念なことにクリスマス用の配給が何も届かず、皆はそのことで文句を言った。委員会がそれについて説明し、担当官は自分の意見を述べたが、皆の希望は却下された。不本意な結果になったのは、ウォンロンに兵士たちの金を置いてきてしまったために、何らかの手違いが起こったからだ。また、同じ事が起こった。兵士は権利を主張するが、上官の方が権限があり、兵士の権利など無視してしまうのだ。午後六時に、我々は一人当たり、豚肉二切れ、ご飯、野菜、グレービーソースをとり、更に昼食の残りのジャムとパイナップルを混ぜたライスプディングを食べた。紅茶が午後七時以降に出るはずだったが、実際には出なかった。砂糖はどうしたのだろうか。午後一〇時にコーヒーが一杯出た。

皆は不運を嘆いたが、私は我々よりもっと酷い境遇の人たちのことを想像してみる。例えば、前線で戦っている人たちとか。ここよりましなものを食べているかも知れないが、ここのように平穏でゆっくりすることはできないだろう。他の人はクリスマスのことをあまり特別に思っていないようで、一番の関心は体力を維持するための食べ物のことだったが、私にとって今日は思い出に残る一日だった。来年のクリスマスは、普通のクリスマスであることを祈る。チャンギのある軍医が、病人用のスープ缶などをずっと盗んでいたらしい。我々は病人を助けるために働いているのであって、軍医のためではないのだ。全く恥ずべき醜聞だ。しかも、その軍医は私がクアラルンプールにいた時よく知っていた人物だった。何たるモラルのなさだ。物資供給の手配も、盗難やつまらない口論のきっかけになっている。あらゆる面で、兵士たちは自国の者に裏切られているようだった。些細なことでお互いをこんな風に騙し合っていたら、国の団結などどうやってできるというのだ。一体、我が国はどうなっているのか。間違った価値観を持ち始めたのだろうか。拠りどころとする倫理観はないのだろうか。何ということだろう。イギリス本土は今どうなっているだろう。捕虜の生活をしていると、確かに人間の本質が見えてくるものだ。

## 一九四二年一二月二七日　日曜日

ペギーと幼いロバートはクリスマスに何をしていただろう。夜二人のことを考え、一緒に過ごした日々を思い出す。マルシンハは元気だろうか。私が戻るまで、神よ、マルシンハの命を長らえさせたまえ。きっと私がどこで何をしているか心配しているに違いない。最後に電報を送ったのは二月の始め、シンガポールにいる時だった。彼女の元に無事届いただろうか。ヴァイオレットやホール家の人たち。彼らと過ごした楽しかった少年時代のことを思い出す。今週はずっと、日本軍の調理場のために薪集めの仕事をした。

## 一九四二年一二月三〇日　木曜日

日本帝国軍の配給食は種類が多いようだ。ちなみに、我が軍の野菜は一種類だが、彼らのは四種類だ。今夜は、ご飯、白い野菜、豚の脂身でこしらえたリッソールだった。なかなかうまかった。オースティン大尉が食事担当を引き継いだので、少しは改善されるだろう。いい仲間だが、賃金や食事のことでまたいろいろ揉め事があるだろう。全くうんざりだ。

雨がほとんど降らなかったので、空気が澄んでいる。

## 一九四三年一月一日　土曜日

今朝は皆の考えがまとまっている。言うまでもなく、それは自由という言葉が真っ先に頭に浮かんだからだ。ご飯とシチューとうまいリッソールで、いつもより良かった。夕べ、隣の小屋の士官たちが夜中の一時過ぎまでずっと冗談を言っていた。電柱を立てる作業をしている下士官が隣の収容所に二〇〇人いるが、夜中の一二時まで歌を歌い、最後に、「オールドラングザイン（蛍の光）」を歌っていた。やめさせようと思って、黙るように言ってやった。収容所長は、自分の考えでいろいろな指令を出しているようで、日本帝国軍本部からは全く指令が出ていないのは確かだ。マレーの日本通貨は、マレードルと等価交換される。戦争が終わる頃には、二〇ドル貯まるだろう。戦争がいつ終わるのか、いろいろ予測されているが、一体いつになるのだろうか。私のチージー（アルバートの妻ペギーの愛称）は、昨日何をしていただろう。おそらく、ダンスパーティーに行って新年を祝っただろう。ふさぎ込んでもどうにもならないのだから、妻にはふさぎ込んで欲しくない。ロバートは一二月一七日で三歳になっている。今は、一九四三年の一月だから、一九四四年一〇月に除隊するまで、二〇ヶ月ある。今も将来も軍隊に残るつもりはない。主な理由は、(一)ロバートを軍隊という嫌な雰囲気の中に置いておきたくない。(二)ペギーとロバートがインドに住んでいる。(三)美術の能力をもっと伸ばせば、きっと絵で食べていけると思う。今まで、いろいろな障害があって、それを伸ばすことができなかった。いつも、そのことを考えていた。物静かな性格と家庭環境によって、自然にいい結果が出てきた。チャンギで少し練習し訓練を受けただけだが、なかなか才能があると分かった。(四)私はロバートを、資源に満ち、健康的で、誰もが従える立派な道徳意識のある国、カナダへ連れていきたい。また、自分も陸軍を退役して、カナダで元の生活に戻ることができたら幸せになれるだろう。(五)将来、イギリスで仕事に就いて空いた時間に絵の上達に努めたい。数年はかかるだろうが、仕事と絵を両立させたい。幸せは金銭よりも満足を通して得られるものだ。この願いはずっと持ってきたことだし、今後も持ち続けるつもりだ。ペギーは手助けしてくれる筈だ。その後、書いたり話したりする能力も伸ばしたい、自分の目標を達成するためには肉体労働も厭わない。私よりもっと年を取ってから、人生の生き方を変えた男たちもたくさんいるのだ。

## 一九四三年一月七日　木曜日

晴れの日が続いたが、夜は寒く毛布が必要だ。日本兵の調理場でまた騒ぎが起きている。下士官が歩哨と話すために詰め所の前に呼び出された。オースティン大尉のお陰で食べ物は改善されている。過去には、配分についてよく騒ぎが起きた。第一部隊は野菜などの割り当て分を取りに行ったりしているが、日本軍の売店が始まって二日目にたばこ二箱が盗まれたのだ！我らの仲間がそんなことをするなんて信じがたい！夜はコーヒーを買って飲んだり、手に入る物を買って食べたりして過ごした。

三日前に、ワニの尻尾を見た。砂の上に通った跡があり、ロープを仕掛けたが捕獲は成功しなかった！仕掛けが簡単すぎた。日中ずっと見張っていると、そのワニは前を通り過ぎ、川岸のそばの竹林の中へと入っていった。その後、おとなしそうなカメレオンを見かけた。その竹林に近づいて、もっと詳しく調べてみようと思い、棒でカメレオンの頭や背中を引っ掻いたりした。蜜蜂が荷物を積んでいないトラックの中に巣を作っていた。我々がいることに全く気付いていなかったようだ。蝿に似た小さい蜜蜂でそのうちの二匹の運び屋が草木から蜜を運んでいるようだった。

## 一九四三年一月一二日　火曜日

月が満ちるにつれて夜毎に寒くなる。特に昨夜は寒かった。収容所ではほとんどの部隊が隣の野営地へ行ってしまったので、半分空になっている。今日、チャンカイから五〇〇人が来ることになっている。堤防の土盛りは明日から始まるが、道具の不足は確かだ。私は別の小屋に移ったが，今ではだいぶそこに慣れてきた。軍医は私の右脚を診察して、四日間、安静にするようにと言った。今朝、通訳に会って、「一九七七年　竹による小さな傷、早く治療しなければ傷は次第と深まり大きくなっていく。」竹の刺し傷が原因という書類を添え、「有給の負傷者」リストに名前を登録してもらった。先週からあまり書くことがない。私のチージーや幼いロバートに想いをめぐらせ、ペギーがあまり心配しないようにと願っている、マルシンハもグレイコットの人たちやバイオレットやエリックも心配しないでほしい。

## 一九四三年一月一六日　土曜日

今朝、軍医は私に同じ申請をあと五日間延ばしてくれた。傷は今ではだんだん小さくなってきている。この二晩はあまり寒くなく、日中はむしろ涼しい。今ずっと『Stories of Great Operas and their Composers（偉大なオペラとその作曲家の物語）』（アーネスト・ニューマン著、ニューヨーク　ガーデンシティー出版社）を読んでいる。音楽の抜粋が載っていて、じっくり読みたいと思った。これは『Art Through Ages（各年代の芸術）』を思い出させてくれるが、内容が広範囲で、大変分厚い本なので短期間では読み通せない。毎日午後にこれを読むことができれば満足なんだが。戦争が終わったら、この二冊を手に入れよう。バンコク・クロニクル紙が回覧されている。日本人の考え方を読むのも興味深い。大英帝国の国内外における姿勢は、おそらく国家に対する信頼を損なっているに違いない。残念だ！とても悲しい。二、三人の男が、次の収容所へ行く途中にここで一晩を過ごした。「バンコウ」？へ向かうとのことだが。

## 一九四三年一月一九日　火曜日

日本軍は近くの小さな射撃場で射撃訓練をしていて、もう二晩も続いている。これは年に一度の慣例行事のようだが、我々と違うのは横這いになって発砲する時だ。午後、私は衛兵に敬礼をしなかったことについて延々とお説教をされた。夕べは夜露が深かった。昨日は二組の部隊が第二収容所へと通り過ぎて行った。地面は埃っぽいが、ワンランでのどろどろで滑りやすいぬかるみよりはまだいい。毎日天気が良く、デリーを思い出す。

## 一九四三年一月二七日　水曜日

二〇日に森林伐採の仕事に戻った。脚の傷はまだ少し開いている。ジャングルにはいろいろな昆虫がいっぱいいて、動物学者にとっては、まさに絶好の昆虫採集の場所だろう。下士官の二つの班が、先の収容所へと通り過ぎて行き、今日更に、英国ゴードン連隊、ケンブリッジ州、サフォーク州出身の二一人の部隊がやって来た。一三日前、三機の飛行機が東北東へと飛び去って行ったが、高過ぎてどこの飛行機か分からなかった。おととい、日本機が約二〇〇〇フィート（約六一〇m）上空をほとんど真東に飛んで行った。私が唯一スケッチできるのは、仕事の終わった後か、午後の休憩時だけだ。上達している。帰ってすぐにスケッチをした。

## 一九四三年二月六日　土曜日

二月二日に、私は発熱と背中、脚、腕の痛みで、再び傷病者名簿に正式に載せられた。一日中、何も食べられず、ずっと苦しい時間を過ごした。夜になって軍医がキニーネの錠剤をくれた。マラリアではなさそうだと分かり、ほっとした。昨日の通達で、仕事の割り当ては六人から四人に減らされた。つまり、Sと私が運悪くジャングルの中の仕事に回されるのだ。天候は次第に暑くなってきた。夜は毛布一枚だ。大勢の捕虜たちが川を上流へと移動させられている。作業のスピードを上げるためだ。ハロルド・ラムが書いたアジアのタタール人ーアミール・ティムールについての『テイマーレイン』を読んだ。彼はデリーから、黒海の南に位置するトルコのアンゴラ地域（現在のアンカラ）を征服し、中央アジアのアラル海へ流れ込むシャ河沿岸のサマルカンドに荘厳なる彼の首都を打ち建てたのだ。一三〇〇年から一四〇〇年初期にかけて多くの出来事が起きた。たとえ戦士の生涯を送らなくても、この時代この地をテーマにして素晴らしい映画を製作できただろうと思う。今、最も輝かしく教育的で面白い『英文学　西暦六七〇ー一八三二』を読んでいる。一三〇〇年代中期頃に書かれたウイリアム・ラングランドの詩『ピアーズ　プラウマン』をぜひ手に入れたい。

## 一九四三年二月一七日　水曜日

一四日には仕事に戻った。午前中は体がだるかったが、夕方には大分良くなってきた。一五日は、かなり良くなってきたが、まだ時折、目眩がした。おそらくキニーネのせいだろう。多くの部隊が更に上流の収容所へと通り過ぎて行った。二日前、収容所から収容所へと米を運ぶ仕事をしているオランダ人を見かけた。食べ物は次第に良くなってきて、昨日はかなり大きい肉を食べた。一四日と一五日には、線路上の切り株を取り除く作業をした。線路は次の収容所、バンコウ?までの半分、八キロ地点まで延びている。我々の発音どおりの表記では、後に地図でその名前を見つけるのは難しいだろう。一六日は、大型のトラックなどが通れるように、今敷かれている線路を横切る傾斜路を作る仕事をした。かなり体調が回復してきたようだ。

今日は休みだった。我々はまもなくここでの仕事を終え、おそらく北上することになるのだろう。何人かは、鉄道の整備のためにここに残されると聞いている。私は後者の方であればいいなと思う。月が欠け始めたが、この所、夜はそんなに寒くはない。［一九七七年　ベネットは、随分長いこと洗っていないマットレスカバーを毛布代わりに使った!］これから暑くなっていくだろう。特別手当が二月一〇日から支給された。一等准尉は四〇セント、二等准尉から伍長までは三〇セント、伍長以下は二五セントだった。大勢いるため、ここの食堂は貧弱でとても狭い。一人の下士官が二日前に赤痢とマラリアに罹って死んだ。死に至る要因のほとんどは、病気と闘うだけの体力の無さという個人的な理由による。バンコク・クロニクル紙は、英国のチャーチルと米国のルーズベルトが、条件付き降伏を望んでいるドイツに対し、無条件降伏の話し合いを行ったと報道している。

## 一九四三年二月二二日　月曜日

あと一〇日を残すのみで今月は終わりだ。周辺の状況とは違って時間はとても早く過ぎていく。今日、赤痢と脚気で死んだ男が二人埋葬された。もう四日になるが、上流からチャンカイへ行くのにまだここに留まっている。ずっと前に行くはずだったのに、一体誰のせいでここにいるんだろう。イギリス軍医療部隊の人たちは、このことを気にかけているようには思えない。彼らは詳細を隠して、他の誰かの責任にしているのではないか。たとえ誰のせいでも、これには納得できない。薬の入手が困難なことは、更に状況を悪くしている。現在、鉄道はこの近くまで完成している。そして機関発動機はディーゼルが積まれた貨物車に切り替えられている。レールの幅が狭くなり、作業全体がつぎはぎだらけだ。土手の盛り土は終わり、その任務に就いていた宿営地の男たちは、トラックと荷船に荷物を積み込んだ。何か仕事をしなければならない時の男たちの態度には、全く失望する。口々に不平や不満を言っては、人を前に押し出し、自分は後ろに下がっていく。でも、それが自分の得になることであれば、先を争って出ていく。これが若者の実態であれば、欲張りで自己中心的、人間としての思慮に欠けた非協力的な態度そのままが、イギリスの国民性であるかのように見られてしまう。あるいは、この生活が彼らをこのようにさせているのだろうか。いや、普段でも同じだろうと私は思う。なぜなら、この非常時にこそ、人は本性を剝き出しにし、真の姿、人間性をさらけ出すと思うからだ。何と多くのことが露わになったことだろう、驚くべき実体だ！

## 一九四三年二月二四日　水曜日

我々のうち二、三人を除いて、病気に罹っているオランダ兵三〇人、一一〇人の下士官がここに残されている。日本兵は今も見張りを続けている。歩兵隊は上流へ行こうとしているようだ。我々が自由になるのはどのくらい先のことだろうか。チージーやティドリー（アルバートの息子ロバートの愛称）に会えるのはいつのことだろうか。ペギーは、何かと取り越し苦労をしてはいないだろうか。考えても仕方がないので、気を揉んだりしないで欲しい。もう一度、家族と一緒に暮らし、軍隊とインドから永久に離れることができたらどんなに幸せだろう。

## 一九四三年三月八日　月曜日

ここ二、三日で線路が敷かれ、トラックのディーゼルエンジンが機関車用として使われている。

アメリカのエンジンが日本帝国軍のために使われたのだ。掻き集められたレールと枕木で造られた線路が、雨期に持ちこたえるかどうかは疑わしい。線路は、枕木にレールを押さえつけるために四〇〇〇個のボルトを使い、一日当たり一キロメートルの割合で敷かれている。駅の所だけ複線になっている。そこには電話が取り付けられた小さいアタップの小屋がある。小屋には、プラットホームが建てられた盛り土の上の鉄道と並行して電線が繋がれている。二、三日前、私がワンヤイ駅にいた時、警官や四人の事務官を引き連れた年輩の司令官が、作業が順調にいっているかどうか視察をしにトラックで上流からやって来た。しかし、その様子はあまり機嫌が良さそうには見えなかった。我々は、鉄製のトロッコからトラックに豚を積みかえなければならなかった。その日は地獄のように暑く、七匹が死んだ。何の配慮もなく犠牲となった哀れな動物たち。木陰と水さえあれば助かったのに。皆ちゃんと仕事をせずに、誰かがするのを待っているだけだ。全般的にモラルが低下してきている。線路はまるでスイッチバックのようにでこぼこになっている。密林の中で鉄道の枕木を作っているタイ人は、捕虜に対しては全く無頓着で、金を稼ぐためだけに躍起になっている。紐で繋がれ、日除けもない恐ろしく暑い荷船の中に押し込められた豚は、悲惨な状況だった。今日の仕事のほとんどは、食料など荷物を積むことだった。今日到着した第三部隊は、バーンポーンに行くと言っていた。とにかく、新しい鉄道は近いうちに完成し、ここに人員は必要無くなる。我々はインドシナに行くのだろうか。噂は本当らしい。私はしばらくバンコクの新聞を見ていない。牛が引く荷車が穀物の運搬に使われているが、それは鉄の車輪ではなく、全て木で作られている。車軸に唯一鉄が使われているが、どうやって両輪を支えているのか分からない。支えが必要な他の部分は、紐、竹、針金を使って支えられている。牛はとても小さくて、餌も与えられずに酷使されている。二、三日前にシャツと半ズボンが来たが一、二枚ずつしかなかった。捕虜の服はボロボロで着替えが必要だ。二ヶ所の宿営地でコレラが発生したという噂のためだと思うが、私は赤痢の予防接種を受けさせられた。おそらく、そのような情報は病気の蔓延を防ぐため、軍医によって作為的に流されたのだろう。次の宿営地はバーンカオ、そして、ターキレンだ。

## 一九四三年三月二一日　日曜日

捕虜生活も二年目となり、この生活がそんなに長くは続かない気がしてきたから、ここ二、三日はとても気楽な気分でいられた。バンコク・クロニクル紙が再び掲示され、ビルマでの戦況を報じていた。何が起こっているのだろう。小型の武器を運ぶ荷船がバーンカオへ行くのを見た。完全武装した前線部隊の兵士が乗っていた。これは、何ら驚くべきことではない。より早い輸送手段を使ってビルマ戦線に軍事物資を護送するためには、船のルートになるのが当然のことだから。ここまでの線路はもう完成しているので、宿営地内での仕事だけだ。最後の一週間は、我々はもっと北へ移動し、更に重労働に就かなければならないだろう。しかし、どのくらい北方までこの鉄道が完成しているのか誰も知らない。砂利は未だ敷かれていないし、線路は相変わらずジグザグで、でこぼこしている。大勢の病人がチュンカイへ下っていった。交通手段がないので同僚の兵士が肩を貸したりして駅まで行くのを手助けした。中には恐ろしく衰弱した者もいたし、脚気で松葉杖なしでは歩けない者もいた。午後、残飯を捨てるなと言う注意書きがある竹で作られた桟橋の上で、六人の兵士が釣りをしている光景は滑稽だった。気候はますます暑くなって、その上、埃っぽい。私は第一回目のコレラの予防接種をした。赤痢を左腕にするので、この注射は右腕にしたが、まだ痛む。寝られなかった。一〇日間位は、川の水を濾過するタンクの近くに座って仕事をしたが、とにかく午後だけは働きに行かなければならなかった。フランキーがピアノやアコーディオンを広場で弾いたりして夜は楽しいひとときを過ごすことができた。昨日の夜は礼拝が行われたが、私は遅れて行ったので『Fight, the good fight』の歌しか参加できなかった。

## 一九四三年三月二七日　土曜日

今日、分隊にチュンカイ収容所から日本軍の将校（中佐）の訪問があった。朝、日本兵が何人かの下士官を招集した。収容所に通じる衛兵詰所近くの道路にバケツで水撒きをさせられた。誰が来るのかと思ったが、想像したとおりだった。我々は日本兵の前で整列をさせられ、収容所に割り当てられた仕事はよくできていて予定通り進んでいると言われた。日本兵たちは喜んでいた。それから第一部隊と他六人に日本軍のためによく働いたと特別の表彰があった！　彼らは名前を呼ばれて前に出た。実に特別の表彰である！　日本兵たちへの協力に感謝だと！　六人の下士官たちは前列に立った時、自らに誇りが沸き起こるのを感じたのだろうか、それともイギリス人であることを忘れたのだろうか。

日没と日の出は実に素晴らしい。こんなに美しいのは他では見たことがない。とりわけ日没は色調が最も繊細になる！　カラーの写真が撮れるカメラを持っていたらと思う。このような景色を描くのは難しいだろう。数日前、空の色は非常に鮮やかだった。キャンバスに描かれていたら、見た人の第一声は「何と素晴らしい」に違いない。暖かくなり乾燥してきたので過ごしやすくなった。南インドに行ったことはないが、緯度がゴアやマドラスと同じだから、おそらく日没や日の出の美しさも同じだろう。ここは非常に埃っぽい。最近何頭かの水牛が殺され、数回の射撃のあとで一頭が脱走し密林の中に逃げ込んだ。気狂いじみた状況だったに違いない。その水牛は後に発見され撃ち殺された。最近体をほとんど動かさない作業だから食欲が落ちたのか、ご飯があまりうまく感じられない。一日平均卵を四個食べている。バーンポーンで赤十字の荷物や手紙が届かないという噂があるが、荷物はバーンポーンに来ただろうか。赤十字からの支援物資はシンガポールまでは届くが、そこから先には送られないのだろう。ここに届いていないのは確かだ。鳥や、ある種のカメレオンの奇妙な鳴き声が聞こえ、時折びっくりするカメレオンの鳴き声はテナガザルを思わせる。テナガザルの鳴き声は、「オッーオッーオッー：」という感じで一声ごとに大きく速く鳴く鳥の鳴き声に似ている。カメレオンの鳴き声もそうだが、テナガザルのように高い調子では終わらない。もうひとつのカメレオンの鳴き声は、軍隊で人を罵るのに使う下品な二つの言葉のように聞こえる。音は高い調子で「タック・ショップ・タック」に似ている。「ショップ」で半オクターブ落とし、四、五回繰り返し、それから「ショップ」は次第に小さくなり、ガーガーという鳴き声になる。それはネジをちゃんと巻かずに走らせようとする玩具の音に似ている。インドではこの二つの鳴き声は聞いたことがない。おそらく同じ緯度だと思うが。インドでもよく聞く口笛のような甲高いよく通る鳥の鳴き声は、さえずりで始まり、一オクターブ高くなり、それから元の高さに戻る。鳥が「呼んでいるのに聞こえないの」と返事が無いのに苛立って必死でさえずっているかのように甲高く、ますますその声は大きくなる。ここには金属の錆びたような赤色の鷹がいる。南京虫と虱がかなりたくさんいて、小屋の竹とアタップの中で繁殖しているように思う。［一九七七年　ある男のベッドと毛布の下は虱だらけである。］カメレオンがかなりいて、昨日空き地の大きな盛り土の穴からとても大きいのが一匹走り出すのを見た。あちらこちらと矢のように突進し、ちょっと止まり、再び上半身を四五度に持ち上げては穴から三〇フィート（約九m）位の所を走り回っていた。全長は一二インチから一五インチ（約三〇～三八cm）だったと思う。

鉄道近辺でかなりの動きがあり、大日本帝国軍が昼夜移動しているという報告がある。

三日前、四度目の予防接種を受けた。おそらくコレラの二回目だろう。

水泳は依然として禁止されているが、別に泳ぎたくもない。いずれにしても川は一番きれいといわれている時でも汚い。

私はいつもカナダのことを思い出す。ウォーカートンやクレスウォルでの日々。クレスウォルには元看護師の妻に虐げられた不運なスコット・マックフェイデンがいる。そして幸せな日々を過ごした後、去らねばならなかったゲルフでの思い出。駅でのその午後のことをはっきりと覚えている。忘れられないような素晴らしい食事を用意してくれた親切な年老いたコックレイン。彼らと共に過ごしていた頃のマーヴェルの親切をよく覚えている。あの人たちは皆どうしているだろうか。チージーとティドリーと一緒に懐かしいカナダへ帰ったら、幸せな日々が再び訪れるだろう。困難を伴うだろうが、必ず帰国する決意だ。一九三二年にグレイコットに戻った時、叔母たちにまたカナダに帰るつもりだと言ったことを今でもよく覚えている。まず商業芸術の腕を磨くためにイギリスに数年滞在するつもりだ。これまでバーバー夫人に師事して自然な歌唱法の正しい訓練を受けてきた。彼女にはとても感謝している。その技法もこれから上達させよう。長年間違った歌い方をしてきたために言葉や発声が自然の感じではないとわかったので、正しい方法で歌えるよう試行錯誤した。なぜ間違った歌唱法になったのだろうか。おそらく学校へ通っている頃に始まったと思われる。自身の間違いを直すことは容易ではないが、この一年間一人で練習してきたので、その成果が上がった。しかし、周囲にこんなにもたくさんの人がいてはなかなか練習できないし、また精力不足の時も多くてうまくいかない。しかし、歌い方と話し方において明瞭な発声をすることで私の声は澄んだものになってきている。自然の発声法を学んだ後、どれほど真面目に取り組んだか、そして初歩段階の四つのレッスンをして下さったバーバー夫人にどんなに感謝しているかは神のみがご存知だ。必ず成し遂げるつもりだ。

## 一九四三年四月四日　日曜日

三月三一日にプーカイに到着して以降ここに宿営している。我々は二九日、早朝の起床ラッパと共にワンタイケオンを出発した。荷物を踏切まで運び、約一時間半、空いた列車を待った。到着した列車には荷物が積まれていたので、我々は皆一緒にぎゅうぎゅう詰めでその上に座り、暑い陽射しにさらされた。バーンカオに半時間止まり、喉が大変渇いていたのでライムを買った！ディーゼルエンジンのオイルを冷やすためにターキレンに一時間停車した。日本軍が車のオイルを換えない所をみると、物資が欠乏していると思われる。ターキレンを出発して一五分後、エンジンは弱くなり、我々は列車を押さなければならなかった。下り坂ではスピードが増し、私は付いていけなくなった。我々は、三一キロメートル進むところを約二〇キロメートルのみ進んで、午後五時三〇分にランパダイに到着した。ワンタイケオンからここプーカイまで爆破が行われている険しい切り通しを二ヶ所行軍した。暗くなってからは川まで一五〇フィート（約四六ｍ）のほとんど垂直に落ち込んだ険しい岸壁は滑りやすかった。荷物は重く、進むのは困難だった。午後一一時三〇分に土手の上で一旦行軍を止め、雨で濡れていたので火を起こし暖を取った。行軍は度々の休止のために長時間かかっている。我々は午前二時三〇分頃、ワンポーに着いた。辺りはあちこちに見える数ヶ所の焚き

ワンポー高架橋

火を除いて真っ暗だった。ご飯と薄いシチューを食べた。小屋には寝る場所がなかったので、川の近くの砂利の上で寝なければならなかった。午前七時三〇分に起床し朝食をとった。至る所で仲間たちがジプシーのように寝起きしている光景は見ものだった。七、八頭の象が作業をしているのを見かけた。牙のある一頭が川の向こう岸で丸太を押したり持ち上げたりしていた。こちらの岸にいる象はそれを川から引っ張り、土手へ持ち上げ広場まで運んでいた。そこではタイ人が角材を半分に切っていた。象の耳はだらりと垂れ下がっていて、縁はかなりピンクがかっていた。一、二頭は非常に哀れな状況にあった。丘の上へ丸太を引っ張り上げている象が二頭いたが、途中何度も立ち止まっていた。

我々は午前一一時四五分に食事をした。ご飯と、肉汁に野菜が添えてあった。一二時三〇分に整列し、バナナの林を通り抜け川の端まで行軍した。そこで覆いのある荷船に詰め込まれた。まさにトルコ風の蒸し風呂で地獄のように暑かった。この荷船での移動はほとんど通行不能な岩壁を避けるためで、そこでは線路が盛り土に接合するように爆破が行われていた。下流域では橋建設に必要なセメントの土台を作るために岸壁の爆破が行われていた。岩壁に四〇フィート（約一二ｍ）の高さの生木の角材をぴったりとくっつける作業が行われている。

荷船で進んだあと、土砂降りの雨の中を再び本線に合流した。

雨が降り続く中、そこで我々は次の部隊が追いつくのを待たねばならなかった。右足の裏に水膨れができた。更に奥の宿営地へと行軍したが、予定の宿営地ではなかったので退出せねばならなかった。がっかりだ！更に二キロ行軍して午後四時か五時頃にやっとプーカイに到着した。食料が不足していたが、日本兵が野菜をくれて午後八時にやっと食べ物にありついた。その後すぐに点呼があった。深夜二時頃、テントが人数分無かったので、戸外で寝なければならなかった。ここでのテントは上部のカバーが無かった。雨が降り始め、あらゆるものがずぶ濡れになってしまった。八時三〇分に作業のために整列した。雨は午前中ずっと降り続いた。作業は全くうまくいかなかったが、私は体が冷えないように動き続けた。我々は密林の中で昼食をとった。天候も少し回復し、その後も働き続けた。かなり暖かくなってきたが、装備は依然濡れたままで長靴はびしょ濡れだった。夕方、何度かにわか雨が降った。午後六時三〇分、ずぶ濡れで疲労困憊、必要もない点呼が何度も繰り返された。日本兵はいいかげんであてにならない。次の日、午前中は休みで午後だけ働いた。というのは全員が同時に働くには道具が十分に無かったからだ。また次の日は八時三〇分に働き始めたが、炎天下でつるはしやシャベルで穴を掘ったりする作業はかなりきついものだった。私は日ごとに自分の体力が弱っていくのを感じた。二日目に大きな蛇が降りてくるのを見た。行進していた男たちは皆散り散りに逃げ惑った。蛇は道路の脇を降り密林の中へと逃げていった。反対側の土手の岩が緩んだ砂利状の土壌だったので、じわじわとずり落ちてきている。川の水は今のところ澄んでいるが、我々がここに宿営することによってそのうちに汚れてくるだろう。川の向こう側に一、二匹の猿がいて、始終キーキーと叫んでいた。我々がここに来て彼らの生活を邪魔しているのだろうか。めったにタイ人を見かけなかった。

この地域は植物やうっそうと繁った木々や竹やぶが多く、坂の多い険しいところだ。ワンポーは我々が寝ていたインドでの丘の上の駐屯地を私に思い起こさせた。

ここの日本兵たちは他所よりも寛容で、年齢が若く、且つ教養がありそうだ。

## 一九四三年四月八日　木曜日

休み以来、雨風を防ぐため、地面に敷くシートを二枚とテントの横布を使って野営地を設置するために、毎日午後六時三〇分とか七時まで堤防でずっと働いた。休みの朝は二時間も薪集めをしなければならなかった。

バーンポーンでの郵便物に関する噂の真偽がはっきりする。チージーからの便りはあるだろうか、それとも便りが無い者たちの一人になってしまうのだろうか。

炎天下での仕事はとても疲れる。だから、水筒は金のようなものだ。［一九七七年　水は必要な時、毎回ほんの一口を飲むように訓練された。水は一日に水筒一個だけ。作業中は傍らの木に引っ掛けておいて、各々の水の残量には絶えず気を付けていなければならない。他の者たちも同じように水分を渇望している。］

ほとんどの仕事をここでしている。土は赤茶けていて、濡れたら粘土のようになり、衣服や道具に付いたらなかなか取れない。雨の中でも野営地はうまく持ちこたえている。幸いにも夜中は雨がそれほど激しくはない。食事はご飯といかにもまずそうなシチューで、働くにはあまりにも粗末な献立てだ！体の続いているのが不思議なほどだ。米の中に何か栄養があるのだろう。

全長約一八インチ（約四五・七㎝）の美しい斑点模様のカメレオンが毛虫や蟻やカブトムシなどを求めて、野営地の周辺をうろついている。おととい、密林の中で今にも襲いかかろうと大きなハサミを振り上げた体長六インチ（約一五・二㎝）の真っ黒な巨大サソリを見つけた。日本兵がそれを焼き殺した。［一九七七年　竹などを燃やし、その中央にさそりを置いて焼いた。］

昨日は新月だったが、天気はどうもはっきりしない。鉄道の仕事は、水平面を誤って敷設したため、思ったよりも長くかかりそうだ。

二晩前にコンサートがあった。独唱や七人での合唱、スコットランド人のコメディアンによる漫才、プロの演出家とも俳優とも言われているレオ・ブリットによって全てが演出されていた。日本兵が歌を歌い喝采を受けた。インド音楽のような伴奏で日本兵が日本のレコードをかけているのを聞いた。歌い手たちはいい声をしていた。

食べ物はうまくないし、豚肉はほとんどない。我々は皆貧しい食事に耐え、雨続きの中で働いている。しかし、何とか野営地だけは持ちこたえている。

## 一九四三年四月一六日　金曜日

今朝、宿営地の全員が司令官の前で整列をした。司令官は日本語で我々にピーナッツ三袋を以下の者に与えると言った。一番よく働く部隊、二番目の部隊、三番目の部隊に。宿営地の司令官は我々に敬礼をするように要求した。それから、演説をし、各部隊の代表に一袋ずつピーナッツをくれた。その日はそれだけで、後は休みになった。天気は曇りだった。

先日、凄い昆虫を見かけた。足や頭が葉の小片に紛れて、最初は葉っぱのように見えた。木々の中では絶対に見られない種類だ。曲がっていずまっすぐで、本物の葉脈のような血管があった。

ここ二週間の食事は粗悪なものだった。豚肉はほんの少し入っているだけ、時には全然入っていない粗末なものだ。けれど最近は少し良くなっている。

二、三日前、およそ三五艘の荷船がここに停泊した。そして米、乾燥野菜やその他いろいろなものを降ろした。米以外のものは、全部荷車に載せて北部へと運ばれた。おそらく最終的にはビルマ前線にいる日本の部隊に送られたのだろう。

鉄道作業はもうほとんど終わりかけだ。勾配切り通しがうまくいっていない場所があれば、また作業が増えるかもしれないが。

## 一九四三年四月二一日　水曜日

ここ三日、雨続きで、その後も連日雨だ。野営地は激しい雨のためずっと雨漏りがしている。それで、雨漏りのところを補修して、夜中じゅう手で押さえながらで寝ることもできなかった。私は防毒ガス用マントを借りた。辺り一面泥だらけで、雨の中で作業をしたために、長靴は泥まみれとなり、二倍ほどの重さになっている。我々は現場まで二、三キロメートル歩いたので、作業を始める段階でもう疲れている。熟睡はできず、おまけに足が痛む。道は最悪の状態だ。アメリカ製のチェーン付き大型トラックが何台も通り、泥をかき混ぜ、道に深い轍をつくる。

何百もの米袋が北の方に運ばれている。プーカイが一番遠い水路輸送地のようだ。私は一〇〇ポンド（約四五・三kg）の袋を川の土手の上へと運ぶ仕事だ。米では腹の足しにもならず、仕事がきつい。

二、三日前、もう一つのコンサートがあったが、日本の曲が多く大して面白くなかった。夕方、密林にいた時に気分が悪くなった。目がぼやけ、耳が聞こえなくなり、手が麻痺し、そして口がしびれて話すこともできなくなった。痛みが首や頭の芯にまでできた。どうしたのだろう。湿気のせいだろうか。気候はダージリンのようだ。よく寝たらこの嫌な気分は失せたが、次の朝まだ少し頭が痛かった。

朝早く、川の向こう側の丘に生えている木々の中にテナガザルがいるのを見た。奇妙な声で次第に強く叫ぶような鳴き声がしばしば聞こえた。

川はどろどろだった。早く仕事に出て、戻ってくるのは遅いので洗濯をする時間がない。しかし、この野営地の滞在は一〇日間だとの噂通り、ここ数日以内に、ここでの鉄道の作業を終えるようだ。そうお願いしたいものだ。というのも、ここ五日間は線路や排水溝を整えるぐらいで、ぶらぶらしていたから。多量の米を保存するための場所を作るために、別のテントが我々のテントの近くに移動してきてから、最近ものが盗まれるようになった。昨晩と今朝早く、南東の空を飛行機が飛んでいった。数は定かではないが、我が軍の飛行機だったかもしれない。

食事はまずまずで、毎日米と薄いリッソール（肉や魚をパイ皮で包み油で揚げたもの）のシチューだ。昼食は、米とスプーン二杯の砂糖入り紅茶だ。夕食は、さつまいも入りライスシチューと、時には干し魚や一、二切れの豚肉、またグラマラッカという一種の黒砂糖と米からできているビスケットだった。今の食費は一〇日毎に五〇セントだった。

## 一九四三年四月二三日 金曜日

我々は、今日ターサオへ移動する。起床ラッパが午前七時三〇分に鳴り、八時四五分からの行進に参加するように言われた。テントは解体され、午後三時に移動する予定だという知らせを聞いた。日本帝国軍は考えを頻繁に変える。これが初めてのことではない。鉄道の起点からの距離は一一三キロだ。次の野営地ターサオには、オーストラリア人がいる。

天気は曇りだが乾燥していて、毛布や地面に敷く防水シートは乾かす機会もなくかなりじめじめしている。

我々は三度の休憩の後、午後四時三〇分にターサオに到着した。行進はかなり整然としていた。途中で二頭の象を見た。一頭は三人のタイ人と一緒に堤防にいた。しっかり出来ていない箇所の地面が崩れていたので、土地の低い所を直さないと浸水してしまうだろう。うまい飯と魚のシチューにありつくのに、午後七時三〇分まで待たねばならなかった。我々はここに三日間滞在して、それから一二〇キロ北上するようだ。ここには、竹製のしっかりしたバンガローが幾つかある大きな野営地がある。二五日は休日で、二六日は大雨の中、しなければならない仕事があった。二六日の午前八時三〇分に出発した。起床ラッパと朝食は共に午前六時三〇分だった。およそ一二キロ行進して、小さいテントのある野営地に到着するまで、五回休憩した。到着後すぐに、ご飯と野菜シチューを少し食べた。粗末な食事だった。ここは良い水が出ていて、チャンギを出発して以来初めて、きれいな水で洗濯をすることができた。物資を積んだ多くのトラックや日本兵と路上ですれ違った。

## 一九四三年四月二七日　火曜日

我々は、小さな第一野営地を午前八時三〇分に出発した。野営地近くでの三度目の休憩で、ライムスさんを見かけた。彼は、我々がそばを行進しているのを、フェンス越しに見ていた。彼は体調が良くなさそうで、最初は私があごひげをはやしていたせいか、私に気づかなかった。行進はほんの七キロで、楽なものだったが、同時に各給水地点で野営地を設置しなければならないのは、馬鹿げていた。途中で多くの象を見た。道は所々に起伏があり、非常に悪かった。長靴が大きすぎたため、足の裏にはマメができて赤く皮がむけた。ターサオの野営地は、全て高さ八～一〇フィート（約二・四～三ｍ）の竹で囲まれている。我々は一一時三〇分に第二野営地（名前は不明）に到着した。平坦な道を四分の一マイル（約〇・四㎞）行った所に、常設の野営地があったが、ここでは何も買うことができなかった。売店には、ほとんど何もなかった。起点からここまでの距離は、一四五キロと表示されている。

この辺りのジャングルは、他所より竹が多くて、たくさんの花が咲いている。辺り一面の灌木は、ワン・ランやワン・タイ・コンのジャングルよりも緑が生き生きとしている。私は、黒い斑点模様があり鉤状の足と背中がうろこ状になっている赤いイモムシを見つけた。

日本軍兵站部の収容所長は、戦争捕虜やクーリー（労務者）に対しての規則を掲示板に貼りだしていた。我々の価値はせいぜいクーリー程度のものだとは分かっていたが。

## 一九四三年四月二八日　水曜日

午前七時に起床ラッパが鳴って、午後八時三〇分に出発した。そして、第三野営地（竹の柵に囲われているみすぼらしい宿泊施設で、中国のある場所を思い出させた）に到着した。そこには湧き水があった。我々は悪路を約八キロ行進した。両方向から数台のトラックが通り過ぎていった。

これまでの食事は、米とインゲン豆やさつまいものような乾燥野菜だった。今日は配給があった。朝食後に、乾燥米と少しの魚を貰った。

ジャングルの中から、二種類のこおろぎの鳴き声が聞こえている。電動のこぎりのような音と、甲高い電子音のベルのような音だ。私はオオガラスのような真っ黒い美しい毛のある巨大な蜘蛛（タランチュラ）を捕まえた。体長が約三インチ（約七・六㎝）、幅一インチ（約二・五㎝）ぐらいの大きさで、頭に二つの鉤爪のようなものが下向きに曲がっていて棘のようだった。

ここで働いているオーストラリア人は、堰と太い竹を利用して飲み水や洗濯用の水、そして、シャワー設備を作り出す独創的なアイデアを持っている。

## 一九四三年四月二九日　木曜日

我々は午前七時四五分に出発して、約八～一〇キロ続く道を三度の休憩をはさんで上ったり下ったりした。両側にはたくさんのテナガザルがいる山があり、トラックが数台通り過ぎていった。昨晩寝た小屋は、じめじめしていて寒かった。行軍では汗をかくほどだったが、それでも寒く感じた。我々は、第四野営地キンサイヨークに到着した。オランダ人、大勢のジャワ人、何人かのオーストラリア人や下士官兵がいた。日本の国旗が風になびいていた。宿泊施設はなく、ただ平地が広がっていた。我々はすぐに竹を取ってきて柵に立てかけ、日避けのために敷布などで覆いをかけた。現在午後一時だ。ここには売店があり、川からの湧き水は水浴びするのに好都合だった。細い道と小さい砂浜は両側の岩で守られている。今朝、配給があった。しかし、米だけだった。玉葱が昨日支給されていたので、それを生で食べた。朝食は薄い粥だった。象が三頭木の下で休んでいた。夕食は売店に行った。そこでは、上等なマカロニ風のマ・ミーを売っていた。しかし、値段が高く、どれも全部五〇セントだった。売店には二人の女性がいたが、日本兵慰安のために雇われていたようだ。

## 一九四三年四月三〇日　金曜日

我々は曇り空の中、午前八時四五分に出発した。道はまだまだデコボコがあった。所々埃っぽく、ごつごつした石があった。我々の配給は、米と一インチ（約二・五cm）角の魚の切り身だった。玉葱が少し入っていた。約一四キロ進むのに五回休憩して午後一時三〇分にリンテンの第五野営地に到着した。大勢のオランダ人がいたが、ジャワ人はいなかった。そこは、かつてオランダ人とジャワ人の間に赤痢が流行り、多くの死者が出たために、デッドマンズキャンプ「死者の野営地」と呼ばれていた。ジャワ人は非常に不衛生な状態だった。キンサイヨークでは、日本軍の命令で常駐部隊の点呼と教練があった。我々も強制的にやらされた！ここでは川は近かったが、湧き水はなかった。売店にだけはコーヒーとグラマラッカがある。ここには多くの竹が生えているが、木も大きく育っている。何台ものトラックが、多くの物資や武装した日本兵を乗せて通り過ぎていった。売店に着くやいなや、日本兵たちが押し合いへし合いしながら、フーリガンや野蛮人のように食料に群がり争っているのは、面白い光景だった。

## 一九四三年五月一日　土曜日

午前五時四五分に起床ラッパが鳴った。まだ暗くて荷造りが大変だった。日本兵が来るまで三〇分待たされた。朝食抜きで午前八時にデッドマンズキャンプを出発し、およそ一四キロ行軍した。途中五ケ所で休憩し、休憩地の一つ置きに鍋などを置いていった。今日はとても肩が痛い。おそらく寒さで首をすくめていたのと疲れのせいだろう。

ひどく頭痛がして、午後四時から六時三〇分まで寝た。第六野営地に午後一時に到着した。午後七時過ぎまでいい天気だったが、その後、雨が少し降った。湧き水と川を見つけたが、疲れていてとても川で泳ぐ気になれなかった。野営地は、常設の宿営地に近いので、そこまで食料を取りに行かなければならなかった。ジャワ人やオランダ人や下士官が今までより大勢いた。配給は米とゆで卵だった。竹は雄株でほとんど棘が無く、灌木もあまり茂っておらずいい森林だ。下士官たちは、一つのテントで共に過ごすうちに、外の者たちを拒絶したり騙したりして、お互いに心の貧しさをさらけ出していた。テントはぎゅうぎゅう詰めで、ここを経由して行った幾つかの部隊は我々の前に出ていったゴードンやマンチェスターの奴らに所持品を盗まれていた。何と素晴らしい評判を確立し、母国の精神のご立派な例を示したことか。

## 一九四三年五月二日　日曜日

ありがたいことに、風邪はほとんど治った。充分睡眠をとったので、背中を休めることができた。

午前八時三〇分に出発した。配給は米と四インチ（約一〇・二cm）角の干した肉一切れだった。楽な行軍で、約一〇キロで三回休憩した。第七野営地に一二時一五分に到着した。オランダ人とジャワ人は、配給の列に入らないように命令された。川はきれいだが、湧き水はない。テントが幾つかある。丘の切り立った斜面にある深い切り通しの道を通った。橋がたくさんあり、少し小高くなっていた。前の野営地では、我々と行動を共にしている部隊が、自分たちの買った牛の何頭かを我々に売るのを拒否した。またしても自己中心的な行動だ。ここでは、オランダ人が売店の品物の販売を一切拒否した。自分たちだけの勝手な言い分だが、そうすれば彼らの国の兵士たちの分け前が増えるからなのだ。物資の供給を続けるのは難しい。いい天気だ。ここは、「第四パゴダの地」と呼ばれており、実際近くに小さなパゴダがある。

## 一九四三年五月三日　月曜日

午前六時三〇分に起床ラッパが鳴り、すぐに朝食をとった。霧が出ていたが、次第に晴れてきた。午前八時に出発し、丘を次々と越え、途中五回休憩した。行く先々の景色は美しかった。森の緑が映った深緑色の川、木々、丘の影、積雲が点在する青い空、道路から川へ続く丘の斜面に木々がびっしり茂っている。

斜度二〇度、高さ三〇〇フィート（約九一m）の丘を登って疲れ果てた。道路はひどく曲がりくねっていて橋が幾つか架かっていた。一二台ほどのトラックに出会ったが、職員の車が五、六台先導していたので、きっと彼らの移動に違いない。方向を間違えているのだろうか。我々のいる山の上の方はあまり木が多くなく、頂上はかなり禿げている所がある。

五〇フィート（約一五ｍ）程の高さの木が、濃い赤茶色の花で一面覆われていた。住民は確かにタイ人なのだが、ワンランとは全く違っていた。ビルマ人のような服装をしていて、肌の色はそれほど濃くなく、建物は比較的きれいだった。約一四キロ行軍し、五回目の休息の時に、水分補給のために大きな野営地に一時間半近く留まった。他の部隊はそこに留まり、第一三部隊はここにやってきたが、マンチェスターやロイヤル、ブラックレッグの部隊もいた。またもや盗難騒ぎが二度あったので、装具をしっかり見張っていなければならないだろう。

（一）伍長の一人がマラリアで二日間寝込んでいたが、ここまでの二キロをそのまま装具を持って行軍させられた。医療当番兵は彼の病状が分かっていたのに、何もしなかった！私は、彼の装具を持ってやったのだが、到着するとすぐに医療当番兵は私に「あっちの木陰で座っていろ。」と言った。病人を助けなかったり、全く痛みを和らげてやらなかったりするＲＡＭＣ英軍医療部隊やその取り巻きのいつもの恥ずべき態度だ。人には自然治癒力があるからよかったものの、でなければ、今頃、ＲＡＭＣは数多くの殺人を犯したことになっていただろう。この悲惨な状況は陸軍における英国人の荒廃を示している。今までもずっとこんな状態だったのだろうか。「病人は勝手に死ねばいいんだ。別に気にもならないよ。」と他の利己的な奴らは言う。

（二）テントは大雨が降り始める直前に立てられたが、水が溢れるのを防ぐために排水溝が必要だった。しかし、まるで羽が濡れるのを嫌がる鶏のように、全員が中に入ってしまった。やらなければならない事がある時に、自分のことだけを考えるのは一体どんなやつだろう。自分が濡れるのを恐れるあまり、助け合うこともしなかったので、排水溝はできなかった。雨がそこらじゅうに溢れ、テント内に入ってきて装具などを濡らしてしまった。もし、二、三人でも外に出て排水溝を仕上げていたら、こんなことにはならなかっただろう。だが、誰も出てこなかった。私は何とか溢れる水をテントから外へ出そうとした。そうしなければ、もっと悲惨な状態になっていただろう。実際の被害は大したことはなかったが、個人の安全や快適さのためには何でも投げ出してしまうような人間の本質を示している出来事だった。人間は些細なことでも重要なことでも、結局は同じように対応してしまうものだ。自分が不快だからといって仕事を途中で投げ出してしまうのは下らないと思う。捕虜として部隊の中で兵士と接してきた経験から、この意見はあながち的外れではないようだ。ここに午後三時三〇分に着いて、一時間半も待たされた。その間にお茶を飲んだ。ここの川は流れはないがきれいだ。晩飯は午後八時四五分にご飯と砂糖をスプーン一杯だった。

## 一九四三年五月八日　土曜日

今日、テント一つに二五人の割合で、全てのテントを張って準備したが、雨ざらしの者がたくさんいた。（しかし、もう予備がない、もっとテントが必要だ！）

起床ラッパはいつもより遅かった。

三日から、私は橋の建設とジャングルの片付けや木の伐採をしている。象がしばらく引っ張った後、下士官が引っ張る。下士官三〇人と象一頭で同等の力だ。タイ人の運転手が無残にもナイフで打ち付けたために、頭に怪我をしている象が一頭いる。象特有の大きな鳴き声に最初は驚いた。ターカヌンの北側で、一人のタイ人が木にロープで縛られているのを見た。下士官たちによると竹で殴られていたようだ。一体何をしたのだろうか。

ボートもタバコも手に入らず、配給食には新鮮な野菜もなく、少量の肉や干した魚がほんの少しで、とても乏しいものだったが、これでもまだましな方だろう。川に橋が一つ架かっていて、更にその先にもう二つあった。多分、モンスーンが来たら川が激流になるからだろう。おもしろい毛虫を見た、背中に葉っぱが乗っていて、穴から体を半分出し、葉っぱを引っ張ろうとしていた。

テナガザルが数匹いる。日本人が一〇〇人余り、装具や手押し車を引いて引き返しているとの報告を聞いている。狡い担当官が・・・・を特別扱いしていて皆の不満が募っている。具体的な理由もないし客も来ないのに、売店係の仕事を与えたのだ。しかし、日本兵はそんなことはおそらく認めないだろう。担当官に対する不平には曖昧な返事が返ってきた。「こんなことは長くは続かないと思うよ。」こういう対応は、人格や知識の面で、隊を運営する資格の欠如を表していると思う。

担当官や上級准尉は、勝手に兵士に仕事を与えたり辞めさせたりして、規律の示し方が分かっていない。このように規律がいいかげんで、何をしても罰せられないのを兵士たちが見たら、好き勝手をしてしまうだろう。全く不名誉なことで、規律が崩壊している。もっと優秀な兵士たちであれば、事態は違っていただろう。しかし、ここの兵士たちは甘やかされ、大半は、強欲で利己的ないたずら小僧のような奴らだ。全く憂鬱なことだ。これ以上続かないことを祈っている。いとしいチージーの夢を見た。ベランダ、洋服ダンス、手を振っていた、けれど、すぐ場面が変わってしまった。

## 一九四三年五月一三日　木曜日

前回日記を書いて以降、ジャングルの中で堤防作りの仕事をしてきたが、この四日間は爆破をするために金属棒と八ポンドのハンマーで深さ一メートルの穴を掘っている。二人一組になり時々交代しながら働いた。厳しく汚い作業だった。金属棒の動きを良くするために穴の中に水を入れ、長いワイヤで汚れを落とすようにした。他の者たちは一二〇フィート（約三七ｍ）下の道路で忙しそうに鉄梃（かなてこ）で岩にかんぬきを掛けていた。毎日、午前と午後に爆破する。一〇台から一二台のトラック部隊が午後一時に通り過ぎて行ったが、トラックはタイヤがぼろぼろで使い物にならないような状態だった。点検修理もされず、もう破損寸前だ。

夕焼けが実に壮麗で素晴らしかった。

下士官が大勢通り過ぎ、日本兵も道具を積んだ手押し車を引いて通り過ぎていった。

長靴に拍車を付けた二、三人の日本兵が、丈夫そうな一頭の白い子馬を連れて行くのを見た。

**一九四三年五月一七日　月曜日**

今夜、良いニュースと悪いニュースを知らせる手紙を四通受け取った。ペギーから二通、母から一通、ヴァイオレットから一通だ。最初に、ペギーとロバートはインドに二ヶ月滞在した後、一九四二年五月以来ずっとイギリスに住んでいると書いてあった。ペギーとロバートのためには良かったと安心した。神に感謝。二番目は悪い知らせだ。かわいそうなエリック、腕にうけた榴散弾の傷が原因で四一年一二月二五日に香港で死んだ。腕は切断されていたが、毒がまわってしまったのだ。ノラは赤ん坊のクリストファーと共に残された。どんなに悲しかったことだろう。かわいそうなノラ。神のご加護を！ペギーは二週間グレイコットへ行ったと書いてあるが、これは去年の七月のことだ。今頃こんな知らせを受け取るなんて。あらゆることが一年も前のことだ！母やホールズ、グレイコットにいるライリーズの手紙はおそらく検閲を受けただろうが、全て大丈夫だった。スナップ写真が二枚入っていて、言葉にならない程嬉しかった。愛するチージーと今や三才半になる可愛いロバートをいつも見ることができる。

ロバート・モートン

日本兵が大勢、道具を積んだたくさんの手押し車を引きながら北へと通り過ぎて行く。同じように我が同抱も大勢別々の班に分かれて北上する。爆破は川へ尖った落下物が落ちていくので危険な作業だ。穴を掘り下げるには岩面の端に座るか立つかして作業をしなければならない。朝早くから夜遅くまで働き、洗濯は月明かりの下でした。何という生活なんだろう！しかし、極力いつも陽気でいよう、そうしなければやっていられない。ペギーの手紙にはティドリーと一緒にイギリスにいるということが書かれている。これはとても嬉しい知らせだ。

## 一九四三年五月一九日　水曜日

私は、輸送車の運転手として名前を登録した。日本兵はもっと運転手を必要としていたようだ。この方が作業班にいるよりはずっと楽な仕事になるだろう、英国部隊の中で起こる様々な誠意に欠ける行動に飽き飽きしていた。いつも不正や騙し合いばかりだ。

天候が良く雨がほとんど降らないのは、テントがあまり上等でないのでありがたい。

運転手としての仕事はこれまでのところはまあまあいいようだ。一つの仕事にいちいち点呼もないし、日本兵も口出ししない。食事付きで、時間通りに仕事に出かけ、終われば帰ってくる。ここのトラックは性能があまり良くなく、明らかに手入れがされてない。一台に二人が付いて、駐車は路上だ。もしジャングルの中で動かなくなれば夜中じゅうそこに留まっていなければならない。トラックにはいろいろな種類があり、様々なシボレー、フォードV8、日本製のもの、ベッドフォード、モリスコマーシャルなどだ。案の定、最初の夜は雨で、まだ適当な宿泊所がないので濡れてしまった。

## 一九四三年五月二三日　日曜日

昨日、退屈まぎれに、試掘孔を掘ってみた、というのは、道路の状態が悪く、大方の運転手はこれといった仕事がなかったからだ。この二日間ひっきりなしに雨が降り、モンスーンで鉄道が止まってしまうのでないかと思った。蒸気機関車が度々線路から脱線するという話もある。もし我々が汽車に乗って戻って来なければならない事態にでもなればと、万が一のことが心配だ。線路がしっかりと設置されているようにと願うばかりだ。

ここでの食べ物は、ご飯やかぼちゃシチュー（肉なし、紅茶なし）で全くまずい。時々変わったシチューが出るが、一番いい時でも水っぽい。

劇場や役者たちのことをよく知っている俳優兼演出家のレオ・ブリットに会った。彼はとても面白く話し上手で、また誠実で自分より経験の少ない者に対して思いやりのある人だ。パリやアメリカ、自分の国についての色々な面白い話をしてくれた。神に感謝だ。ペギーはイギリスにいる。インドを離れたのはいい。

ぬかるんだ道のトラック

私の愛する母タニカ（マルシンハの愛称）は元気にしているだろうか。心配していないだろうか。あまり気に病まないでいてほしい。

雨のせいで、熱気を冷ましてくれるのはいいが、あらゆる所がじめじめして黒蟻や赤蟻が繁殖して、不快この上ない。

**一九四三年五月三一日　月曜日**

四日前、タムロンパートに向けて二三号車（フォードV８）と共に四台のトラックからなる輸送団が派遣された。しかし、それは我々が次の収容所へ到着する前に、ぬかるみの中で立ち往生した。一台のトラックがもう一台のトラックを引っ張り出していた。二三号車は故障し、私は臨時の運転手として他のトラック隊に移された。全道のりは約一五マイル（約二四・二㎞）。午前六時三〇分に出発して午後九時三〇分頃に到着したが、その間ずっと引っ張ったり押したりばかりだった。道路は凄まじい状態で足首までぬかるんでいた。トラックは立ち往生し、燃料が切れたりした。きちんと修理や整備がされていない。トラックをぬかるみから引っ張り出すのを象に手伝わせているところもあった。

私は体中泥だらけだったが、洗い流す暇はなかった。疲労困憊で、おまけに食事も遅かった。幌のないトラックの上で寝たので、夜間降った小雨で毛布が濡れてしまった。私はかぼちゃを二個盗って寝袋で包み隠した。目的地に着く前に我々は米を降ろし倉庫に隠しておいた。私はピーナッツタフィーを幾つか掠め取った。できる限り日本兵の目を盗み、そうした行為を続けるつもりだ。道路の状態がとても悪いので収容所間の物資輸送に捕虜が労働力として使われる。ここと タムロンパートとの間に採石場が三ヶ所あり、そこを通るとタイヤが擦り減り、まるで高い通行料を払うようなものだ！ 担当の日本兵が我々のうちの四人を殴った。日本語で我々に話しかけても無駄なことだ。誤解は全て我々の責任だったというのか。一二、三人の日本兵が出した命令によって、ますます事態は混乱してきた。我々の食事は出かけている間は良かった。とはいっても残飯よりましな程度だったが。例えばご飯と乾燥野菜だ。天候は依然として雨がちだ。橋の方へ丘陵を降りていくのは危険だ。そこはちょうど攻撃の対象になっているからだ。かなり多くの日本軍部隊が北へ向かって通過していくのが見られる。大半は若者で機関銃や銃を担いでいた。彼らは荷車を上り坂で引っ張り上げる時、「エッサ」というような掛け声をかけていた。他の兵士たちがそれに応え、互いに呼応していた。コレラがここや次の収容所で発生している。一四日間で二〇人もの死者が出ている。我々は何も買うことを許されていない。

## 一九四三年六月一四日　月曜日（プランカシー）

ターカヌンの運転手用宿営地を出てから六日目だ。我々は八日に四台のトラックで出発した。険しい上り坂の道路は泥んこにぬかるんでいて、時々トラックが横滑りをするほどの厳しい状況である。最初の夜、バヌアの南二マイル（約三・二km）の所で火を起こし、食事用の容器で米を炊いた。他には食べるものは何もなかった。衣服はびしょ濡れだった。私はトラックの荷台で寝たが、夜間に降った雨は凄かった。上から敷物をかけたが、だんだんと濡れてきて全てが水浸しになった。最初日本兵は我々がトラックの片隅で寝ることにすら反対したが、最終的には二フィート（約六一cm）四方だけの使用を許可した。しかし、狭すぎるので、一晩中起きていなければならなかった。他のトラックの運転席もいっぱいだった。私の毛布、テント、そして敷物はすっかりびしょ濡れになった。日本兵の軍曹は、トラックがしょっちゅう止まったりガソリンの給油管が詰まったりするのは私の責任だと責めた。何という卑劣な奴らだ！我々は翌日出発し、平坦な道路だったのでかなりの距離を進んだが、途中の沼地に約二フィート（約六一cm）の深さまで落ち込んでしまった。三台のトラックは車体が低くて沼を越えられず、一二、三時間、想像を絶するような労働の後、バヌアから一〇マイル（約一六km）の日本軍駐屯地の収容所まで引き返した。トラックではまた防水シートがぼろで役に立たなかった。もし日本兵たちが自分たちのトラックを覆うためにいい方のを持っていかなかったら、我々のシートはもう少しましだっただろう。

それには木製の屋根が付いてはいたのだが。くそっ。私はまたずぶ濡れになってしまい、一晩中水溜りの中で寝ていたようなものだ。

あくる日（三日目）は晴天となり良かった。ほとんどの物がしっかり乾いた。日本兵たちは雨続きの状態にいらだっていた。我々は寝床の防水シートを乾かして整えた。寝るには十分な程度に乾いた。私の長靴は中にまで水が入って、びしょびしょだから乾いた靴下がない。

次の朝（四日目）日本兵たちは四輪駆動のシボレーを使い、トラック三台は置いて行くことに決定した。我々のうちの二人がそれらを任された。だから、三日後に再びカンジョンブリ（カーンチャナブリー）に出発する。ここを発って一日目を運転した時、私は竹で小屋を建てたりするなどあれやこれやと作業担当の日本兵たちを手伝わなければならなかった。体に力が入らず、大変疲れた。

毎日、平均三〇〇人もの日本兵が通り過ぎていく。ほとんどが若者たちで、三五歳以上の者はほとんどいない。私の総体的印象としては、彼らはひどい身なりで、兵士として全く板に付いていない未熟な様子だ。ライフルを所持していない者も多く、就寝用のテントはぐしょ濡れだった。

ここでの食べ物はご飯にかぼちゃやさつまいも入りのシチューがあり、小玉葱はほとんど入っていなくて、とても水っぽいものだった。肉は言うまでもなく入っておらず、お茶はなかった。毎日毎食同じだった。

昨日、一人の日本兵が寄ってきて、イギリス出身かと尋ねた。我々はそうだと答えた。すると彼はえらく真面目な顔で親指を突き上げて「イギリス一番」と言って歩き去った。何で彼がそんなことをしたのか不思議だ。一〇分前にも別の日本兵がイギリス一番と言った。彼らは何か下心があってそんなことを言うのだろうか。その日本兵は本当のことを言わされているのだろうか。今日、部隊が牛に引かれた荷馬車と共にずぶ濡れで到着した。これらの牛たちは最終的には彼らの食料となるのだろうか。

## 一九四三年六月一六日　水曜日

迫撃砲や機関銃を抱えた大勢の日本兵がいる。沼地の道ではトラックを引っ張るのに象が使われるそうだ。なぜ道に竹を敷いて舗装しないのだろうか。川ではひっきりなしに艀などが行ったり来たりしている。物資の供給が行なわれているのだろうか。

五人のジャワ人がいつものようにだらだらと汚い炊事場で日課の作業をしている。我々は日本の軍曹からいい待遇を受けている。ここではたまにちょっとした物やタバコが手に入る。

天気はいいが、陽射しはかなり強く、午後に雨が降る。状況は湿っぽく蚊や蚤がひどく繁殖している。

私は二日前に一匹のヘビを殺した。長さ一・五フィート（約四六cm）で頭が茶色く、斑紋はないが腹には灰色の模様があり、そして、薄い皮膚で覆われた口の上顎の内部に牙が折れ曲がったように生えていた。

## 一九四三年六月二二日　火曜日

ジャングルでは毎日珍しい昆虫を見かける。今日は毛虫だった。灰色がかった黒い体全体を長く細い毛が覆っていた。木によじ登っているのだが、急いで登る様子が一種の駆け足のように見えた。

日本兵たちはここに五日間滞在し、夕方になると歌を歌い、大きな円陣を作って行進し、そして、その歌声がジャングルを貫き、川を越えて響き渡っていた。それがイギリスの兵士たちの心に何か訴えるとでもいうのだろうか。戦争捕虜たちへの処遇は絶対同じではないと私は思う。なぜなら、我々が日本兵から受ける処遇は過去一〇日間あらゆる汚い仕事をしてきた後、例えば土いじりをした後に手を消毒するようなものだ。ボイラーで沸かした熱湯で毎晩食器を洗うことができるのはありがたいことだ。今日戻った我々の仲間によると、カンジョンブリでコレラの発生が報告されているそうだ。そして、明日我々のために誰かを送るという軍曹からの約束が伝えられた。我々がこの場所を離れたのはちょうどこの頃だ。これら日本兵たちへの奴隷のような状態でいることにもううんざりだ。

日本兵の一人が今日私に、アメリカ合衆国は東部をナチスに、西部を日本軍に爆撃され、オーストラリアは日本軍の潜水艦に取り囲まれていると教えてくれた。バンコク・クロニクル紙の情報を付け加えれば、そうだろう！　その日本兵は、我々がそれを信じると本当に思っていたようだ。更にナチスがイギリスを徹底的にやっつけていて、イギリスの人々はカナダに避難しなければならないかもしれないとも思っていた。軍隊を煽って士気を鼓舞するための何という真実とかけ離れたプロパガンダだ。彼らは真実を知った時に何と驚くことだろうか。ここに来てからはシチューもうまいし、ご飯も十分にあり、食事は良い。今日は肉だった。故国での食事と比べても遜色ない。いとしいペギーとロバートの写真があるのは実に喜ばしい。毎日見ることができる。二人はどうしているだろうか。とりわけ、ペギーは昔二人で歩いたバーウェストへの道を辿り、グレイコットを訪ねたとのことだが、どうだったのだろうか。彼女はこのことについて書いてきてはいない。懐かしいグレイコットをもう一度訪ねることができたらどんなに嬉しいことだろうか。月日は過ぎ、一九四三年も半分終わった。もし許可されるならば、職業教育コースを受けるために休暇を申請したいが、その申請期限までにもう一二ヶ月しか残されていない。しかし、おそらく許可されないだろう。除隊し、もう一度市民生活に戻り、そして美術に関わることが出来れば、何と幸せなことだろうか。

## 一九四三年六月二七日　日曜日

昨日、二〇日ぶりに運転手用宿営地に帰ってきた。大勢死者が出ていたが、コレラは沈静化している。日本軍はこのことに関してどうするつもりだろうか。捕虜の半分が様々な種類の病気や気候の悪さ、栄養不良などで倒れている。そして、頑張って仕事をすると病気になるばかりで、それに対する抵抗力がない者は死んでいくだけだ。宿営地は衛生面では改善されてきた。例えば、ブリキの食器は熱湯に浸けられるし、便所へ行った後では手を塩素水で消毒する。幸いなことに運転手たちの間ではコレラの例はない。再び小川で洗濯ができるのはありがたいことだ。二〇日間も洗濯ができなかった。ガソリンは不足し、道路が至るところ二・五フィート（約七六cm）もぬかるむというひどい状況でトラックはほとんど走っていない。道路からジャングルの中へは迂回路がたくさんあり、故障する度に一部の部品を他のトラックと交換したりするので、トラックの数はだんだん減ってきている！我々は八月に本当にここから出られるのだろうか。それは鉄道の完成次第だろう。チージーとロバートのスナップ写真があり、二人の顔を見られるのは本当に慰めになる。ロバートは今三歳半だ。四歳になるまでに私は自由の身になれるだろうか。ロバートには私が分からないだろう。月日が去来する。早く過ぎ去ってくれることを願う。何も達成されずに時間のみが浪費される。

## 一九四三年七月一日 木曜日

今日はチージーの誕生日だ。一緒にこの日が何度も迎えられたらいいのにと思う。今朝、私は作業所での特別な任務が割り当てられた。今、やり始めた仕事を続けていくつもりだ。エンジンの様々な部品を取り外すのを手伝うことでいろいろ学ぶことができると思うから。日本兵たちはすることがあまりなく、のんびりしている。タバコや白砂糖をまぶしたピーナッツや小さなビスケットをくれた。彼らに特別な物資が届いたからだろう。八月一五日までに捕虜の全てがタイの国外に出られるだろうという噂がある。本当だろうか！　多分健康回復のためにひとまずマラヤに戻され、そのあと北マラヤでの更なる鉄道建設に従事させられるのだろう。いずれにしてもこの国から出られるというのはいいことだ。この国は、ジャングル、蚊、ブヨ、蟻、虱、その他の害虫、そして悪天候は言うまでもなく、何フィートもの泥のぬかるみ、おまけに様々な病気の蔓延だ。コレラ、赤痢、ジフテリア、それにペストなどの伝染病。なんとまあ魅力的なことか！

## 一九四三年七月一二日 月曜日

ここ七日間、雨が降り、ぬかるみ、湿度が高くなり、ベッドが湿る、ということ以外何もなかった。我々のテントのキャンバス生地からはどこもかしこも雨が漏り、寝床は屋根からの雨で完全な水浸しになったが、日本兵たちは上等な覆いの下でいる。濡れもせずいい調子だ！

我々は、不十分な米の配給や僅かな乾燥野菜やかぼちゃを何とか確保しようとしている。仲間たちは米や野菜、そして、手に入れることができるものは何でも盗まざるを得ない。夕刻、浮浪者の野営のように様々な缶に小さな火が灯してある。いろいろな服、帽子、破れたシャツ、半ズボンの人たちがいる。中には半ズボンが無くふんどしだけの者もいる。我々は日本兵と同じ食事を与えられるはずだが、我々のシチューは薄くて、日本兵のは濃くてうまそうだ。

日照不足のため、湿った毛布で寝なければならない。しかし、我々は他の者よりましだ。彼らのは本当に濡れてしまっている。何という状態だ！　これが一生懸命働いている男たちに対して日本軍が提供している寝場所なのだ。赤十字の代表はどこにいるのだろう。チャンギで我々に支給されていた赤十字からの食糧はどうしたのだろうか。我々は、日本兵の多くがオーストラリアの大きな牛肉の缶詰や、アメリカのコンデンスミルクの缶詰を持っているのを見ている。それらはどこから来ているのだろうか。一年半前にシンガポールで発見された古い蓄えでないのは確かだ。二日前コレラでもう一人死んだ。私は昨日その予防接種をした。平均してコレラの予防接種は毎月行われている。血清はどうして効かないのだろうという疑問が起こる。ここ二、三日、体が鉛のように重く感じる。それから足と背中に痛みが走り、後頭部に鈍い痛みがあった。日本軍の軍医に話し、質問をしたが、当番兵に処方を指示する他は何も言わなかった。ビタミンB欠乏を補う粉末とキニーネ二錠を貰った。これは全て当番の日本兵が四インチ四方の紙で包んだもので、食事ごとに服用することになっている。私は何とか回復した。熱が無かったので背中の寒気のせいだったに違いないと思って、背中を暖かくしたらとても調子が良くなった。この呪われた国、そしてだらだらと続く雨、大量の泥や靄（もや）、その上衣類を乾かす機会はほとんどない。隣の宿営地で新たにコレラが発生したため、今練習に加わっているコンサートは一七日に延期された。男がちょっとしたことで文句を言っている。例えば、他の桶よりもほんの僅か重いという四ガロン（約一八ℓ）の桶を炊事場に返さなければならない、といったようなことだ！　下士官たちの間でほとんど協力がないということは何と驚くべきことか。イギリス人たちはもっと品行方正であるべきだ。それは士官たちにもまた言えることだ。物事に取り掛かるのにそんなにも長く時間がかかるのは当然のことだ。互いを信用しないし、自分の利益になるとき以外は自発的に行動しないからだ。昨夜、一人が「ドッグレース」の話をし、焚き火をするのに竹を持ってくるように言われた。四、五人しか竹を持ってこなかった。他の五〇人は持ってこないで文句を言うだけだった。「彼らに竹を持ってこさせるのだ。話の間、灯火をつけ暖をとるのはいいが、どうして自分が運んでこなければいけないのか」と。どこを見ても皆利己的だ。救いようのない病人たちがどうなろうと、ほとんどの者たちは無関心で不謹慎な関心しか示さない。

## 一九四三年七月一四日 水曜日

雨、雨、そして更に雨が降る！ 道路は恐ろしい状態で幾つかの橋はトラックが通過する時ガタガタと揺れて非常に不安定だ！いつか誰かが酷い目に遭うかもしれない。昨日、日本兵たちは自分たちの小屋で四・五フィート（約一・四ｍ）の長さの蛇を捕まえ、それを囲んで小突き回した。死にかけだったに違いない。日本兵たちは、灰色と黒の斑点のある大きなトカゲのようなものを捕まえてきた。足は四角く、指がはっきりと分かれている。尻尾は普通のトカゲより短いが、体は太っていて出っ張っている。頭は菱形で首の回りに大きな目がついている。そのトカゲをやっとこで挟んで持ってきて、竹でトカゲの頭や体を小突き回し、半分死にかけの蛇を攻撃させた。しばらくすると、子どもの蛇だったので相手が大きすぎたのだろう、蛇は死んでしまった。けれど、トカゲは蛇の後頭部に必死になって噛みつきぶら下がっていた。蛇の神経はまだ生きていて、自らの体をよじってトカゲの体に巻きついたが、トカゲは噛みついたまま離そうとしなかった。蛇が一捻り巻き付く度にトカゲはうまくそれを外した。蛇はついに死んだ。その後、日本兵たちは面白がってトカゲを突つき殺してしまった。人はいかなる衝動でこんなことをするのだろう。

今日、イギリス人の本質を表わすような出来事があった。大型トラックで竹を取りにいく時に、最初のトラックがぬかるみにはまり込んでしまった。周りの者たちはどうしていいか分からないという様子で呆然と立っていた。彼らは何度も何度も命令されて、急き立てられ、そして挙句には頼まれねば動かない。一体どんな男たちが軍隊に配属されているのか。まず第一にまともな兵士としての訓練もせずに、これらの男たちを戦場へと送り出すことに対して、誰が責任を持っていたのだ。大英帝国の産物だ。何と言う恥さらし！ 第二には最初の竹集めの班が急な丘を登ることに対して、危険過ぎるだの、滑りやすいだのと不平を言ったが、どうしてどこか他の場所から登ろうとしないのか。おまけに雨が降り続き、体はびしょ濡れで両手は泥だらけだ。くそっ！ろくでなしばかりで、何という国だ。運転手たちはほとんど肉体労働をしない。鉄道部隊の男たちは雨やぬかるみの中で重労働をしているというのに、奴らは何もしていない。不平不満を言うのは一人か二人だ。あまりにも生意気なやつは罰を科された。ここで、私が懲罰担当だったら、規律を守らせていただろう。あるいは、問題のやつを作業班へ戻していただろうに。竹が積み込まれた。しかし、半数の者たちは作業が終わる前にその場を離れようとしていた。何てことだ、心底彼らを軽蔑せざるを得ない。最初は、私の労働者階級に対しての同情の気持ちと同じように、兵士たちに対しても手助けをしようとしたり、心底同情もしたが、怠けようという気持ちばかりの者たち、先見性の無さ、仲間内での下らない口論、そして彼らのために何をしても文句ばかり言っているのに対して腹が立ってきた。私は言うまでもなく勤勉に働く田舎出身の人間のほうが好きだ。日本兵たちが我々に言うには、ビルマ内で日本軍によって捕らえられた捕虜は両腕、両足をトラックに縛られ、八つ裂きにされるのだ、と。これが低落しつつある日本軍の士気を鼓舞するための新しい刺激剤だとでもいうのか。

## 一九四三年七月一八日　日曜日

日曜日が我々にとって何かを意味しようがしまいが、日本兵にはどうでもいいことのようだ。いつもと同じように仕事日だ。ここ三日間と同じように、今日も辺り一面のぬかるみや泥だらけの道の舗装と鉄道の土手から石を運ぶ作業に従事した。日本兵の要領の悪いやり方が一日中続き、それでますます作業は困難を極めた。食べ物は湯とほとんど変わらないようなまずいシチューの缶詰半分だ！八月一五日にマラヤに戻るというのは幾分疑わしい。私はムカデを半分に切ったが、頭部のないまま三分間程這いずっていた。日本兵によって連れてこられた小馬が一二頭いて、荷馬として使われていた。一人の日本兵に護送された中国製の麦わら帽子をかぶったタミール人が五〇人位いた。ここで飼われている家畜はひどく痩せていて、みんな骨と皮ばかりだ。約二五〇〇人分の食料用として二日に一頭の割りだ。

二、三日前、五〇ガロン（約一八九・三ℓ）満杯のドラム缶が倒れてきて、私はトラックの荷台後部枠の方へと仰向けにぶち飛ばされた。かろうじて足を振り上げたが、転げてきたドラム缶が膝に当たった。トラックは五ヤード（約四・六ｍ）進んだ後で止まり、私は何とか歩いてトラックを降りた。左の膝は腫れ上がっていた。もっと大事にもなりかねなかったし、膝の骨を折っていたかもしれないので、その程度で済んで大変運がよかった。道は穴だらけで泥の海だ。実際、トラックが上を走るだけで揺れる橋もあった。

オルガン奏者たちの椅子、そして、人々で埋め尽くされた座席、そんな英国の教会に再び参列したいとどんなに切望していることか。私は聖歌隊の中にいる。もちろん、私の声はゆっくりではあるが、確実に自然に歌う方法を会得し、発声についても、私が生涯感謝するバーバー夫人から学んだことを機会のあるごとに練習する。彼女は私を正しい方向へと導いてくれた。彼女は今どこにいるのだろうか。栄養のある物を食べて元気になれば、少し時間はかかるものの私の声は回復するだろう。私は歌唱力をもっとつけたい。自信はある。美術の方もそうだ。休暇もなく、なんの娯楽施設もなく一日中働き詰めのこの生活。それはともかく、毎日が早く過ぎ去ってほしいと願うというのは何という時間の浪費か。チージーはどの教会に行っているのだろう。ロバートが今や三歳半だという事実がぴんと来ない。今度ロバートに会える時には彼は何歳になっているだろう。

## 一九四三年七月二〇日　火曜日

我々が今いる状態はひどい。特に雨のせいで増水した川での洗濯。泥水の水位は通常の時の川岸より二〇ヤード（約一八・三ｍ）も上がっている。その結果、全ての食料が腐りかけている。養豚場はもはや使えずに川に浮いていて、徐々に本流の方へと流れていっている。腐敗した臭いがたち込めている。元々は出入り口であった階段状の所に男たちが立っている。そこまで水が迫ってきて、今や六フィート（約一・八ｍ）の泥水に覆われていた。男たちは米櫃で洗濯をしたり行水をしたりしていた。汚れた靴下、あちこちに唾を吐く男たち、体臭、男たちの多くは体中に傷があり、様々な皮膚病に罹っていた。もし、この不衛生な状態が続けばおそらくジフテリアが蔓延するだろう。私は日本兵からビタミンBの錠剤を一瓶買うことができたが、効き目はないと思う。

## 一九四三年七月二二日　木曜日

我々は白い石鹸（二・二五インチ（約五・七㎝）×一・五インチ（約三・八㎝））を一個配給されたが、半ズボンを一枚洗っただけで、溶けてなくなってしまった。何ヶ月も待った挙句の配給だ！三〇枚ばかりの薄い便所紙とポモロ（ザボン）も配られた。大勢のタミール人がやってきた。何人かは女連れだ。哀れで元気のない様子だった。ここ一〇日間コレラで死んだ者はいない。日本兵が我々に言うには、六ヶ月後には連合軍からシンガポール、ボルネオ、ジャワ島などが日本に引き渡されるだろう、と。そう思わせておくがいい！

## 一九四三年七月二八日　水曜日

四日間熱が続いた後、気分が悪く体に力が入らない。病み上がりの体に力をつけるには食べ物があまりにもひどい。米と水、それにかぼちゃの小片が僅かに浮いている程度のシチューだけ。豚の餌だ！

## 一九四三年八月一日　日曜日

故郷ではどんなことが起こっているのだろう。休日でみんな休みだろう。日曜日なので、明日のために力を蓄えていることだろう。いずれにしても、今日は八月の公休日だ。現実へと考えを戻せば、カメラがあればいいのにと思う。

回りは泥、泥、また泥だ。車の轍は膝までの深さがあり、長靴には水が沁みこみ、トラックは滑り、泥の中にはまり込んで動きがとれない。兵士たちのつぎはぎだらけのシャツは破れてびりびり、漏水部分を覆う天布、そして寝床はぐしょ濡れだ。だから、毛布までも濡れた状態だ。日本兵が我々に住居用の新しいアタップ小屋を用意すると約束した。しかし、またいつものように口先だけの約束だ。昨日と今日、男たちは荷船から荷物を降ろしたり積み込んだりと午前一時まで働き通しだ。僅かな米と湯の中にほんの二、三切れのさつまいもだけだ。くそっ！我々を何だと思っているのか、象かロボットか。全てにスピード、スピード、スピード‼と急き立てる。彼らは絶望的な程に急がされているようだ。貯蔵小屋が建ち、ジャングルが切り開かれ、そして川では荷船が絶えず行き来している。中国製の麦わら帽子をかぶった大勢の人夫たちが毎日通り過ぎていく。何人かは非常に元気のない顔つきで、ほんの二、三着のボロ服しか持っていないし、誰も毛布すら持っていない。

### 一九四三年八月四日　水曜日

今日、タムロンパートへと移動し、一〇時に荷船に乗り込むようにと命令されている。雨が降っていた。泥やぬかるみの中を、二一人のオランダ人と一四人の下士官がビール一一ケースとタバコ二カートンを運んでいた。大変な仕事だった。昼飯は荷船に持ってきて、午後二時三〇分にやっと出発することになった。ムラという名前の日本兵は、ほんの四時間程で到着するだろうと言ったが、結局は川を三〇〇～四〇〇ヤード（約二七四・三～三六五・八m）しか上っていくことができなかった。発動機船の小さなエンジンに対して、川の流れがあまりにも強すぎたのだ。再び雨が降り出し、日本兵たちの指示によって振り回された。日本兵はどうすべきかさえも分かっていない。我々はついに三時間半後には出発地点まで漂流して戻ってしまった。骨折り損のくたびれもうけだった。彼らは目先のことしか気に掛けていない。我々は荷を倉庫に戻した。

### 一九四三年八月五日　木曜日

仲間たちと寝て、午前八時には出発した。我々は再び荷を積み込み直した。なぜ昨日荷を倉庫に戻したのだろう。気が変じゃないのか！午前九時に乗船して、朝食を食べた。昨日のよりも馬力のある発動機船に引っ張ってもらったが、それでも移動に午前一〇時三〇分から午後六時三〇分までかかった。昼食を船上で食べて、私は道中のほとんどの間眠っていた。熱が出始めているようだ。発熱や嘔吐下痢に苦しみながら仰向けに寝っ転がり、この日記を八日に書いている。私は野営地に入る前に、予防接種をされてスプレーを吹き付けられた。それから小屋でゆっくり休むことができた。ありがたいことだ。仲間のためにいろいろな物を貰おうと、日本兵を追いかけ回している。

## 一九四三年八月六日　金曜日

朝食後、日本軍は我々を様々な作業へと振り分けた。炊事場へ一二人、牛の世話へ七人、野営地の掃除に四人が駆り出され、荷物を運んだり、湯を沸かしたりした。私は五人のオランダ兵と共に湯を沸かすように言われた。そして雨の中、脚まで泥まみれになって水を運んだ。長靴に穴があいていたので、一日中靴下までびしょびしょだった。夕方には精も根も尽き果てた。魚、砂糖、ココナッツ油、紅茶、とうがらし、塩、数粒のピーナッツの「プレゼント」があった。なぜこんなものをくれたのだろう。何だか疑わしい。我々は遅くまでかかって皆で分配し、寝たのは夜中の一二時だった。

## 一九四三年八月七日　土曜日

午前六時に起床し、オランダ兵と火を起こして、ドラム缶で湯を沸かした。それから朝食時間に小屋に戻ったが、何も食べなかった。日本兵は私を医務室に行かせたが、無能な看護兵が私のことを大丈夫だと言った。それから、私は軍曹のいる部屋に連れて行かれ、非常にありがたいことに、「今日、君は休みなさい」と言われた。何ていい人なんだ！ベッドに入るとすぐに、二〜三時間もの間、九回の便意と八回の嘔吐のために便所に行かなければならなかった。気分が悪かった。頭がくらくらしていた。テント内に移動したが、そこは雨漏りし、床に敷いてある竹とマットは虫がいっぱいで不潔だった。日本兵は感染症を疑っているに違いない。トーマスが寝床を作ってくれて、ボウラーは後から所持品を持ってきてくれた。私はひどく喉が渇いていたので、水筒を一本借りて手元に二本置いた。夜は三度便所に行ったが、何とか嘔吐は治まった。本当に良かった。

## 一九四三年八月八日　日曜日

本当に調子が悪い。日本の軍医が突然現れた。私の体調を聞いて、湯たんぽで腹を温めるように言ってくれた。昨夜は寝ている最中に大汗をかき、毛布までも濡らしてしまったが、仕方なくそれにくるまって寝なければならなかった。他に替えはなかった。その上、屋根からは雨漏りしていた。何と楽しいひとときだ。

## 一九四三年八月一二日　木曜日

ここ三日間、私の調子は上向きだった。胃のむかつきは無くなり、便も普通になった。少しのご飯と腐った汚物のようなごちゃ混ぜのシチューを食べた。体力が無かった。どうすれば体力が回復するのだろう。私は何とか一ドルで卵を五個手に入れることができて、ボウラーが食事ごとに一個ずつ私のために調理してくれた。風が横から吹き込んできて、雨が上からも横からも入ってきた。病人には何と最高の状況だろう。二日間雨が降らないので、仲間たちの水虫の状態が少しはましになるだろう。ここのクーリーの中に数人の女がいた。何か状況を聞くことができればいいのだが。日本帝国軍は、我々は八月一五日までにはタイを出国するだろうと言ったが、これも日本式の当てにならない約束だ！バナナは今一房五〇セントで、卵は一個二〇セント、缶入りビスケットは五ドルでカーンチャナブリーの二倍の価格だ。

## 一九四三年八月一五日　日曜日

昼食後、散歩に出かけたが、足が重くて頭もふらふらしている。足場を置いて二インチ（約五㎝）高くした小道が至る所にあり、とても滑りやすい。タイの売店ではマッチに二〇セント、四分の三パイント（約〇・三ℓ）の殻付きピーナッツに五〇セント、二インチ（約五㎝）角のビスケット一つに五セント払っている。生活費は信じられない位上がっている。タイ人は日本軍の戦闘作戦によって強制労働させられている。大勢のクーリーが駆り出されている。あるオランダ兵は中国人が日本兵に竹で殴り殺されるのを目撃している。中国人の悲惨な状態は完全に無視だ。近くの路上では、草を食べている牛とコレラで死んだタイ人を見かけた。状況は次第に悪化している。ここには一五〇頭もの牛がいるにもかかわらず、シチューにはほんの小さな肉しか入っていなくて、食事は全く良くない。昨晩、結構音声のいい日本の映画が上演された。私はテントの中からそれを聞いていた。

## 一九四三年八月一八日　水曜日

私は水を沸かす仕事に戻った。しかし、日本兵は火を焚くように言い、三〇〇ヤード（約二七四・三ｍ）離れた炊事場から水を運ぶことはしなくていいと言った。火の熱気で汗が出た。体に悪いので、私は仕事を変えなければならないだろう。更に多くのタミール人、中国人、インド人などが一フィート（約三〇・五㎝）ものぬかるみの中を小さな包みを抱え、泥を跳ねながら到着した。一〇歳足らずの男の子が一人と、女たちもいた。どのような状況で彼らはここに来ることになったのだろうか。無理強いされたのか。野営地内で一人がコレラで死んだ。だから、昨晩予防接種を受けた。ほとんどの者が病気にかかっているので、私はここの人たちの臭いが嫌いだ。この野営地には何百人もいる。更に大勢の人が来て鉄道の完成が早ければ早いほど、私は早くシンガポールへ戻るか、ここを抜け出すことができる。昨晩はまた大雨が降った。

## 一九四三年八月二二日　日曜日

また熱がぶり返した。午後に発熱し始め、脚がひどく疲れている。脚気になり、医務室に行った。そこには日本人の軍医がいたが、忙しすぎて私を診てくれなかった。また、かわいそうなローリーは脚にひどい痛みがあり、次第に踝にまで痛みが及んで膿が出てきている状態だった。［一九七七年　熱帯竹潰瘍　皮膚が踝までずり落ちて壊死する。］それは酷い状態で歩くことさえもできない。日本軍所長が今朝、担架で運ばれていった。二度と戻ってこないことを願っている。我々が今受けている治療も人手が足りない状態だからだ。全く残酷にも放っておかれる場合がよくある。こんなふうに捕虜を扱うのは許されないことだ。くそっ！私は夕方までベッドに横になっていた。ここに連れて来られた者たちは一晩中外で寝させられている。至る所、泥まみれだ。哀れなものだ。彼らはいろいろいいことを約束されてやってきたのに、このざまだ。大勢が服を乾かすために水を沸かす小屋へ入ってきている。彼らは皆咳をしている。そして、大方の者が酷い治療と悪状況のためにそれほど長くは生きられないだろう。我々はいつこの状態から抜け出すことができるのだろうか。

## 一九四三年八月二六日　木曜日

このところ三日間、雨がほとんど降っていない。明け方四時から八時まで、ひどい胃痛に見舞われた。その間、私は激しい痛みを和らげようと便所に四回行ったが、苦痛はまだ治まらなかった。体をくの字に折り曲げなければならないほど痛みがひどかった。神よ、二度とこのような苦痛を私にお与えにならぬようお願いします。私は日本人の看護兵のところへ行った。タバコを吸いながら無知な同僚の男と長話をした後、ローリーの足の治療をし、それから、私が病気になって、快復し、また今調子が悪いなどと、私のことを話していた。私たちの目に、自分が如何に最悪に映っているか、あいつは分かっているのだろうか。人の足にどうやって包帯を巻いたらいいかなど、治療や手当の事は全く知らないようだ。我々は無知で野蛮な豚野郎の好き勝手にされているんだ！

## 一九四三年八月二九日　日曜日

クーリーの数が減ってきている。ここの鉄道は彼らが作っている。実にターカヌン（二〇キロ下流）まで線路が完成しているとの噂だ。つまり、あと一週間でここまで届くということだ。完成することを神に祈った。泥はそれほど深くなく少し乾いている。しかし、まだ時々夕立がある。二、三日前に蝶を二匹見かけた。天候が良くなる兆候だろうか。レッドボールのタバコは一箱一ドルだ。日々物価が上がっている。私はタミール人と両替をし、二〇ドル分の軍票を一四タイドルに替えた。まだ依然として、卵は五個一ドルだったが、買うのにタイドルが必要だったのだ。イギリスの天候はどうだろう。いとしいチージーと幼いティドリーは元気だろうか。二人が私のことを気に掛けてくれていたらいいが、きっとそうしてくれているだろう。それが自然な気持ちだろう。二人にとても会いたい。次々とあちこちへ移動する軍隊生活から逃れて、小さいながらも我が家に落ち着きたいものだ。こん畜生！

## 一九四三年八月三一日　火曜日

私はブラント大尉の助言に従って、毎食時キニーネを二錠ずつ飲みながら仕事に復帰した。彼は次の宿営地にいるオーストラリア人医師で、コレラの患者をうまく治療していた。宿営地には朽ちかけたテントが三つあるだけで、他には、葉っぱで屋根を覆った竹の小屋しかなかった。私は少し気分が良くなってきた。オーストラリア人医師が私にマラリアという診断を下していたが、早く克服したいものだ。

## 一九四三年九月一日　水曜日

今、インダオへ給料や衣服、靴などを貰いに行く途中でこの日記を書いている。九時三〇分に出発したが、あまり遠くまで行かないうちにエンジンが故障した。ディーゼルの一気筒だ。ターカヌンの宿営地に午後二時半に到着したが、そこは全て申し分のない状態のようだった。小屋はきちんと整えられ、地面は乾き、日本軍に雇われた英国下士官はとても喜んでいるようだった。何という違いだろう。おお、神よ、彼らはここの環境が気に入るだろう。それから二、三時間、賃金について説明する日本兵のあとについて、我々は小屋から小屋へと回った。料理人に会ったが、いいやつだった。インダオに午後八時頃到着したが、岸には上がらず船で寝た。竹の上より寝心地がいい。翌朝、また戻ってターカヌン村を訪ね、仲間のためにタバコを買った。いろいろな店に入るのは面白い。バナナを五本買い、他の店で紅茶を一袋貰ったが、あとで飲んでみたらうまくなかった！運転手用宿営地にいるテッドやタフィーたちに会ったが、今は運転をしていないようだ。道路は乾いていて、川から丸太が引き上げられている。鉄道はもうプランカシーまで通っていて、線路はターカヌンまで延びている。運転手たちは毎日川を渡って向こう岸へ行き、木を切り加工している。乗船者は国際色豊かだ。タイ人の夫婦、日本人、オランダ人、そして私。皆、意思疎通の手段は英語だと分かっている。日本兵は、タミール人、タイ人、オランダ人に話しかける時、英語を使う。とても素晴らしい。私は、今、E・M・ジョードの『哲学倫理と政治について』を読んでいる。私の好みにぴったりで非常に面白い。

## 一九四三年九月二日　木曜日

ターカヌンを午前一〇時に出発したが、雲行きが怪しい。日本軍司令官柳田大佐が、鉄道基地はこれから三ヶ月以内に完成する予定だと言った。クリスマスをタイで過ごし、それからどこへ行くのか。その頃までには全てのことが終わっていてほしいものだ。我々は皆、「君たちは自由だ。」と言われる日を夢見ている。我々は士気を高めるために、もうすぐ終わると期待し続け、神を信じなければならない。食べ物は船に乗っている女が作ってくれるが、温かいご飯とかぼちゃのシチューでうまかった。いつもの食事とは大違いだ。食欲をそそられる。

## 一九四三年九月一二日　日曜日

九月三日に到着してからほとんど毎日雨で、午後時々晴れる。あちこちぬかるんで滑りやすく危ない。八月分の給料が支払われたが、私は一八日間病気だったのでほとんどなかった。私はアタップヤシの小屋の一方を使い、もう片方をオーストラリア人とイギリス人が使った。彼らは近くのみすぼらしい宿営地に住み、オーストラリア人医師ブラント大尉が面倒をみていた。水運びの仕事は次第に楽になってきた。足が本来の強さを取り戻してきたようだ。ありがたいことだ。宿営地に新しい管理職が来て、食べ物は良くなったようだ。彼がいることにより以前にあったごまかしが減るだろう。三日前、日本兵の所持品検査があり、装具は全部揃っていたが爆弾は見つからなかった。現地人たちは、線路で仕事をしている。見る限り全部出来上がったようだ。ターカヌンで、「あと三ヶ月だ、クリスマスはタイで過ごし、それから移動」と言われたが、どこへ行くかは誰も知らないようだ。毎晩、妻のチージー、ティドリー、マルシンハ、ヴァイオレット、グレイコットなど家族のことを考え、一体何をしているだろう、元気だろうかと思う。マルシンハはきっと少し白髪が出てきただろう。皆、随分変わっただろう。

## 一九四三年九月一九日　日曜日

昨晩、私たち全員を前にして、管理職が発表した。二〇人がターカヌンに行ってコンコイター（ここの次の宿営地）までトラックを運転するという。そう、雨が止んだらのことだ。オランダ人一四名とイギリス人下士官六名に詳細が知らされたが、ここ四日間雨が降り続いている。ぬかるみがひどく、下水管は満杯で放水口はない。一九二七年に祖父（ジョージ）から貰った腕時計をタイ人に二五ドルで売った。元々は一五ドルで売ろうとしたのだが、相手が五〇ドルと聞き間違えて半値に値切ったので、思っていたより高く売れた。ご飯やシチューは良くなっているが、余分の食べ物を買うのにお金が必要なのだ。

日本人の管理職はなかなか親切な人で、不満はないかと何人かに声をかけてくれた。小屋の反対側の端にいるオーストラリア人たちはとても陽気でユーモアがある。我々一〇人中九人は、イギリス人より彼らの方が好きだ。嬉しいことに、今晩礼拝があるかもしれない。ちゃんとした教会の礼拝に出て、また歌を始めたいとずっと願っていた。いい食事をとり健康であれば、私の声もずっとよくなるはずだ。お陰でついに私は自然な歌い方を会得した。ここでオランダ人七人とイギリスの下士官七人と一緒に過ごすことになっている。ターカヌンから来る五人も加わる予定だ。

竹の小屋にいる仲間から、熊を一頭とハイエナか山猫らしき動物を何頭か見たと報告があった。長靴は水漏れし、靴下はずぶ濡れで泥だらけだ。一日か二日に一度洗濯するので擦り切れかけている。

## 一九四三年九月二四日　金曜日

私の両足は指先が擦りむけてひどく痛い。九月二一日にオーストラリア人医師が消毒して治療をしてくれたので、今は膿のようなものが出てきている。幸いにも左足の指先一本で済んだ。長靴が手に入らないからこういうことになるのだ。日本兵伍長が第一部隊の管理職をうまくごまかせれば何の仕事もする必要がないと教えてくれた。それはその部隊が出発した後の二日間のことだった。私はオランダ人への「プレゼント」としてのお金の一覧表を作って時間を過ごした。トーマスと仲間たちがいなくなるのは嬉しい。みんなに悪影響を及ぼしたのは確かだ。彼らがここから追い出されたのは当然のことだ！まだじめじめした天候が続き、私のベッドは一番端にあるので、隙間にマットを掛けているのだが、雨が降り込んでくる。食べ物はあまり良くない。いつもかぼちゃのシチューだが、欠片すらあまり入っていない。今、鉄道はここから二キロ先まで延び、早く完成すればいいなと思う。今日、二、三人のオーストラリア人が、女性を口説いたり肉体関係をもつことなどについて話していた。一般的に肉体関係は独身の時も結婚してからも何ら変わりはないようだ。優れた知性的な人間は適応性を持ち、低劣な欲望を抑えることができると思うのだが。言いかえれば、我々は雌犬を求めて歩き回る多くの犬と同じなのか。欲情は抑制できないものだろうか。結婚についてあれこれと喋るのには怒りを覚える。結婚について考えてみると自分たちのことが思い出され、幸せだったと思う。しかし、マラヤでいた頃、私自身が自分の役割を果たさなかった時期があった。原因は何であったか分からない。じめじめした暑さのために健康を害し、クアランプールでの思い悩んだ時期が事態を悪くした。チージーは「あなたがなぜ私と結婚したのか分からないわ。」と何度も言ったが、彼女がそう言った詳しい原因は何だろう。私はよく豚のようにふるまっていた。チージーたちが今どのようにしているか心配だ。幼いティドリーは大きくなっただろうか、転んで怪我などしていないだろうか。指を切って包帯をしているかもしれない。神が彼らに健康と安全を授けて下さるように。もうすぐ私たちが自由になり、再び一緒になれるよう願うばかりだ。幸せよ、もう一度。

## 一九四三年一〇月九日　土曜日

久しぶりに、また映画上映会があった。日本の進歩発展を示す普通の映画、つまり宣伝用のニュース映画と、他の二本は、自然についての映画と一八五〇年頃を舞台とした長たらしい映画だった。二日前、楽団が来て四五分間の演奏会があった。なかなか良かったが、演奏者がたびたび間違って所々耳障りな所があった。この先の鉄道は作業が忙しくなりそうだ。川は二〇フィート（約六・一ｍ）下方にあり、地面はだんだん乾燥し固くなってきている。あの凄まじいぬかるみや湿気からの何という変わりようだろう！身に着ける物は、今ではふんどしやぼろぼろの半ズボンしかなく、着替えの衣服は何も貰えない。

## 一九四三年一〇月一〇日　日曜日

午後三時に、日本兵はここ二、三日間準備していた音楽会に参加するように我々を呼び集めた。しかし、一体何でこんな時期にするのだろう。英国人やオーストラリア人が交替で二、三回出番があり、タミール人やタイ人の騒々しいダンスショーもあった。ほとんど全員が賞品を貰った。観衆はとてもうまいコーヒーとタバコ一箱、それにライスタフィみたいなものを貰った。少々雨が降ったが暑い。夕食はとびきり上等だった。ポークシチュー、かぼちゃシチュー、豚の骨付き肉、玉葱と緑野菜（とてもうまい）と、勿論ご飯もあった。久しぶりにご馳走だった。今日のショーは終わり、出演者たちが砂糖やコンデンスミルク、煙草の箱、ライスタフィなどを貰っていた時、二、三人の若い日本人将校が入ってきてオーストラリアの軍医に話しかけていた、この戦争は、どちらが勝つのだろうかと！捕虜になぜそんな質問をするのだろうか。彼らは日本軍の勝利を疑ってはいけないのだろうが、噂が忍び寄っているようだ。日本兵たちは「イタリア、良くない。」と前にも何回か言っていた、しかし、それはイタリアの国力が衰退しているという意味だろうか。これまで二、三日炊事場の仕事をするだけで、外の仕事を何とか免れてきた。鉄道建設の作業は二、三週間のうちに終わりそうだ。それが終わったら運転手たちは戻るのか、ここに留まるのか、どうなんだろう。地元の労働者の監督としてここへ来ているシンガポールの衛生検査官であるインド人に話しかけると、米とほとんどの輸入品は統制され、街路の名称は全て日本語名で呼ばれ、学校では七〇パーセント日本語を話しているとのことだ。マーガリンは一ポンド五五ドルで、カーキ色の作業服は二〇ドルだと話していた。更に多くの日本兵が通り過ぎて行く。毎日二〇〇人位だ。ほとんどの者が裸足で、長靴を要求すれば担当官からの答えは、「英国人用長靴は大き過ぎる、雨は止んでいる、君らに長靴は要らない。」ということだった。何という状況だろう。まあ、乾燥した天候でありがたい。川は二〇フィート（約六・一ｍ）下で、水は澄んできている。ターカヌンから手紙が来る頃にはもっときれいになっていると思う。

捕らえられてから一五ヶ月後の四三年五月に一通の手紙がきた。一体どうなっているのだろう。先の戦争ではドイツの捕虜は確かこんなに長くは待たされなかったはずだ。どんなにか私のチージーやティドリー、マルシンハに会いたいことか。陸軍を退役してイギリスへ帰り、最終的にはカナダへ行きたい。そうなれば、どれほど幸せなことだろう―これら全ての希望や過去の思い出が私の今の生きがいになっている。また我が軍が最後には敵を押し返し、我々を解放してくれると信じて頑張っているのだ。チュンカイに八〇〇もの墓が作られたという報せがあった！これらの死に対してどんな賠償が支払われるのだろうか。どうすれば人命を取り戻すことができるのか。負けた国に無理やり賠償させたとしても前の戦争の繰り返しになるだけだろう。その国々との交易は閉ざされ、飢餓と苦難と貧困がもたらされるだけだ。これを解決するには、今までの過去の戦争を全て忘れ、良き隣人として生きる努力をするべきだ。そうしない限り、戦争はいつの世にも起こるだろう。ロシアは今や確固たる国家を打ち立てつつあり、将来は強国として認めなければならないかも知れない。

## 一九四三年一〇月一九日　火曜日

手紙だ！愛するチージーから七通受け取った。一九四二年七月二日付が一通、九月四日付二通、一〇月が四通だ。ターカヌンで受け取った手紙が一〇ヶ月かかったのに対して、最後の手紙は一二ヶ月もかかっている。我が家では家族皆何事もなく無事なようだが、かわいそうなチージーは私の葉書が着くまでは、私が捕虜になっているのではないだろうか、死んでいるかもと、とても心配のし通しだったに違いない。捕虜になっていることを現在までに知らされるべきだったと思う。何という組織なのだろう、一通の手紙に一二ヶ月もかかるなんて！まあ、今までに一通も届いていない者が多くいるのに比べれば、私は何通かを受け取り幸せな方だと言える。青いスーツを着た私の幼いティドリーを見て、一緒に教会へ行くことができたらなあと願うばかりだ。ここの小屋の裏に空爆に備えての塹壕が掘られたが、他の宿営地でも同じようなことをしているようだ。依然として晴れが続き、夜遅くまで蒸し暑い。鉄道線路は現在連結されて、この仕事に同行している楽団の演奏付きで一種の式典があった。この宿営地はバーンポーンから約二三〇キロ、ビルマとの国境からは二七キロのところにある。大勢の者がコレラ、赤痢、衰弱で死んでいる。我々はどんなに健康を害して病気になっても、何百人という多くの者たちが犠牲となって死んでも、金のかからないただ働きのクーリーの代わりのようにこき使われてきた。結局、それは単に捕虜の死にすぎないのだ。クーリーは実に一日に三人から五人が死んだのだ。

## 一九四三年一〇月二二日　金曜日

ターカヌンからトラックが四台着いた。炊事場の男たちが昨日南方へ行かされた。我々はついに運転の仕事に回されるのだろうか。どのくらいの期間になるのだろう。

## 一九四三年一〇月二七日　水曜日

イヤホンでラジオを聴いていたカンジョンブリの士官が捕まったという話を聞いた。彼は蹴り飛ばされ、おまけにライフルで意識不明になるまで殴られ、日本の衛兵詰め所の前に放り出されて怪我の手当てすら許されなかったそうだ。彼は三日後に死んだそうだ。ここでのもう一つの例は、痩せた小柄な下士官が下痢による貧血症を患い、適当な処置をされなかったために、今はマラリアと脚気に罹っている。日本兵たちは彼が病気で食べ物が消化できないと認め、我々は卵を五〇個と一缶二ドルのコンデンスミルクを薄めたものをそのかわいそうな男のために手に入れた。彼は根性はあったが、空腹で体がいうことを利かないようだ。炊事場には担当以外に運転手が四人もいるので、皆の不満が募ってきている。トラック運転手のうちの一人は病気が回復してきているのに、きつい仕事でなければ何とかできそうだなどと言っている。これは下士官や一般市民の典型的な気質だ。私がこれまで見聞きしてきたことは全くイギリス人の面汚しばかりだ。どうして真面目に職務をしないのかという疑問に対しての答えは、彼らが望むのは楽な仕事、多額の報酬、責任のない仕事ばかりだというわけだ。何というご立派な気質だ。こんな男たちが選挙権を有し、我が政府を作っているのだ。その結果、悪循環を生み出している。彼らはいつ客観的に自らを省みるのだろうか。イギリス人全体に対して言えることだ。イギリス人は自分たちこそ世界で唯一の民族だと思っているが、何と多くの者が情けない実例を示していることか。

## 一九四三年一一月四日　木曜日

足の長い蟻が自分より小さい蟻を捕まえて喰うのを見た。

マレー人の一団が歌ったり踊ったり、日本語英語混じりの解説付きで自転車の曲乗りなどいろいろな見せ物をした。日本の飛行機が約一五機西へと飛び去ったが、きちんとした編成は組んでいなかった。

蝿の大群が食い物に群がるのが益々ひどくなっている。私は体中に蝿がとまったり群がったりするのに慣れることができない。追い払っても追い払ってもやってくるのは実に煩わしくて耐えられない。

## 一九四三年一一月九日　火曜日

約一週間前、病気で酷い状態の下士官が死んだ。思い起こしてみれば、特に何の手当てもされていなかったようだ。要するに、命を救うための注射が必要だと誰も日本兵に伝えなかったのだ。しかし、それは結局千人のうちの一人にしか過ぎず、彼だけを構っていられないということだろう。冷淡で無関心な態度だった。彼を見た人が、病状からみて二、三日程度しかもたないだろうと言っていた。何という酷い人間性か。病人を見殺しにするとは！オーストラリア人の軍医は日本兵の所に、治療をしてくれるように頼みに行きもしなかった。軍医たちのほとんどがいつもそんな態度だ。「待って明日様子を見よう」というのだ。

昨晩、小屋の中の何人もが近くのジャングルのどこかで助けを求めて叫んでいるオランダ人の声を聞いたが、そのことにふれ冗談の種にはしたが、誰一人見に出て行きもしなかった。ここで寝ていた二人のオランダ人が探しに出て行き、私も付いて出たが、別々の方を見に行った。こんな場合、平常時ならどんな反応をするのだろう。オランダ人、オーストラリア人、タミール人、タイ人、どこの国の者であれ、人間なら他人の苦境を心配してやるのが本当だろう。彼らは助けに出ていくだろうか。そうあってほしいものだ。こういう状況とはいえ、人はなぜ他の人たちの苦悩に対してこれほど無関心でいられるのか。この試練の日々は、我々全員が試されている時なのだ。何と情けないことだろう。正々堂々とした行動をとることができない者が多い。人間は気分が落ち込んでいる時、道徳の原則をなぜ無視してしまうのだろうか。「病人や役立たずは寝たきりで死んでしまえばいい」という態度になってしまうようだ。何という世の中だろうか！

蒸気機関車が時間をかけてゆっくりと通過していったが、ディーゼルエンジンに引かれた列車は騒々しい。

## 一九四三年一一月一二日　金曜日

六年前、私はエセル・メアリー・ライリーと結婚した。ペギー、いとしい、いとしいチージーは、私と結婚しなければよかったと時々考えていることだろう、理想的な夫ではなかったから。特にシンガポールやクアラルンプールでは、彼女を愛していると態度で示さなかった。今にして思えば、当時私は完全に混乱していて、口論ばかりしていた。身体を壊し、ストレスが溜まっていたからかもしれない。他の原因としては、悪霊が取り付いていたか何かだろう。捕虜生活を通して、ものの考え方が変わり、健康も回復し、事務仕事や残業の悩みなどに神経をすり減らすこともなくなった。話が横道に逸れてしまった。六年前、カルカッタでのこと。その日のことはよく覚えている。木曜日の午後、W 砦のプラッセー門の近くで、ペギーが指輪をはめようとしていた。そしてその翌日、クリフォード牧師が私たちを結婚させてくれた。クリフォード夫人と娘が立会人になってくれた。ファーポスでお茶を飲み『メトロ』にショーを見に行った。翌日私はデリーに行ったのだ！もうずっと前のような気がする。六年よりもっともっと前のような。そして今、また一緒に暮らせる日を心待ちにしている。あと何年離れて暮らさなくてはならないのだろう。クアラルンプールで一緒にいた頃からもう二年近くになる。再び、幼いティドリーやその次の子供と一緒に暮らせたらどんなに幸せなことだろう。毎日、妻や子供やマルシンハなど、皆の懐かしい顔を思い浮かべる。想像の中では、私は船に乗っていて、ペギーを捜そうと群衆を見下ろしている、それからポートランド一〇三番地に初めて行って、イギリスで初めての食事をとる。私の除隊条件にもよるが、おそらくそれは連隊本部でのことだろう。また、国に帰る前のインドにいる間に除隊手続きが整うといいのだが。いつになるかは、神のみぞ知る。願わくば近い将来であらんことを。

私はマラリアの軽い発作が治まったところだ。食欲が無かったが、だいぶ良くなってきた。食べ物は干した芋のシチューで、小さな玉葱や豚肉が数切れ表面に浮いているだけだった。残念ながら、トラックは代わりのものが必要だ、特に二台はピストンリングが必要だ。トラックの調子がだんだん悪くなってきている。疥癬、潰瘍など様々な皮膚病が流行っている。いつも何人かは病気で伏せっている。まだ、移動の知らせは受けていない。クリスマスはここで過ごすことになるのだろうが、仕方ない！

## 一九四三年一一月二二日　月曜日

おととい、オーストラリアの一部隊が出発した。噂では、シンガポールのブキト・チマルに行くらしいが、本当かどうか疑わしい。我々はここに留まるのだ。

昨日と今日、北上する列車に大急ぎで大量の米を積み込んだ。あるマレー人によると、日本兵がたくさん線路沿いに戻ってきているが、食料が無いらしい。もし、これが本当なら、北部の戦況が思わしくないということだ。

ターカヌンで五月に書いた葉書は、もう家に着いただろうか。いとしいチージーは、私が生きているかどうか、今もひどく気を揉んでいるに違いない。新しい手紙が届かないと、悪い方悪い方へと想像してしまう。この状況下においても、お陰で今までずっとなんとか無事で来られた。平和な時と比べれば、健康の基準は平均以下だが。何百人という人たちが放置された結果、死亡している。死んだ者に誰が取って代われるのか。肉親の命に値する金銭があるというのか。その知らせが届いた時、家族の者は非常な衝撃を受けるだろう。

ありがたいことに、雨も降らず快晴となり見晴らしがいい。

## 一九四三年一一月二六日　金曜日

夜間、温度がかなり低くなり濃い霧が出る。マラリアの気がまた少し出てきた。一〇日かそこらごとに起こるように感じる。今朝、日本人の売春婦が日本兵たちの慰安のために到着した！二日前にまた映画が上映されたが、フィルムが擦り切れていて、非常に映りが悪かった。それは深刻なドラマのようだったが、筋はよく分からなかった。収容所にいる二、三人のインド人が明らかに売店に対抗してコーヒーやビスケットを売り始めた。

## 一九四三年一一月二九日　月曜日

ニーケや更にその上流からの捕虜を乗せた貨物列車が何台か通り過ぎた。昨日、九人が移動の途中で死亡した。目的地へ到着する前に何人が死んでしまうのか、誰にも分からないだろう。報告によれば、わずか半数、時にはそれ以下の者しか生きて帰ってこない。例えば、同じ列車に乗ったある隊の三〇人あまりの捕虜の足は潰瘍のために切断された。仲間の一人は手術を受けたその二日後に移動の行軍に出た。彼がその後間もなく死んだというのは不思議なことではない！　夜間の寒さの中、トラックには深い夜露を防ぐ覆いもない！　河川での輸送は今では不定期の発動機船以外は止まっているが、鉄道による輸送は頻繁に行われている。毎晩五台かそれ以上の列車が下っていき、またビルマへ向かう日本兵たちや荷物や馬を乗せた列車も上っていく。ここの状況が机上で解決できるのだろうか。日本が全力で戦う前に条件について交渉をする席に着くとは信じがたい。私は他の多くの者と同じように、粗悪な食事や悲惨な状況の中でも健康面では非常に恵まれている。他の者たちが蝿のように死んでいく中で、試練に耐え得る健康状態だということはありがたい。日本兵たちは、膨大な死亡率に対してほとんど、あるいは全く関心を示していない。

## 一九四三年一二月六日　月曜日

今日、士官候補生が六枚の書類を持ってきた。次の三つの項目があり書き込まなければならなかった。

一）　タムロンパートについて印象を述べよ

二）　日本兵たちに対する正直な印象を述べよ

三）　この戦争の将来の予測について

我々全員、書類に　一）　収容所の衛生状態ならびに管理職による処遇には感謝するが、食事は良くない（全くその通りだ！）。二）　日本兵は元気で明るく良く訓練されているが、衣服は粗末だ。　三）　我々は同盟国の勝利を確信する。と同じように書き込んで提出した。

捕虜たちの潰瘍による死亡、あるいは運が良くても足を切断していることを示す多くの報告がある。大勢の日本兵や荷を積んだ馬がやってくる。我々はほとんど皆クリスマスの食事に一ドル五〇セントを払った。来年のクリスマスは何処にいるのだろうか。我々は皆、自由の身になってもう一度家庭の団欒を楽しめることを願っている。［一九七七年　ご馳走の夢をよく見る。］　通りを歩き、季節の飾り付けがされたショーウィンドーを眺め、肉屋に入りおがくずで覆われた床を歩き、一ヤード（約九一cm）離れても後から臭いが漂ってくる魚屋を通り過ぎ、そして地面は雪で覆われ、肌を刺すような寒さの中で首にマフラーを巻き、友人たちとクリスマスを祝うことができたら、どんなに楽しいだろうか。このようなこと全てを愛するチージーやティドリーと一緒にしたい。今、その場に一緒にいることができたらなあ。二人が出発したクアラルンプール駅でのあの「停電」の夜以来、何年も何年も経ったように思われる。幼いティドリーは私にさよならのキスをするのを嫌がった。次に会うときには随分と大きくなっていることだろう。我々が思い起こすこのような出来事は、いつも我々を希望で満たしてくれる。多くの者は、わざわざ将来のことを楽しみにしたりせず、生きる気力が欠けている時には今のことだけを考え、これまでの人生をそうしてきたように、不平不満を口にする。何の道徳感も義務感もなく、我慢することもできない。おお、何と忌まわしい集団だろう。イギリスが育てあげている人間たちだ。何という国民だ！ 彼らはその日一日さえ良ければよくて、人を騙し、ほとんど働かなくても、ビリヤードやパブでぶらぶら時を過ごすのに十分なお金を得ることができるような市民生活に戻りたいと思っている。更に、仲間にお金をせびり、高い理想も持たず、人生を自分たちが望むとおりの低い水準で構わないと思っている者たちだ。彼らの環境にも責任があるが、実際、政府はなぜどの若者にも有能な国民となる訓練をしないで成長させるのか。一例をあげると、今日、スコットランド人の仲間（多くの軍隊における典型で一般的に怠惰、そして仕事をサボるために始終ごまかし、飲酒や売春にうつつを抜かし、陰気で、尊敬に値しないやつ）が、以前の諍いに対して今度こそけりをつけようと喧嘩をふっかけた！ 私はやめるように言ったが、彼は口汚くののしり何週間か前と同じ愚行を繰り返し始めた。その態度が悪すぎると言われ、日本兵たちは彼を炊事場担当になるよう命じた。しかし、日本人の軍曹に頼み込んで、彼は行かずにすんだ。いずれにしても、日本兵は彼が年長だというので、そこに置いておきたくはなかったのだ。それからその軍曹はこの下士官を午前中に呼びつけようとしたが、私は彼の虫の居所が悪かっただけだからと釈明して謝り、それをやめさせようとした。けれど手遅れだった。軍曹は彼を革紐で強く縛り、自分に謝罪させた。後で、彼は運転手仲間から外され、タミール人、タイ人たちと一緒に鉄道や道路の穴掘りの仕事へと送られた。彼が一連の出来事で日本人に殴られたのは不運だった。私は、彼を罰しなければならなかったが、日本人軍曹は更に厳しく彼を罰した。私はその後で仲間たちに、下士官が日本兵に（我々の軍の罰則では問題にならないようなことで）殴られたのは見るに堪えられなかったと話した。その下士官がそれほどまでに殴られるべきだったとは絶対に思えない。

**一九四三年一二月一二日　日曜日**

クリスマスまであと一三日だ！今年のクリスマスは去年よりいいだろうと期待している。我々のささやかな募金で少し位の贅沢は許されるだろう。収容所を通り過ぎる日本兵たちは、マラヤから日本のお金を持って来ていて、タイの通貨に換えようとしている。現政権下におけるマラヤ貿易の成果を一般市民が知っているとは思えない。日本人の新しい軍医が到着した。教養のある顔つき、柔らかい話し方、穏やかな物腰の新任軍医だ。マラリアや疥癬にかかっている仲間三人を診察し、我々に結婚しているかどうか尋ねた。彼はロンドン、ベルリン、ニューヨーク、それから東京に行ったことがあり、ロンドンは好きだが、天候はどんよりとして霧が続いていたと言った。今日、更に多くの馬を見かけた。非常に寒くなり毛布が二枚必要となる。軍医にもう一枚余分に頼んだ。

昨日、下士官を乗せた列車が数輌下っていくのを見かけた。タイの横笛はあまり難しくはない。しかし、上手になるには指が完全に使えなければいけない。マラリアが再発したが、わずか二日で治まった。

## 一九四三年一二月一九日　日曜日

三日前に、担当の朝鮮人と一緒に「プレゼント」を集めるためにターカヌンに下っていった。しかし、ディーゼル車はそこには停まらず、そのままプランカシーへ行った。午後二時頃に到着し、ご飯を食べた。朝鮮人が帰ってくるのを午後ずっと待っていた。その頃までに辺りは暗くなった。私は枕木で作られたプラットホームで蒸気機関車を待った。線路はジャングルの中へと延びていた。朝鮮人は午後中ずっと売春宿にいた。我々は手押し車、斧、シャベルと作業台を持って、他の日本兵六人と一緒に列車に乗り屋根の上に座っていた。シンガポールからバーンポーンへ行った時と同じような列車だった。蝋燭を使って明かりを灯した。ターカヌン宿営地から四キロ地点のところで停まった。薄暗がりの中で何度もつまずいた。ぼろの長靴のせいで足がひどく痛い。運転手用宿営地は木々の成長が早いジャングルの中では見つけるのが困難だ。小屋の中で何とか寝る場所を見つけた。竹の枠組みは敵の目を欺くためにほとんど金網で覆われていた。同じ意図で橋には堤防の真下まで金網が張ってあった。ターカヌンでは、タフィ、テッド、パーシー、スティーブン、フォリスター・ウォーカー大尉、バードウェル中尉や第二連隊と合流した第一三部隊からの何人かを見た。我々は午前中待機して、死んだ捕虜のための追悼行進に参列した。巡視に来ていた士官八人も参列していた。午後四時三〇分頃に列車に乗って、八時頃にタムロンパートに戻った。プランカシーでは、屋根が地面すれすれまで垂れ下がってきて高さ六フィート（約一・八ｍ）もないような小屋に住んでいた人が大勢、食料を求めて溢れ返るという酷い状況で、四五〇人のクーリーが立ち退かされたと聞いた。がたがた揺れる列車のせいで足と背中がひどく痛んだ。日本の軍医が髭剃り用の石鹸として使えそうなものを渡しているのを見た。若い士官が一八日にカンブリへ出発した。そして出掛け際に私にタバコ一箱と走り書きをした紙切れを渡した。そこには「私は今日カンブリに行かねばなりません。あなたと別れるのは残念です。カンブリでお待ちしています。あなたの健康とご多幸をお祈りします。」と書いてあった。私は仲間にそれを見せた。彼の行動はとても礼儀正しいと我々皆の意見が一致した。日本兵たちは、ヨーロッパの戦争が終わった後、どこが戦争に勝つのかと考え始めたのではないかと私は思う。その翌日の一二月六日、一人の若い士官が我々の所にやって来て、我々の回答に対して彼の考えを述べた。それは概ね以下のようだった。「アメリカ軍との交戦は大変厳しい状況だ。彼らは残酷で怪我をした日本軍兵士たちを戦車でひき殺したりしている。アジアにおけるヨーロッパの介入は地元の人たちに公平な扱いをしてこなかった。だから日本は彼らを独立させるために戦争に勝たねばならない。日本はかつてイギリスやアメリカと友好国だった。それで世界中が一等国によって保たれている今の状況以上に、我が国はそれぞれの国々が文化や知性を伸ばしていくことが重要だと思っている。（結構なこと、理想的状態だ。しかし、鉄砲や武器、軍機もなしで戦う戦争とはいかなるものだろうか。）彼は日本が弱体国家ではないと思い込んでいる。あるいは私が記述したほどには強くないということか。というのは南太平洋では多くのアメリカの船や飛行機が日々爆撃されていたからだ。彼の意見を聞くのは大変興味深かった。日本兵たちが全体状況についてどう考えているかを我々に伝えたがっているのだと思ってとにかく聞いた。軍医が昨日私に言った。「一年以内に戦争は終わるだろう。だから、奥さんや子供たちに会いに故郷に帰るためにも健康に気をつけなさい。」と。

## 一九四三年一二月二五日　土曜日

我々の労働の結果、かなりいい食事が賄えたので、炊事場の軍曹がしぶしぶ「プレゼント」をくれた。幾らかの白砂糖と小麦粉、料理用油を二瓶そして卵五個だった。献立は缶ミルクで作るタウゲースープ、魚のリッソール、網焼き肉、フライビーンズ、ケーキ一切れ（材料は小麦粉五ポンド（約二・二kg）、ピーナッツ、卵八個、白砂糖、ポモロ）。ケーキは重く十分には焼けていなかった。プリンの材料は米粉、白砂糖にグラマラッカ（ヤシの木から作った砂糖）、シロップ漬けのラズベリー二缶（とてもうまい）、イチゴジャムのタルト、コンデンスミルク入りの甘いコーヒー、ビスケット、それに一人当たり半パイント（約〇・二ℓ）の酒だ。招待した日本の軍曹三人は我々の食べ物があまり口に合わなかったようだが、後で仲間たちがした余興は楽しかったようだ。日本兵たちは酒をもう一本と缶ミルク、ポモロと缶コーヒーを買うようにと五ドルくれた。宴会は午後一時位まで続いた。つまらないショーがあったワンタイキエンでの去年のクリスマスからしたら、何という変わり様だろう。朝の点呼では今までのところ、些細な口論や犬たちが何匹か群れた時のようにお互いに叫いたり怒鳴りあったりする以外は何も言い争うこともなかった。前もって自分の任務を済ませてから、クリスマスの飾り付けを続けた。怠惰が蔓延した国家のこいつらは汚い仕事には見向きもせず、ほとほとうんざりした。怠け者たちを追い払ったら気分がすっきりした。毎日彼らに不衛生なこと、例えば小屋の近くで立小便をしていることなどについても注意しなければならない。しかも、現地の人たちのせいにして非難している。イギリス兵たちの方がもっとひどいのに、彼らは自らを英国人紳士と呼ぶ！馬鹿な！クリスマスが終わってやれやれだ。私はチージーや幼いティドリーのことを考え、何をしているだろうか、来年のクリスマスには我々は家に帰っているだろうかと思った。そうなるように神に祈ろう。夜はかなり寒いが、暑いよりはましだ。二、三日のうちには軍医が来るだろう。何人かはせっかくの診察の機会があるのに行きもせず、痛みがひどくなってからぶつぶつ文句を言い出すだろう。味方の飛行機が飛んできたためだと思うが、二、三日前、完全消灯にするよう命令があった。バーンポーンへの通常ルートで飛行機が四機飛んでいき、二時間後に戻ってきた。日本軍は作戦通りには進んでいなくて、確実に防戦に入っている模様だ。足、腰や尻に疥癬やただれができて座るのもままならない。私は仰向けやうつ伏せで寝るしかない。神のお陰で近頃かなり気分が良くなってきたが、食事は少しも良くならない。時々鳩の鳴き声が聞こえ、デリーでの暖かい夕暮れ時を思い出した。また折々のカラスの鳴き声が懐かしいカナダを思い出させた。ウォーカートンの家の向かい側に遥かに広がる田園をよく眺めていたものだ。田畑が鍬で耕される時の立ち上がる土埃を思い出す。リチャードソン一家、グリンツ・トートン、マックニールなど、私が一七、八歳だった頃知っていた人たちはどうしているだろうと思う。神の導きで、私はまた昔住んでいた辺りを訪れることができるだろう。社会は変わっているだろうが、農場は全く変わっていないと思う。それら昔の思い出が私に生きる力を与えてくれる。カナダに帰るのだという思いが生きる希望となる。また、いとしい母タニカは今はどんな様子だろう。私がジブラルタルに戻った夜、パイシは運動をしに外出していた。そして母に別れを告げた。母はあの頃よりも随分白髪が増えただろう。いつの日か再び、カナダに戻って皆に会うことができるだろう。

## 一九四四年一月一日　土曜日

新しい年の始まりだ。どんな年になるのだろう。自由か。今度こそ、来年は家に帰っているだろうか。神が決めることだ。今まで経験してきたよりももっと酷い状態に耐えねばならないかもしれない。

昨晩、我々はステーキを少し食べ、強くてまずい酒から始まり、そして深夜の一二時頃には竹の上に胡坐をかいて座り、新年を祝った。ガソリンと灯油が入った小さな瓶をランプとして使い、自分たちのマグとブリキ缶をグラス代わりに使った。しばらくの間、二人の日本兵が同席した。一人はまあまあの英語を話す事務官だった。何曲か歌ったが、宵になって、数人の日本兵が歌うのを止めるように言いにきた。

日本軍の詰め所の入り口には回りを竹で囲った一対の桶が置かれ、その中に先を斜めに切って尖らせた高さの違う三本の長い竹が束ねて挿して飾ってある。詰め所入り口の戸の上にあるものは藁で作ってある。三本の竹は松竹梅を表しているそうだ。

## 一九四四年一月一二日　水曜日

二日前に、我々は線路沿いのジャングルを数キロ下り、別の宿営地に移った。前の所より木々が深く、あまり清潔な状態ではなかったが、後で兵站部が来ればきっと改善するだろう。夜中に飛行機が上空を飛んでいた。日本人の軍医は政府の官庁へ戻るようにと指示され、ここを去るのを残念がっていた。というのは、彼には町よりも田舎の生活が性に合っていたからだ。彼は教養があり実に友好的な人間だったので、彼がいなくなるのを私も残念に思う。我々は、名前はヤマナカという「ブッチャー」の命令でここに取り残された。ここでの生活は医者なしではきつすぎる。神のご加護のもと、私は日々元気に生活を送ることができていることに感謝している。様々な病気や疾患で倒れる者が多数出ている。日本人の軍医が、戦争はもう後一年続くだろうと言った。多分、今年戦争が終わるだろうということを意味していた。彼がそう考えるのは楽観し過ぎではないか。米は毎日供給されており、ビルマから来ていると言われていた。少なくともクーリーの話によると、北部から列車がやってきているのでビルマ米だということだ。私も多分そうだろうと思う。

## 一九四四年一月二一日　金曜日

ここ数日間、晴天が続いている。しかし早朝は霧が出ていて寒い。トラックの故障が相次いだ。それは紛れもなく、多量のパラフィンが混ざった品質の悪いガソリンのせいだ。

おとといの夜、六機の飛行機が飛び去っていき、何も知らされていなかったため、日本兵の間にかなりの混乱が起きた。報告によると、飛行機は梢をかすめてプランカシーまで行ったようだ。二年前のマラヤでのことが思い出される。あれから二年も経つんだ！なんてことだ。まだ捕虜の身だとは！門の近くの小さい小屋は、マレーの郵便局として使われていた。それを見るのは初めてではなく、六ヶ月前にタイで見たことがある。日本兵と同じ食事に変わったのは五日間だけで、今ではクーリーと同じ食事に戻っている。それは日本兵の食事と大差はない。およそ五〇人のビルマ人が、鉄道の反対側にあるタイのカンポン式小屋に住んでいる。我々の小屋と同じだったが、アタップの代わりに屋根に草が

1944年1月のスケッチ　カンポン式小屋

使われている。報告によると、ビルマ人たちはミンガラドンからやってきたらしい。太陽の光を受けた田園の緑は、濃い緑と夕方の山の青さを背景にして、芸術家の喜びそうなとても美しい色合いだった。

## 一九四四年一月二七日　木曜日

捕虜記録票と、各人の職業と従事している年月が書かれた別の書類が発送用として記入されている。ある朝鮮人が、我々全員がこんな危ない国よりはましな日本へ多分送られるようだと教えてくれた。しかし、それには危険な航海が伴うというわけだ。

## 一九四四年二月二日　水曜日

ジャングルのはずれの朽ちかけた小屋の中に四人のタミール人が残されていた。手足に怪我をしていたが、何の手当てもされず放置されていた。自然に回復するのを待つという古いクーリーの治療法と同じだ。数人は慢性の下痢を患っていた。夜寝るときに掛ける布もなく、排泄はあらゆる所でされていて、汚物から食器に付いている米粒に至るまで蝿がたかっていた。クーリーと同じ扱いを受けているらしい。絶えることのない残虐な仕打ちだ。

今日下っていった下士官たちから聞いたが、当初一五〇〇人いた兵士のうち、一二九一人が死亡したらしい。亡くなった人たちの親族にどう償ったらいいのだろうか。昨日、捕虜に送られてきた手紙の中に入っていた新聞記事の抜粋を読んだ。食料品は値段は高いが豊富にあり、大した空爆はないという内容だった。

葉書が一九四二年一二月に下士官の給与値上げに初めてイギリスに着いた。一九四三年一月に下士官の給与値上げに関する葉書も着いた。我々が「米、野菜、肉少々、塩、砂糖」を貰っているということや、酷い待遇、特に病人に対しての酷い扱いについても少し書いてあった。東京の放送局は、戦争捕虜の名前を放送したが、葉書が家に着くまで六ヶ月かかるため、その間、現在生きているのか死んでいるのかと心配が募っていることだろう。仲間の間でも取るに足らない議論がなされ、最終的には個人間の罵り合いになってしまい、それはイギリス人の協調性の無さを表している。

## 一九四四年二月四日　金曜日

病人たちは、日本の軍医などから貰った薬を飲んでいない。そのくせ、どうして良くならないのだろうと不審を抱いている。飲んでいる私でさえ病気を再発し続けている。飲まないなんて愚かな奴らだ。典型的なイギリス人の性格で、例えば、労働者階級の人々は目先のことしか気にかけていないのだ。

下士官たちがマラリアやその他重い病気の治療を受けに出かけていくと、若い日本人の軍医や医療班の人たちは彼らをからかった。症状がかなり悪いときには、十字を切って、目を閉じ、両腕を広げて死をほのめかした。何という人間性のない奴らだ!!

## 一九四四年二月七日　月曜日

私は、ミウラという名前の軍曹と一緒に、賃金と「プレゼント」を受け取るためにターカヌンへ下っていった。午前中ずっと列車を待っていたが来ないので、うまい大根と粥の昼食を食べに小屋に戻った。そして再び駅に戻ったが、やはり時間通りに来ず、更に一時間待って、やっと荷を受け取り出発することになった。馬糞の臭いのするトラックに乗り込んだ。ターカヌンでは、また「休み」で、どうやら仕事はないようだ。コンサートなどがあり、皆とても楽しそうだった。給与は受け取ったが、「プレゼント」は誰かにとられてしまったようだ。ピーコック少佐があれこれ説明してくれたが、バレット大尉の説明と食い違っていた。バレット大尉は我々を騙すような人には見えない。ターカヌンの病院はよく整っている。テッド・シニアを見かけたが、時間がなくて他に何もする余裕がなかった。我々は、再び以前の運転手用宿営地に行ったが、食事もまずくなって、すっかり変わってしまっていた。寝袋と毛布二枚を借りて夜早いうちから寝たが、南京虫やネズミに襲われ寝心地が良くなかった。翌朝、そこを出てターカヌン駅まで歩いた。九〇頭ほどの馬を乗せた列車がもう一輌、北に向かって通り過ぎて行った。私は少し待って、クーリーたちのトラックによじ登った。軍曹は他の日本兵と一緒に移動した。私はクーリーと一緒の方がずっと気楽でいい。

手紙を一二通受け取った。一番日付の新しいものは、一九四三年一月三一日だった。手紙が届くのに、まだ一年以上もかかっている。ペギーはまだ私からの便りを受け取っていないのだ！何が起こっているか分からないのは、本当に不安に違いない。もう既に、家に手紙が着いていることを願っている。ロバートは素晴らしい成長を遂げているようだ。エディおばさんとアーサーおじさんも、今頃はもうペギーや幼いティドリーに会っていることだろう。チージーやティドリーがおそらく港まで来てくれるだろう。国に上陸するのはどんなに素晴らしいことだろう。それまで、あとどの位かかるだろうか。ペギーの手紙には、「一九四三年のクリスマスまでには多分家に帰ってくるわよね。」と書いてあるが、四三年のクリスマスについての便りを私が受け取るまでに一年もかかると知ったら、どんなに悲しみがっかりすることだろう。もっとも、これは、もし我々が一九四四年の一二月までまだ捕虜だったらの話だが。

私は黒いキャンバス地の布を二枚と、底の黒いゴム靴を日本人経営の売店で八ドルで買った。ひどい代物で、本当ならせいぜい二、三ドルだろう。再び行軍が始まったら足を保護する物が必要になるし、日本兵から衣類や長靴は貰えない。いつになるだろう。万一行軍があるとすれば。

## 一九四四年二月一三日　日曜日

日毎に、私はここのイギリス兵たちの本性が分かってきた、いかに腐敗し利己的な集団かということが。仲間が病気で助けを求めていても全く気に留めない。目の前にいても、進み出て手を差し伸べることをしない。ああ、何という豚ども。何か自分たちに都合の悪いことがあったり、やりたくないことをやらなければならない時に、真っ先に愚痴を言ったり嘆いたりする。ボウラーが四日前から病気で、意識がもうろうとし足元がおぼつかない。彼が「何か見える」と言っても、彼らの浅はかで卑しく道義心のない思考力では、「大げさに言っているだけだ」と見なしてしまう。何とご親切なことだろう！これが、帝国のために戦ったイギリスの労働者階級の精神だというのか。いや、かつては、善良な市民意識という確固たる主義に裏打ちされた向上の精神があったはずだ。こんな腰抜けの社会のくずどもの行動が、長年イギリスを共に支えてきた精神だというのか。ある軍曹は汚らしい老いぼれ乞食のようにいつも愚痴ばかり言っているやつだが、炊事場にいた時、ボウラーからよくおこぼれを頂戴していた。だが、そのお返しに個人的に彼に何かをしてやろうとするだろうか、せめて頭に冷たいタオルを置いてやるとか。いいや。「あいつは俺のことを何だと思ってるんだ、乳母かい。」というのが、そいつの答えだ。彼らは乱暴な奴らで、何についてもよく意見は言うが、実際には何も知らない、何の経験もない、何の具体的根拠もないということが、その態度ですぐにばれてしまう。彼らは働くのが嫌いで「何か他の事」をしたがる。そして、いざその「何か他の事」をする段になると、たいてい、それを避けようとやる気のない態度をとる。何か間違ったことをしている時に見つかったら、横柄で挑戦的になる。と同時に、まるで彼らにそれをするよう仕向けているのはお前のせいだと言わんばかりだ。他国の人には信じ難いし、信じるのは不可能だと言うだろうが、イギリス人は、道徳的行動規範が十分教え込まれているから我が国の若者があんなことをするはずがないと思っている。自らは動かず何もしないという怠惰な習慣に浸りきって、イギリス帝国は今も昔のまま健在だと思い、夢を見、先達の努力の上にあぐらをかいて、腐敗を持ち込み核を蝕んでいる国民だ。

数日前、ある兵士がインド人の炊事小屋で作った食事を食いはぐれたので、イギリス人下士官が働いている他の炊事小屋に行って、仲間が二人、食事をしていないので分けて貰えないかと頼んだ。ある男は、「そこでじっとしていろ」「俺たちはこれだけしかないんだ、それも、あれも、俺たちのものだ」と言い、もう一人は、「日本兵に頼んだらいいさ」と言って、分けてやろうとしなかった。同じイギリス人同士のことなのに！長ったらしくご託を並べた挙句に、やっとそいつを呼び戻して晩飯を分けてやった。一人二さじずつ減らせば済むことなのに、何てご親切なことだ！浅はかで利己的、道徳心のかけらもない。既婚の身でありながら、性行為を目的に若い外国の女と付き合うことなど平気で、こういう類の話を喜んで聞いている奴らめ。直接自分の得にならないことには、寛容さも博愛心も全く示さない。やることが下品だし、人間そのものも下品なやつが多い。よく注意していないと、辺りはゴミの山と化してしまう。自分たちの出したゴミの近くに座っていても、ゴミの中で暮らしているという認識が無いようで、夜にはそこを便所代わりに用を足す者までいる。なぜ、小屋から出て外で用を足さないのか。その上、朝になっても誰がそれをしたか誰も知らない。こんな男たちから早く逃れたいものだ。彼らは何事にも奮起することなく、むしろ彼らを見ていると、イギリス人は早晩帝国を失い落ちぶれた国民となるのではないかと心配になってくる。洞察力も想像力もない国民自らが招いた没落だ。そして、帝国の最後を目の当たりにして、彼らは自らを責めるのではなく、互いに責任をなすりつけ合うだろう。

## 一九四四年二月一五日　火曜日

二年前の日曜日にシンガポールが陥落し、我々は今もなお日本軍に囚われの身だ。

近くにある炊事場担当の日本兵がやってくる恐れが無くはなかったが、我々は昨日とおとといキャベツを盗んで煮て食べた。ずっと長い間食べていなかったので、本当にうまかった。いつもの大根とちゃんと洗っていないまずい米の入った粥という食事のあとだったのでよけいにうまかった。

イギリス軍の軍服や武器を身に着けたインド国外に住んでいる数多くのインド人が、「インドをイギリスの弾圧から解放する」ために、ビルマへの道を進軍していった。日本兵が彼らに自国の民と戦うよう命令したのだろうか。噂によると一五万人の周辺国民がインド救済のために出かけているとのことだ。

夜はまだ肌寒いが、だんだん暖かくなってきている。

マラリアの発作がまた起こってきたようだ。昨日、七回目の予防接種を受けた。一回目、二回目はコレラ、三回目、四回目は赤痢とペスト、六回目、七回目は何なのか日本軍の通訳を待たないと分からない。

## 一九四四年二月二一日　月曜日

昨日は気分が滅入って落ち込み、昔のことを思い出していた。教会へ行き、オルガンのいい音楽を聴き、歌を歌う。ここ三週間、私の声は調子が良くない。マラリアの軽い発作があり、まずいご飯とゆで大根の食事が続いているせいに違いない！平和な時には、クーリーでももっとましな食事をとっているだろう。ここ三日間で何百人もの日本兵が通り過ぎていった。今日は六五〇人位だった。

家族はどんな様子だろうか。家族のことを考えると将来への希望が湧き、生き延びたいと勇気づく。そうでなければ何があるのか。グレイコットでの日々をよく思い出す。今、目に浮かぶ思い出は心を和らげてくれる。ガチョウやあひる、雌鳥などが鳥小屋の中で駆け回り、風は微かな音をたてて吹く。庭を通り抜ける小道、窓からの石油ストーブやランプの匂い、丈の低い裏口の門，バルウエスト教会の背もたれ椅子や油っぽいランプを思い浮かべる。健康で血色のよい地元の人々や私たちに甲高い声で呼びかけるロジャーさん。フランシスおじさんやおばさんたちと私は教会ホールの二階の椅子に座って、狭い聖歌隊席でざわめいている人々を崖の淵で荒海を眺めているように見下ろしている。小さな郵便局や事務所のあるアシュトンの町、リンゼイ湾や、Eさんと彼女の食料品店。これらはどのように変わっただろう。事情が許せば、いつかチージーやティドリーと一緒にあそこへ行こう。今日、マラヤを占領している日本兵が民間人の家に押し入って略奪をしたと聞いた。新たに靴を貰ったが、底が一ヶ所銃剣で突き破られている。何のためにこんな事がしてあるのだ。人間の考えることにはっきりした理由などないのだろう。ある日本兵と捕虜が、次のような会話を交わしている。

一）名前は何というのか。「〇〇です。」

二）我々はビルマに行くことになっているが、英国陸軍内でいろいろなプロパガンダが流されているのか。「ええ、少し。」

我々は非常に多くのプロパガンダを聞いている。日本が占領した全ての国々を守らねばならないと命令されている。これらの国々を占領するために戦った時と同じ精神を持たなければいけないと思う。前例に従わねばならない。でも我々は元々一般人だし、それら強硬な従軍者に従うのは難しいと分かっている。インドを占領するためにビルマへ行かなくてはならない。しかし、これは非常に難しいと私は思う。

二、三日前、班長は日本がインドを占領すれば十分なガソリンを手に入れることができると言っていた。だが一方、その使用には気を付けなければならない！

## 一九四四年二月二六日　土曜日

卵は四個再び一ドル、小さいライム八個一ドル、タバコ一箱一ドルから一ドル二〇セント、衣服は戦前の値段の一〇倍かそれ以上、シャツは四〇ドルから四五ドル、そして半ズボンも同じ位だ。日本兵たちはクアラルンプール郵便局から来ているスタッフのうちの六人が住むことができる小屋を近くに建てた。その中のひとり、シューベルトは情熱的でジャズを好み、ダブルベースのジャズを演奏し、とてもリズム感がいい。大変親切で靴を一足くれた。新品ではないが十分に履くことができる。一〇ドル紙幣もくれた。「ミルクを買いなさい。あまり飲んでいないのでしょう。気を悪くしないでください。」彼はクアラルンプールに妻と二人の子供がいる。自分にも他人にも非常に寛容だ。彼の親切は

1944 年 2 月のスケッチ

決して忘れない。シューベルトもまた、バーバー夫人を知っていた。彼女は私に発声の方法を丁寧に教えてくれた親切で素晴らしい女性だ。どれほど神に感謝していることか！新しく更に多くの手紙が届いた。限られた内容だけの書簡だが、私の葉書が愛するチージーに届き、私が生きていることを確信したと願うのみだ。待ち続けた年月はひどい緊張の連続だったに違いない。

二、三日前、ある広東人が阿片吸引をしているのを見たが、次のような手順だった。錫製の小瓶の中から、細い竹の棒の上に粉少々を出して、底を抜いた瓶で作ったランプの上に置き、適当な濃度になるまで熱する。一枚のアタップヤシの葉の上で前後にこすり指で潰し丸い小粒にする。その粒を陶器製パイプの小さな穴の四分の三の深さまで挿し込み、ランプの上でパイプを上下にくるくる回して熱くする。彼はパイプを近くへ引き寄せて全てを吸い込んだ。眼はとろんとなり、普通のタバコやお茶を飲みながらも阿片を吸い続けている。この間、ずっと横たわったままだ。パイプの柄は竹製で白い陶器の火皿は真ん中に小さな穴が開いているだけだった。

## 一九四四年三月六日　月曜日

一週間程前に、日本兵が郵便局員たちに、もし捕虜と仲良くしたら処刑、現在親しくしていればスパイと見なすと告げた。局員たちは我々を歓迎し、寛大だったので残念なことだ。私は彼らの親切を忘れない。

二、三日前に映画上映会があった。前回よりは少し面白かった。特に物語の中に四、五歳の男の子がいて、天才のように上手にバイオリンを弾いていた。この子は誰だろうと思うと同時に、幼いロバートは音楽的環境にいるだろうかと思った。ロバートはピアノの前に座らされたり、何か楽器を与えられたらどうするのだろうか。音楽にどう反応するだろうか。ペギーがあまりクラシック音楽に興味がないので、おそらく音楽教育はおろそかになっているのではないだろうか。

この二、三日、トラックの全貌と運転席や内部エンジンの略図をスケッチし、どれがどの部分を指しているかを直線で引き、各部の名称をラベルに書き込み貼り付けた。日本人の大尉はその仕事に対してタバコを二箱くれた。良かった。報酬がなくても私にとっては絵のいい練習だ。

数日前、以前にプーカイでよく見かけた巨大とかげが木をよじ登り、時計のぜんまいを巻くような音を出しているのを見た。それから三、四回「カークー」と鳴き、木から下りてくるところを日本兵に捕まった。日本兵はとかげの後ろ脚の真ん中を針金で縛って、犬をけしかけたり棒で殴ったりして痛めつけた！

## 一九四四年三月一三日　月曜日

今日の午後、またマラリアの発作に見舞われ、頭が重く、脚や背中が痛んだ。夕方、ぐっしょりと汗をかき、衣服が全部びしょ濡れになった。けれども、熱い飲み物のお陰で、かなり気分良く眠れた。四日間のうちに、タムロンパートへ戻るという話だ。

## 一九四四年三月一五日　水曜日

私は、英国ノーサンバランド州出身のフュージリア歩兵連隊所属兵メラトッシュの一〇日間の賃金支払いを罰として差し止めなければならなかった。罰則開始日は、彼の上官の指示待ちだ。罪状は、一、命令に服従しなかった。二、義務を怠った。これらの罪状に関して本人が有罪を認めた。英国通信隊フェザー軍曹が裁判で証人になった。蒸し暑い天気で雨が降った。トラックがまた壊れて、使えるのは一台のみだ。

## 一九四四年三月一八日　土曜日

我々は缶入りの上等な紅茶四ガロン（約一八ℓ）とニシンの缶詰を皆一缶ずつプレゼントとして貰った。背後にどんな意図があるのだろう。担当官を含む数人の日本兵が移動のため宿営地を離れ、今やたった一〇人程しかいない。

給料は二週間の未払いだ、今はチュンカイが本部なので受給の見込みがない。イギリス軍は全部チュンカイへ下って行った。ビルマから来たオーストラリア軍の報告では、空中戦や鉄道への空爆、機銃掃射があるとのことだ。ラングーン紙はあたかも我々連合軍が惨敗を喫し地獄さながらであるかのような記事でいっぱいだ。

今夜、一人ひとりの下士官から次のことに関して調書をとらなければならなかった。三月一六日三時四四分、運転手たちが使用した浴場で起こったハンター軍曹の一二ドル紛失についての一件だ。容疑者を示す証拠がある。その男はお金を少しも持っていないし、最後の賃金は二月二二日だった。ここには誰も上官がいないので、何マイルも先の最初に会える上官にその証拠を報告しなければならないだろう。全く、ガソリンの無駄だ。

昨日、便所から戻る時、大きな木の下を歩いていたら、ふと何かが目に留まった。木の枝が垂れているのかと思い、もう一度見てみた。すると長さ四フィート（約一・二m）位の緑色の蛇が体をくねらせていた。チャンギでも同じようなことがあったのを思い出した。その蛇は木から落ちたに違いない。何か棒切れを拾おうとしたが、蛇はくねくねと木の方へやって来て私の足の近くの茂みの中へと消えた。木製のサンダルしか履いていなかったので、私の上に落ちてこなくて良かったと胸をなでおろした！

## 一九四四年三月二三日　木曜日

今日、日没後、突然飛行機の爆音が聞こえ、続いて砲撃らしき射撃音がした。日本兵たちは小銃と機関銃を持って飛び出した。

我々は全員小屋から出され、山の中腹にある防空壕へと行かされた。飛行機が上空を旋回し、砲撃したり爆弾を落としたりしたが、二機だけだったようだ。

トラックの班長からの電話報告によると、コンコイターとクリエンクライが攻撃されたようだ。大英帝国の堕落した産物であるこれら豚どもの腐った性根を現す如実な行動があった。寝ている病人に危険も告げず、そのまま小屋に放置して、みんな小屋から逃げてしまった。「おれは大丈夫だ。病人や他人のことを何故おれが心配しなければならないのだ」と。こんな酷い態度がいつから大英帝国に蔓延しているのか。先の戦争からか。それとももっと前からだろうか。

## 一九四四年三月二七日　月曜日

タムロンパートへ戻った。一四人の日本兵と一六人の捕虜、約二五人のタイ人とインド人だ。いい宿泊施設だが、以前に不潔な生活習慣のタイ人が使っていたので蝿がたくさんいるだろう。ターマヨーよりいい宿泊施設で、ゴミも少なく炊事場がとても近い。郵便局も移動してきた。

おととい の夜、散歩に出て遅くまで外にいた。帰ってくると、班長の前に運転手全員が集められ、私の不在について質問されていた。多分私が逃亡したと思ったのだろう。帰ってすぐ散歩に出ていたと説明した。私に外出禁止の命令が下った。最近、日本兵は神経質になっていて、おそらく私が軍用機と連絡しあう目的で、タイ人か誰か他の者と会っていると思ったのだろう。毎日遠くで飛行機の爆音が聞こえる。確かに最近飛行機は線路を目がけて下降してくる。爆撃を急いで欲しい、しかし今は雨季のために、ここから動きがとれない。

## 一九四四年四月一日　土曜日

賃金を受け取るために、二つ星の日本兵と一緒にプランカシーへと行った。一時間二〇分南へと走った。トラックの荷物が臭かった。夕食を食べて、午後一〇時頃まで待って、トラックに戻り、寝袋と軽い毛布を汚い荷台の上になんとか敷いて、一晩中そこで過ごさなければならなかった。朝食と昼食もそのままそこで食べた。日本兵はトラックを隠すために竹や木の枝でトラックを覆った。エンジンの調子は最悪で、トラックを何度も前へ後ろへと押したり引いたりした。四四年四月二日午後に帰ってきた。この四日間、飛行機は来ていない。

## 一九四四年四月六日　木曜日

夕方、日没のおよそ二時間前、エンジン四基の双垂直尾翼で合衆国の印の付いた三機が飛んできた。まず一機が上昇し、それから西方へ、爆音を轟かせて収容所の上空で機銃掃射を浴びせた。この時までに我々は塹壕の中に入っていたが、これらの飛行機は二〇〇メートル程離れた古い炊事場の近くに爆弾を一つ落とした。爆撃は僅かにタイ人の小屋を逸れた。飛行機は四、五回やってきたが、ロッキード・ハドソン製のように見えた。駅に爆弾を投下した。何台かのトラックに命中し、一台は吹き飛ばされた。事態は深刻で、我々がここから連れ出されるのは一体いつのことだろうか。

**一九四四年四月九日　日曜日（復活祭）**

復活祭がまたやって来たが、礼拝はない。我々にできることは、十字架に架けられ今日この日に甦ったキリストに思いをはせることのみだ。世界が平和になるのは一体いつだろうか。オリーブの小枝をくわえた鳩が世界平和の真の象徴になるのはいつのことだろうか。日本軍は、軍事葉書に鳩が鉄かぶとに止まっているデザインを頑なに用いている！　来年は爆弾や機関銃の危険がない安全な場所にいるだろうことを神に祈る！　今では連日空襲がある。昨日、非常に重装備の飛行機が二、三機、頭上を飛んだが、空襲はなかった。

**一九四四年四月一〇日　月曜日**

復活祭の月曜日だ。ペギーは最近何をしているだろう。学校での日々を思い起こす。そして桜草を見に散歩に出かけたことなど…。マラリアが再発している。夕方の映画上映会は飛行機の映画と東アジア上空の飛行機の数に関するお偉方の話だ。何だか変な取り合わせだ。食事は最近かなり悪い。野菜はかぼちゃばかりだ。日本兵の態度が変わってきている。四月七日は満月だった。

**一九四四年四月一六日　日曜日**

今日、手紙を何通か受け取った。家から三通。そのうちの二通はペギーからで、一通はグレイコットからだ。日付は全て一九四二年八月だ。手紙はどこにあったのだろうか。同じ日に受け取った他の手紙は一九四三年五月の日付だ。グレイコットからの手紙にはチージーとティドリーの愛らしい様子が書かれている。

激しい嵐と四分の一インチ（約〇・六㎝）程の霰（あられ）。二度の空襲。かなり上空で明らかに偵察と思われる編隊。今日、激しい戦闘がここから離れたビルマとの国境であった。場所は鉄道のビルマ側起点から一一〇キロ、タムロンパートからは四三キロの所だ。タムロンパートはバーンポーン駅から二三七キロ、ビルマ側起点から一五三キロだ。

**一九四四年四月二六日　水曜日**

英国陸軍補給部隊の兵卒ガーベットがぬかるみの中で意識不明の状態で発見された。私は彼の看護のために炊事場の人たちと一緒に夜を過ごした。ガーベットは一二回も嘔吐したので顔から首や背中まで汚れていた。誰も汚れを拭き取ってやろうとしないので、私が一人でした。その後で助けの手が必要になった時、仲間の一人は「自分も吐きそうだ」と言い訳をした。ふん！　近頃のイギリス民族は、誰かが助けを求めていたり、病気だったり、意識がなかったりする時、自分たちの仲間でさえ見捨ててしまうのだ！　言い換えれば、責任を持ったことのない人間は、献身的に人につくすことなどできないのだ。彼らのほとんどは結婚しているが、国家への貢献を表明したり、あるいは議会の新しい政策や見通しに対して投票をする価値がある奴らだろうか。ふん、これら労働者階級は皆価値のないカスだ。

私は、ガーベットがバケツの中へ嘔吐できるように竹で容器を作ってやった。彼の顔は依然として土気色を帯び、吐瀉物で汚れたままで、無精ひげはその顔立ちの良さに似付かわしくなかった。私はほとんど一晩中起きていた。

## 一九四四年四月二七日　木曜日

病人が隔離小屋に移される。屋根は穴だらけで壁もなく、ベッドはじめじめした所に置かれている。重病人を何という所に移すのだ。午後三時に日本人軍医が到着したが、まず自分自身の昼食をとった。それから五時四五分まで待たせてようやく病人の診察に来た。病人は依然として意識がなく、目は充血し視線は動かず口からよだれが垂れている。医者の見立ては髄膜炎だ。病人の世話をしている男が一人、その小屋に泊まり込むことになっている。話す相手もなく全く孤独で嫌な役目だ。

ここ二日間更に雨が降っている。タイ川のスケッチをしている。いい練習になる。

1944年4月のスケッチ

1944年4月のスケッチ

## 一九四四年五月六日　土曜日

二、三日前、日本兵が我々の一人に日本にいる捕虜たちは東京から二〇マイル（約三二・二km）の所にいて週に二回パンの配給があると言った。彼は、我々に「毎食米の飯を食べていたか」と尋ねた！　彼はアメリカに住んでいたことがあったが、そこが好きではなかった。

炊事場で食べ物を探している何人かが（既に自分の分は食べてしまっていたのだが）釜にくっついたご飯のおこげを食べていた。十分な食事が与えられていない証拠だ。この一週間、毎日一五〇人程がぼろぼろの背嚢を背負いやって来る、中には空の袋だけの者もいた。ほとんど皆、足を痛めていた。そして今朝、九人程が病気だったので、駅まで行き列車で出発した。日本軍の看護兵に、日本兵には病人がいないのにイギリス兵ばかりに病人が出ると言われた。タバコ一本を渡して恩着せがましくいい気になっている役立たずの無知ならず者だ。このゲス野郎を絞め殺してやりたいぐらいだ。彼は破壊的で、自分の欲求不満解消で物を破いたり壊したりして楽しんでいる！むかつくやつだ！

昨日、炊事場の軍曹が我々一人ひとりにビスケットを一箱半くれた。本当に思いやりのある軍曹だ。もう一人はやはり炊事場の二つ星の兵隊だ。

私はまたタイ川の絵を描こうとしているが、よく邪魔が入って進まない。

四月二六日の日記に書いた病人が、二八日午前九時頃に死亡した。明らかに日本人の軍医が診断した髄膜炎だった。私は埋葬の儀式を執り行わなければならなかった。我々のうち八人がそれに参列した。

日本の新聞は、太平洋諸島はインドへの攻撃の犠牲になっていると主張している。（この情報は日本軍のトラック部隊の班長からだ！）

## 一九四四年五月九日　火曜日

五月七日は満月、新月は四月二四日だった。三日前、またマラリアの発作が始まった。今日は治まったように思うが、まだかなり体のだるさを感じる。

昨日、チュンカイは大きな収容所でよく管理されていると聞いた。軍の売店は繁盛していて、安い夕食などを売っている。給料は四月一五日付けで一五セント上がるそうだ。日本への捕虜搬送部隊は依然として待機している。

今日仲間の一人が、日本軍の制服を着て飲み水を汲み上げているイギリス人を見かけた。じろじろ眺めていると、そのイギリス人が「何か？」と言うので、「おまえはシンガポールで捕らえられたのか」と尋ねた。彼は違う、中国で日本軍に参加したのだと言った。イギリス人だと認めたが、これ以上話すことはできないと言った。イギリス兵と思われる者が三人いたが、他の日本兵がいたので、それ以上尋ねることができなかった。彼らは徴兵されたのだろうか、それとも志願兵なのだろうか。

今日また映画上映会が催される。前回はちょうど一ヶ月前だった。給料は四月一〇日から一五セント上がった。つまり六〇セント支払われることになる。コレラの予防接種を五月三日と九日に、一一日には赤痢の予防接種を受けた。

## 一九四四年五月一六日　火曜日

聞いたところによると、マラヤでは失業率は低いらしい。スルンバン近くにあるイギリス系インド人の居住地では、ほとんど自給体制が確立している。彼らは米をはじめとして自分たち自身の食糧を生産している。それはイギリスが政権を執っていた時代には決してなかったことだ。輸入過剰の一方、失業率はかなり高かった。本来なら、そんな問題は今頃日本軍によって解決されているはずだ。いろいろな宗教が衝突せずに存続しているのはいいことだ。錫鉱業もゴム産業も衰退している。今夜も昨夜も月が出ていた。

マラヤでは軍の人間による様々な詐欺が兵卒や通信隊にまで及んでいるという話は数多くある。それは世界のどこにでもあると思うが、インドではどうだろうか。例えば、ケーブル線が敷設されるとする。必要な長さは五フィート（約一・五ｍ）だ。しかし、通信隊は五フィート（一・五ｍ）ではなく三フィート（約九一㎝）で請け負う業者と契約し、賄賂を受け取る。他にも、兵卒や工作兵がコンクリートを作る際にセメントの割合を下げるのを認める例がある。こうして、部隊の娯楽費を捻出し、政府に資金を作る。様々な仕事とりわけ防衛施設の修理はなかなか捗らず、完成しない場合もある。こういうことが敵にとっては有利となる。軍隊には同様の例が何百とあり、協力など全く崩壊している。このような道義もなく卑屈で低俗そのものの人間は、自分たちの行動の結果について考えるだろうか。そんなことはあり得ない！　彼らの精神は決して国民としての理想的な行動規範を受け入れることはできない。彼らは国家の問題を憂慮したりはしない。国の役に立とうとは思ってもいない！そんな奴らをどんなに軽蔑することか！　ここでの日々の暮らしの中で、私は労働者階級のイギリス人の性格を見抜いているのだ。奴らはいつも仲間同士で口論し、不幸な状況に不平を言い、雨の中を行かねばならぬと不満を漏らし、お互いに文句を言い合うのだ。人間の悪い面ばかりを見て、いいところには目を向けない。彼らは自分たち仲間内でさえうまくやっていけない！彼らはよその国の奴らが気に入らないし、同胞たちにも反感を持っているようだ。何という国民だ！これらが堕落した人間の証か。長年命令のみに従い自分で考えるということをしなかった結果か、それとも平和な時代に兵士が作った無為無策のくだらない軍規則によって、この習慣を助長した軍隊のせいだろうか。奴らの顔を見なくてすめば、どんなにせいせいすることだろう。神の思し召しで戦争はもう長くは続かないだろう。

先週は、三日連続で雨、実によく降った。

## 一九四四年五月二三日　火曜日

昨日今日と雨はそれほど降らなかった。今日は少し青空も見えた。戻ってきたタイ人が卵もバナナもマンゴもないと報告した。日本兵たちが全ての卵を独占しているようだ。今日、背中にトゲの生えた殻をくっつけた蜘蛛を見た。もう一つはマッシュルームか普通の茎の付いたキノコの種類だが、てっぺんから旧式のガス燈のマントルのような白い網状のものが生えていた。

私は二回目のペストの予防接種を受けた。何か特別の病気のためなのだろうか。

## 一九四四年五月二五日　木曜日

昨日、重装備の飛行機が九機、北の方を低空飛行で太陽が燦々と輝くなかを西から真東へと飛んでいった。急いで塹壕に飛び込んだので、飛行機を確認することはできなかった。日本兵たちは必要な時はいつでも、食事時にビタミン剤を服用できるが、我々は脚気を患ったり、病後の健康回復のためでもない限りは、全く貰えない。挙句に、日本のお偉方どもは、戦争捕虜にも日本兵と同じ食事や寝泊りする場所を与えていると公言することだろう。くそっ！

昨日、雄牛が屠殺され、炊事場の気前のいい軍曹のお陰で大きな肉の塊が貰えた。彼は今までのところ我々に対して実によくしてくれた。ほとんどの兵站も日本兵たちもこの戦況にうんざりしており、我々が思うのと同じように国へ帰りたがっている。

「メナス（口うるさいやつ）」が妻と五人の子どもたちの写真を私に見せて、家族の元に帰りたいと打ち明けた。我々はあいつにガソリンの一滴は血の一滴に値するので、ガソリンを使うなと言われ、代わりに灯油をくれるという。今までは許可なしでガソリンを使っていたのに。しかし、ランプを灯すのがせいぜいの量だ。ランプはテント用のロープの切れ端を芯にして作った小さなビンだ。日本人軍曹に七・五フィート（約二・三ｍ）もある蛇の皮を渡され、板の上に引き伸ばすように言われた。戦争捕虜になって以来、何といろいろ変わった仕事があるものかと驚いた！五月二四日は新月だった。

## 一九四四年五月三〇日　火曜日

フェザー軍曹とソーパー兵士がチュンカイ病院に送られた。今日、別の飛行機三機が、突然紺碧の空に現れた。私はまた四日間熱が出て、担当日本兵から日没後は小屋から出てはいけないと言われた。彼らは私を監視しているのだろうか。私がスパイだとでも思っているのだろうか。

隣の小屋のインド人クーリーたちは蚊帳があるにはあるが、穴だらけのぼろぼろで修繕すらできないものだ。

家へもう一枚葉書を送ったが、依然として個人的なことを書くのは許されない。葉書の文言は決められた言葉だけだ。ペギーからの次の手紙には葉書を受け取ったと言ってくるだろうか。

赤十字からの物資が来た。タバコが二〇本、グリーンピースの小さな缶詰、一ポンド（約〇・五kg）の野菜の缶詰。そして二オンス（約五六・七g）のバター一個、タバコ葉、四角い青色石鹸が半分だ。粉ミルク一缶はない。私がそのことを軍曹に聞いたら、彼は物資の供給元に尋ねてみると言った。

**一九四四年六月三日　土曜日**

ここ四、五日激しい雨が降り続け、洪水となって川の水位は上っている。

**一九四四年六月四日　日曜日**

先日来、ピアソンという男がマラリアかそれに似た痛みで苦しんでいる。彼を診るように頼まれたブッチャーと呼ばれている日本兵が、「彼には薬をやったのだから、これ以上できることはない。」と言った。脳が麻痺し、足に全く力が入らず、ひどい熱で座ることすらできずに死んでしまったボウラーと同じ症状だ。日本兵の一人が同じ状態になった時と何という扱いの違いだ。戦争捕虜は手遅れになるまで病状が悪くなるまま放っておかれる！これらの行動を神は必ずや罰せられることだろう。ガーブルとボウラーは全く無能なこのブッチャーの仕業のいい例だ。マラリアの治療薬しか知らない。服用するキニーネはもうほとんどない！少々の病気は何の手当てもせずに無視だ。彼は気に入らない返事が返ってきた時や捕虜を診なくてはならない時は苛立って怒鳴りまくり、捕虜を口汚く罵る。彼は物をぶち壊すのが好きで、いつも自分が一番だと思っている。終戦になったら、彼に仕返しをしてやりたいものだ。日本兵の中にも彼を好きではないという者が多いようだ。

**一九四四年六月六日　火曜日**

昨夜は満月だった。今朝のピアソンの状態はいつもよりましだ。昨晩、ブッチャーが注射をして以来、彼は診察を受けていない。熱はないが病状は悪化している。

橋の崩壊が遅れの原因で、日本軍はここに三日間駐屯し、どこかに移動する。

**一九四四年六月一三日　火曜日**

我々はハンター軍曹とまだ病気の兵卒ピアソンと共にプランカシーに移動するよう命令されている。

二日前まで、五日間連続の大変な日照り続きだったが、何ということだ、また大雨だ！

突然の指令が下り、一万人がチュンカイからシンガポールへ移動したそうだ。

二日前、アメリカの赤十字からの物資が届いた。捕虜各々が一個ずつ支給されるはずだ。八人用のダンボール箱二箱のうちの一箱のほうに入っていた明細伝票にそう書いてあった。捕虜のためのわずかな物資をまたしても日本兵の奴らが掠め取っている！日本兵たちはその僅かな中からさえも取りたがっている。

# 二冊目の日記　一九四四年六月一三日～一九四五年三月一日

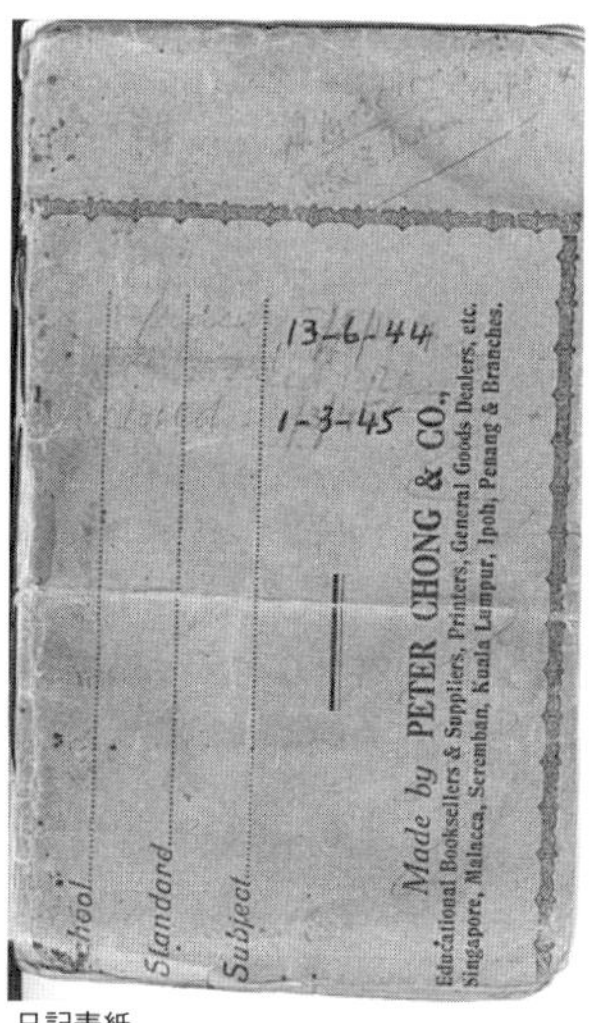


日記表紙

so, how changed must look after all these years, then [illegible] [illegible] what health — etc. there are so many thoughts, so many people, so many changes expected — Fri 1/12/44 — As service changed by [illegible] from Sundays to today made pilgrimage, [illegible] long Depot where learnt that homosexual behaviour going on openly in [illegible]. This by white men who of course [illegible] down coloured man as lower than white, tales of non-discipline among men daily, effeminate behaviour, + hundreds other examples showing decay + drinking Well, many water usually drawn from [illegible] [illegible] all water to be boiled — [illegible] for tiffin find [illegible] of peas in mess tin — see Japanese climb coconut tree near edge pond throw nuts down — lovely weather, no rain for weeks — news that 3 out 4 R.A. smashed [illegible] ~~[illegible]~~ but also some of our fellows killed on line! — Tue 5/12/44 — Last Sunday (report has it) [illegible] planes attacked Nompradok, laid flat all destroyed, 9 [illegible] killed (11 wounded?) other places also, [illegible] from Nip sources, all bombing [illegible] which free?? Nip [illegible] called to Bangkok conference what going to happen to us?? Night before last [illegible] [illegible] [illegible] various [illegible] [illegible]

Figures [illegible] [illegible] at 3.30 p.m.

Fri 8/12/44 — Done trouble Appendix + request to M.O. to have it out before probability going upcountry (?), transferred to Surgical Block. Last few days, had Diarrhoea + touch Dengue leaving back terribly sore, weak. × Today feel better — ~~[illegible]~~ Mon 11/12/44 — my last [illegible] had not last long, [illegible] start shivering violently, some time before succeed getting warm, terrible head, next day not go [illegible] but had started just after tiffin + repeating [illegible] alternating [illegible], vomiting + passing stools [illegible] There was close to bed + lay down after each 'go', brought up all food + [illegible] to sleep, [illegible] felt better, [illegible] [illegible] hours before get [illegible] bed, had to wait [illegible] — spoke re: food requesting light diet, [illegible] was would be put on 2 eggs, milk + [illegible] so far — eggs [illegible] bananas, + 4 eggs peas but [illegible] because operation coming off, get [illegible] decent form before + after — weather cold + windy — Tues 12/12/44 — what a [illegible] of food, first after breakfast 2 eggs, [illegible] [illegible] cooked peas, + 2 bananas, then bread issue, at dinner soup [illegible] with tapioca, + [illegible] small kipper, what a collection! would not do [illegible] this as [illegible]. menu in view [illegible] food we normally receive — ×

日記本文

## 一九四四年六月一三日　火曜日

一冊目の日記　八一～八二頁参照。

## 一九四四年六月一七日　土曜日

まだプランカシーに留まっている。皆が帰るまでここに滞在することになりそうだ。いつになるのか神のみぞ知る。私は六月一三日の夕方に、しばらくの間ここに滞在すると言われていたので、あまり気にかけていない。どちらにしても残りの期間または何かが起こるまでここにいることになっているからだ。だから、六月一四日から私は再び労働者として働き始めた。私は三人の日本人と共に売店で働いた。仲間の五人は大きな方の店で働いていて、昨日と今日の午後に上演する映画の準備をしていた。その宿営地は小屋で埋め尽くされていて、駅には荷馬車、そして川には発動機船と艀がいっぱいだった。この地域は絶好の標的だ！空襲の時にはここにはいたくないものだ。多数のオランダ人が六月一四日に宿営地を出発していった。多くの者が病気で、三六人がトラック二台の荷台に乗っていた。昨日と今日、私は仕事を休んだ。店での仕事中に右下肋骨を痛めてしまったからだ。

## 一九四四年六月二三日　金曜日

四日間病気が続いた。背中や頭が痛み始めて、微熱、目の奥の痛み、足や手首にずきずきとした痛みが起こり、背中が壊れるように感じた。また体のふらつきもあったので、今日はゆっくりと歩かなければならなかった。少し良くなっているようには感じるが、最初の二日間は何も食べられなかった。日本人の軍医がマラリアではないのにキニーネと頭痛薬をくれた。彼らはマラリア以外の治療法を知っているのだろうか。それとも、その薬はデング熱にも効くのだろうか。雨は数時間上がっただけで、ずっと降り続いた。

今イギリスはどうなっているのだろうか。来年には、私がイギリスにいられるように神はお導き下さるだろうか。現状では何とか帰れそうに思うが。

いとしいチージーは、私がもうすぐ家に帰れるだろうと期待を膨らませているに違いない。しかし、私が今どこにいるのか知っているのだろうか。彼女からの最後の手紙は一九四三年一月の消印だったが、私がそれを受け取ったのは一九四四年の二月だった。

## 一九四四年七月二日　日曜日

ここで我々は新しい月を迎えている。我々が自由の身になるまでに、どのくらいかかるのだろうか。私は六月二八日に仕事を再開したが、体調は非常に悪かった。二日間庭仕事を手伝い、元気になってきた。毎日にわか雨が降っているが、天候は去年よりは随分ましだ。この調子で雨季の頃も穏やかな天候であってほしいと思う。私はディーゼル列車に乗ってターカヌンへ行った。三台のトラックが沼地にはまっていた。ターカヌンには、まだ立派な店がたくさんあった。我々は自分で荷物を積み込まねばならなかった。荷役のインド人がここにもたくさんいるのになぜ我々がそれをしなくてはならないのか分からない。私はまた日本兵が担架で担ぎ込まれるのを見た。

昨日おもしろい昆虫を見つけた。その虫は、羽を閉じたら菱形になり、茶色っぽく光る全身が、セルロイド状の羽を通して透けて見えた。

八日に二五人の下士官による二度目のコンサートが開催され、私も二つの寸劇と朗読に参加した。ここ数日間、私はクーリーのように、二～四ガロン（約七・六～一五・一ℓ）の様々な容器に入った醤油を運んだ。しかし、あちこちに溢してしまい、不愉快な気分だった。運んでいる最中に醤油が背中や足にかかり、ぼろぼろに履き古した靴の中にも入った。チュンカイへ一番最近に行ったライト軍曹が、捕虜の収容所がよく整頓されていて非常に清潔で、タバコ、パン、ケーキや野菜も捕虜によって作られていると報告した。日本兵によって管理されている売店は、低価格のいい品を備えている。臨時の班が時々収容所以外の仕事に送り出されている。約三五〇〇人がそこにいる。昨日、飛行機が宿営地の上を飛ぶ音を聞いたが、かなり上空のようだった。

## 一九四四年七月九日　日曜日

昨晩開催される予定だったコンサートは中止された。というのは、日本人司令官が中止するよう命令したからだ。五日に二〇〇ポンド（約九〇・七kg）の米袋を背負ったために背中を痛めた。その上、食べたものが悪かった。私はその後午前中ずっと働いたが、宿営地へ向かう途中の川辺で吐いてしまった。二時間もの間、嘔吐と「ベンジョイング（ずっと便所に行き続けた）」状態で、気分が悪くなり背中が痛んだ。一二回ほど「ベンジョイング」と嘔吐を繰り返した後、何とかベッドに入った。しかし、何も食べられなかった。六日の昼食時に、昨日の症状がぶり返した。今回は危うく気絶しそうになった。体が冷たくなって、手が冷や汗でじっとりとし、目が霞んできた。水平な竹の棒にしがみついて、何とか倒れ込まずに済んだ。体調が悪いのに、トイレで立ったりしゃがんだりしていたら目眩がしてきた。私は二人の下士官に小屋に帰るのを助けてもらわなければならなかった。腹が痛くて、ひどい下痢をした。熱が高くなり汗をかいたので、背中の痛みは和らいだようだ。ここ二日間、調子は良くなってきている。昨日はかなり沢山食べた。医務室に行き、どこが悪いのか私が症状を言う前から、軍医（馬鹿で無能なやつ）は、はいはいといい加減に言い、今の症状を聞きもせずに以前の病歴に従い処置をした。いつか、彼に仕返しをしてやりたいものだ。

昨晩、ホールとロジャーズがニーケから到着した。ホールは、腰と尻の酷い痛みと極度の疲労に喘いでいて、ロジャーズはマラリアと疲労感に苦しんでいた。二人とも一ヶ月もの間、薬のない状態だった。小屋の中で放っておかれ、日本兵は近寄ろうともしなかった。タイ人が彼らに食料を持っていってやったが、彼らの食器は洗おうとしなかった。いわば、死んでも仕方ない状態に置かれている。チャストンは三週間前の同じ頃に死んだ。彼を埋葬する者がいなかったので、タイ人のクーリーが処理した。彼らはただ、遺体を穴に投げ込んだだけだった！埋葬式なしで、どこに彼らが埋められたのか誰も知らない。まるで未開人を扱うように。こんな男たちはこれら全ての罪をどう償うつもりだろうか。そんな気は全くないだろう！これまでもこれからもずっと人類が地球上に存在する限り、状況は変わらないだろう。男は白人、黒人、茶褐色、黄色人種どれあれ、未だにどいつもこいつも野蛮な生き物だ。天気はこのところいい状態が続いている。背中の痛みは少し和らいできて、胃の痛みも治った。ありがたいことだ。体調が良くなったことを神に感謝する。いつも何かと神には感謝している。ニーケの惨状について、もう少し詳しく述べる。

ニーケにいる捕虜のうちの四人に送られたアメリカの赤十字の物資が、ごっそり横取りされたので、一缶三・二五オンス（約九二g）のバター三缶とコーヒーとちょっとした物だけしか貰えなかった。本来なら、タバコ、スープなどの他に各自五缶か六缶のバターが貰えるはずだった。日本兵の一人が配給の食料を食べたりタバコを吸ったりしているところを下士官に目撃されている。そしてこれだ！体調不良で死にかけている捕虜から物を盗

ニーケ収容所・駅

む。どうか神がこの意地悪い奴らを罰してくれますように。だが日本軍はそんな泥棒のような兵士をどう処罰するというのか！もちろん何もしないだろう。日本人の医療当番兵は、ほとんどの時間を売春宿で過ごしており、病人の面倒をみていなかった。オーストラリア人軍医は、実際病人を助けようとして一人か二人に注射をしたら、そのことで木に縛り付けられてしまった！

## 一九四四年七月一〇日　月曜日

重病の仲間を二人連れてプランカシーを発った。特にホールはひどい潰瘍で悪臭を放っていた。ワゴン車の中で便所に行きたくなった時は本当に悲惨だった。そういう状況になったら、袋を持ってその中に用を足さなければならないのだ。私は午後一〇時頃トラックに乗り込んだ。行く先々でひどく待たされた。長い橋が何ヶ所もあり、［一九七七年　全て丸太でできていてかなり揺れる。］ワンポーの北側と南側の崖での仕事は順調で、道中よく眠れた。ひどいでこぼこ道だ。チュンカイに一一日の午後八時か九時頃到着し、作業班を待った。道具を取って来た。病人は軍医に診てもらい入院した。私は背中を痛めており、マラリアの再発が何度も続いていると報告した。

## 一九四四年七月一二日　水曜日

若い金髪の軍医が見回りにやってきた。念入りに診察し、輸血の指示を出してくれた。私は貧血気味、背中はマッサージが必要、更にマラリアのための血液検査をしなければならないと軍医が言った。インド陸軍書記兵部隊のゴールディーを除く全副司令官は、日本へ移送されると聞いた。彼らや軍曹のギルバート、インガム、フックなど、チャンギにいた時のようにここでいろいろな人に会った。マレー人は全く酷い状況にある。食物は軒並み値段が高騰し、卵が一ドル二〇セント、タバコ一カティ（約六〇〇g）が二〇～三〇セント。戦況は明らかに日本軍にとって八方塞がりで、男という男は全てビルマ前線に送られる。病院内で回覧されている新聞には、フランスへの侵攻やイタリアでの戦いについての記事があったが、もちろん、枢軸国側の立場で書かれたものだった。こういう記事もまもなく何の意味も無くなるだろう！早ければ早いほどいい。この薄汚い東洋から逃げ出したいものだ。

## 一九四四年七月一五日　土曜日

最近、私は良性三日熱型マラリアにかかっていることが分かったので、今後二〇日間ぐらいキニーネなどを飲まなければならない。背中がまだ痛むので、毎日マッサージを受けている。食べ物に関しては、朝食は粥、砂糖で少し甘みをつけてある。昼食は焼いたハムとパン数枚。夕食は米のシチュー、炒めた肉少々と、バナナとライム（レモンペーストのようなもの）を混ぜたお菓子。

三食とも紅茶付き。これがC食（普通食）だ。A、B、D食は、患者の容態によって変わる。天気は良く雨はほとんど降らない。

一九四四年五月二九日付けのニッポンタイムズという日本の新聞を見ると、その中で、日本軍は、戦争の結果を予想し、戦後、勝者として英米の艦隊とどういう交渉をするか述べている。何と恥知らずなことに、ある海軍少将一人に責任を負わせている、意図的かプロパガンダのためかは定かではない。

## 一九四四年七月一九日　水曜日

一九四四年七月一七日に輸血をしたが、何とも言えない経験だった。血をくれた男は小屋の端のストレッチャーに寝ていて、私は反対側の端にいた。その男から金属の容器に血を採り、その血をずっと混ぜ続けていた。その男は、止血のため腕を竹の上にのせて直角に曲げていた。私の方はと言えば、局部麻酔の注射を打った後、外科用メスで血管を切開し、そこに管を挿入してガラスの瓶を上下逆さまに吊るし、心臓の鼓動によって血管に血が送られるようにしていた。五～八分かかった。小屋に戻ってから震えが起こり、軽い頭痛と微熱があり手足が冷たく感覚が無くなってきた。二、三時間眠ると気分が良くなってきた。私の血液型は、A2らしい。

## 一九四四年七月二三日　日曜日

昨日、名高いレオ・ブリットが私を訪ねてきた。とても元気そうで、いつものように忙しくてなかなか来る時間がないと言い訳していたが、我々はよく分かっている。彼が来たので、ディウォーナー大佐が私にレオ・ブリットの友達かと聞いたわけが分かった。というのは、ブリットが私に部隊で何かやりたいかと聞いたことがあったからだ。もちろん私は即座に「ええ、ぜひやってみたいです」と答えた。その役は、あごひげを生やしたウィリアム・グラント卿の役だ。ディウォーナー大佐はその著名な演出家に私の名前を言ったに違いない、監督が、私がここにいることを知って訪ねてきたのだろう。その役に関して私のことが頭にあったかどうかは別にして、（おそらく考えていなかったと思うが）ともかく、私は楽しみにしている。ゲルフでの日々を思い出しながら、また演劇に携われると思うと、とても興奮する。一三日以来、この一〇日間キニーネ（三〇グラム）を五日間、その後一〇グラムとプラスモギーネ二錠を飲んでいる。まだ、精神状態が良くないし、視力も落ちてきて、二五ヤード（約二三m）先が霞んで見える。軍医を呼んで貰うよう頼んだが、またいつものように、八日たってもまだ医者が来ない。ここの衛生兵は非常に怠慢だ。また、夜は耐えられないほど騒がしい。仲間の半数は仮病で、普通なら追い出されるところだ。私がここに来て以来、ほとんど雨が降っていないのは幸いだ。インドやビルマの前線での戦闘に影響があるだろう。

カナリアは非常に美しく、色がピンクから鮮やかなバラ色に変わってきた。不吉な赤い縞模様がある。いとしいチージーや家族はみんな元気だろうか、幼いティドリーは二年半経って今頃どんな様子だろうか、もうだいぶ大きくなっているだろう！だが、皆がインドに立ち寄らなくて本当に良かった。なぜなら、健康に害はないにしてもいいことは何もなかっただろうから。中東から極東にかけての地域は、もうどこも見たくはない。来る日も来る日も、懐かしいカナダの地に再び立てる日を心から待ち望んでいる。考えてみれば、カナダを発ったのはほんの昨日のような気がするが、それは一九三二年二月二一日のことなのだ。

最後にゲルフに行ったのは一二年と五ヶ月前だ。みんなどう変わっているだろう。幼い子は青年になり、私の知人はもうほとんどそこにはいないだろう。でも、マーヴェルとアートはまだそこで頑張っていてくれるだろう。二人とも本当にいい人たちだ。そして今や、私と同じように三〇代になっている。マーヴェルは結婚しただろうか。アート・ラップ家には何人子供が出来ただろう。本当に帰りたくてたまらない！

## 一九四四年七月二七日　木曜日

今朝大洪水があった。一日前、我々は水に浸かる恐れがあったので、元の小屋から今のこの小屋に越してきた。あいにく低地にあり、深い所は四フィート（約一・二m）の高さまで水に浸かって小屋の高さの半分まで来ている。水は竹製のベッドの上段から六インチ（約三・五cm）下の高さだ。幸い重症患者はほとんどいないので、残りの者は自分で動くことができる。今朝、高さ二フィート（約六一cm）まである水をかき分けて朝食を食べに行った！水で便所の汚物が流れ出している。だが、幸いにまだ臭ってはいない。水が引いたら全部そのまま残ってしまうだろう。

昨日、約一五〇人の部隊がターカヌンから到着した。小屋を建て直しているところだが、結わえるロープが足りず作業が中断している。たとえロープが支給されても質が悪い。こんな所に宿営地を設営するなんてどうかしている。あいつらのいつものやり方だ。スピートばかりで先のことを何も考えていない！

昨日医者に診てもらい、また輸血を受けることになった。［一九七七年　チュンカイでは、七月一七日、二九日、八月二日、一九日の合計四回］眠れないと訴えると白い錠剤を二錠くれたが、あまり効かなかった。効果が出るまでには数晩かかるかもしれない。今は地面に寝ているので、もう水が出ないことを祈っている！

衣類の種類は様々で面白い。元の布がほとんど見えない位に継ぎはぎされている半ズボン、いろいろな種類の長靴、靴、サンダル、麦わら帽、フェルト帽、布帽などがあるが、毎日働いている班の中には、前と後ろをかなりうまく隠すふんどしが実用的で人気がある。実は屠殺された雄牛のだが、なめし皮製のサンダルは三ドルで売られている。炊事場は川岸から二〇ヤード（一八・三m）離れた土手の向こうに建てられている。水浸しになるようなこんな場所に我々を収容するなんて、ここの日本兵には腹が立つ。おそらく数百人が一八ヶ月以上も留まっている。なかには仮病を使ったり、仕事をさぼったりする者もいる。他の多くの捕虜もそうだが、我々はいつここから出て行くのだろう。ドーバーの白亜の崖を眺め、船から降りて波止場の群衆の中にいとしいチージーと大きくなったティドリーとを一緒に見ることができればどんなにか幸せな日になることだろう。けれども、多くの人は愛する人が捕虜になっている歳月のうちに死んでしまったという辛いニュースを受け取り、悲しみに打ちひしがれることだろう。私は時折、マラリアやデング熱の病に罹ったがどうにか生き延びてきたことを神に感謝しなければならない。実際毎晩感謝のお祈りをしている。将来、きちんとした食事をすれば、健康を回復して再び落ち着くだろう。噂によれば、終戦後、軍人は職がありさえすれば、仕事に就くことが許されるとのことだ。しかし、これも何らかの国の支援がないと難しいだろう。

## 一九四四年八月五日　土曜日

二九日に、二度目の輸血を受けた。今回は何の問題もなく、ただ頭痛がひどかった。また四日には三回目の輸血を受けたが、一回目よりも副作用がひどかった。悪寒がした。二、三時間寝ると、楽団の演奏を一時間一五分（約八曲）聴くことができる程度に気分は良くなった。バイオリン三丁、ダブルベース、トランペット、ピアノ、アコーデオン、ドラム、シンバルでダンス音楽を演奏していた。二、三人の独唱者がありとあらゆるポピュラー曲を歌い、クラーク大尉がとてもいい声で『道化師（Pagliacci）』から『Vesti laQinba』、『ラ・ボエーム（La Boheme）』から『冷たい手を』、そして、あともう一曲歌った。

今日、右側の歯三本を抜いてもらった。犬歯だと思う。ユダヤ人歯科医で腕がいい。

また軍医に眼も診てもらったが、検診結果はそれほど悪くないとのことだ。しかし、夜は眼が霞んでよく見えないと言ったら、良くなるかどうかを見極めるために、七日間鱈の肝油を摂ることになった。

ブリットも病気だし、ディワーナー大佐も病気なので、週始めに始まったドクター・クラッターハウスの劇のリハーサルは延期になった。今は「ここで何をしているのだ。君の体はちっとも悪くないぞ」などという態度のウォーカー大尉が来ている。入院しなければならないような者たちでさえ列に並ばせるという悪評がある！それはそれとして、私を診察し、まだ脾臓が腫れているので更にキニーネを一日に二〇グラム服用するようにと言った。

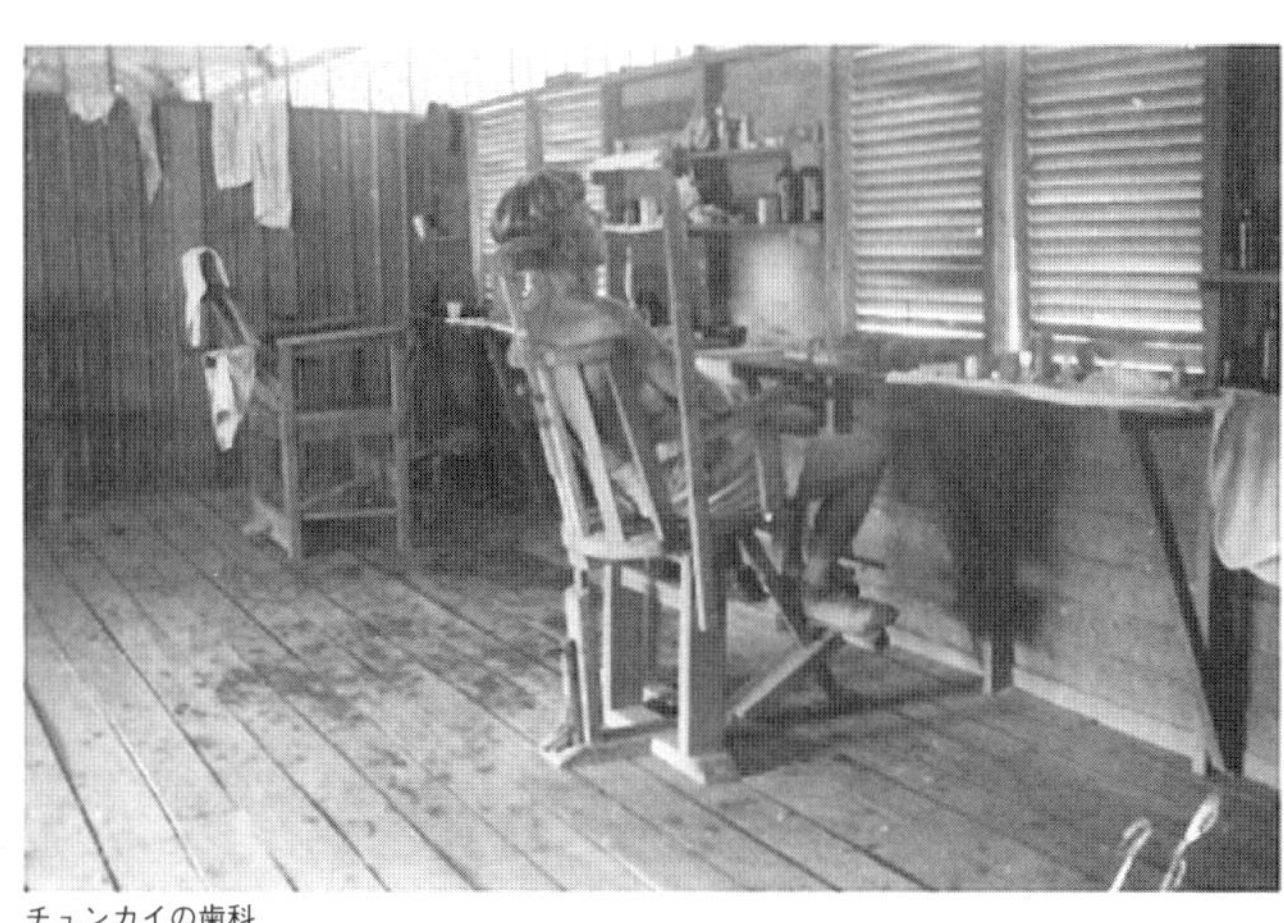

チュンカイの歯科

二、三日前、レオ・ブリットの紹介でバイスタンダー誌の美術編集者オリバー中佐に会った。私は帰国したら何をすればよいかと彼の助言を求めた。彼は優秀な教師がいるロンドン美術工芸学校かスレイド・アカデミーへ行くように勧めてくれた。また他のいい学校についても名を挙げて、全ての施設について詳しく説明してくれ、とても良かった。私が考えていたような奨学金を貰うことを奨めてくれ、通信教育はあまり良くないと言った。ロンドンで、もし私がもっと助言が欲しい場合は、彼に自由に電話してもよいとも言ってくれた。とてもありがたいことだ。

今日、カーンチャナブリーで、ある日本人が朝鮮人にナイフで刺されたか、銃剣で突かれたという報告があり、ここへ運ばれてきたが死んでしまった。その結果、今夜の音楽会は中止になった。

## 一九四四年八月一〇日　木曜日

また誕生日がきたが、私はまだ捕虜の身だ。しかし、全てが幸運でうまくいけば、次の誕生日はこんな状態で迎えてはいないだろう。私は他の者と比べればまだいい方で、ずっとこのような試練の中にいたにもかかわらず、気持ちは二四歳のままだ。この収容所はバンコク近郊のナコーンパトムという所にあり、今は病院になっている。去年の誕生日は病気だったが、今回のように病院にはいなかった。なんという違いだ！去年の記憶はまるで悪夢だ。神のお陰で今年は状況がはるかに良くなり、英国人軍医も良くしてくれている。死亡者が一週間に一人になっている。

朝の食事は粥、昼食はナシゴレン（インドネシア風焼き飯）、揚げパン、茹でたトウモロコシとお茶だ。夕食はご飯（食器に半分もない）とシチュー、食後にセイボリー（ハーブの一種）とタルト、時にはスコッチエッグと薄い紅茶かコーヒーが出る。病気がほとんど回復した人が食事を取ってきて出してくれる。何人かはかなり元気になっているが、病気のふりをして仕事を逃れている。近頃は、作業班もほとんど仕事が無いので誰も気に留めていない。小屋の中にいる多くの者は健康上何の問題も無いのに働いていない！

アルバート・モートンの肖像（三四歳一九四四年八月一二日　H・フランツ描く）

二、三日前、軍医は私の病状を重病と診断して、他の重病人と一緒にバンコク方面の別の病院へ行くようにと言った。我々は一ヶ月やそこらで治る病人ではないようだ。私は慢性マラリアに罹っていて、明らかにこれが貧血の原因であり、今までに三回の輸血を受けている。私は更に一四日間、鱈の肝油を飲み続け、次の火曜日夕方に眼を診てもらわなくてはならない。

## 一九四四年八月一九日　土曜日

もう一本、輸血を受けたら震えが二〇分間続いた。しかし、二枚重ねの毛布を被っていたので前回ほど長くは続かなかった。数日前、赤十字が現地調達で三人に対して小さい石鹸一個、一人にビスケット一枚半、百人当たりに半ズボン一着と八〇人当たりに安物の長靴一足を配った。くじ引きで分けなくてはならなかった。砂糖とミルクも届いたが病院用のみだった。ぐしょ濡れの泥んこ状態が四日間も続くと、この国の天候を呪いたくなる！おまけに日本兵たちもここにいる。些細な騙し合いや利己主義や貪欲に満ちている。例えば、本を借りたのに、貸し手が誰に貸したか忘れたような時、借りてないと嘘をついて、本を自分の物にしようとする者もいる。他の者たちは食事を分けてくれる仲間たちを言いくるめてもっと食べ物を貰おうとするが、結果的には一人分の配給量は少なくなる。またショーの切符を手に入れようとする者もいる。ある男は列に割り込んで切符を五〇枚買い、行きたくても切符が売り切れて手に入らない「仲間たち」に倍の値段で売る。我々は明日の夜八時に行くことになっているそうだ。

## 一九四四年八月二〇日　日曜日

早めの昼食をとり、装備は誰かに運んでもらうのだと聞いていたが、結局自分で担いで整列し、鉄道の線路まで三〇〇ヤード（約二七四・三m）行軍した。トラック一台につき二八人ずつの隊に分かれた。担架を一台載せたトラックが幾つかあり、またどのトラックにも貧血性赤痢の場合に使用される「簡易トイレ」が備えられていた。午後五時まで待っていたら、高い煙突と排障器のついた旧式機関車がトラックを九台か十台載せてやってきた。何台かはかなり状態の悪いものだった。

道路はでこぼこだらけで、夕方やっとノーンプラードゥクに到着したが、そこには、湯以外食べ物は何もなかった。一二時半に一回分の食事割り当てとしてゆで卵と小さなリッソールが配られただけだった。だが、何とかバナナを買うことが出来、やっと空腹を満たせた。

道中、仲間の何人かは装備を売っていた。代わりのものが無い時でさえも、いつも何かを売ろうとしていたようだ。ノーンプラードゥクではトラックの外で寝た。ありがたいことだ！　トラックの中は暑すぎて寝られなかった。朝食と昼食は同じ場所で食

ナコーンパトムの寺院

べた。電気機関車がかなりの速度で通過するのを見た。駅の近くの収容所で居住しているイギリス兵下士官が、四人編成の楽団が演奏している横を行軍して通り過ぎ、仕事に出かけていった！楽団で見送るとは、何とまあ馬鹿げたことだ！午後三時と四時の間に出発し、ナコーンパトムに六時三〇分頃到着した。近くに大きな仏教寺院があった。

また風変わりな外観の建物を幾つか通り過ぎた。一つは緑、赤、黄色の三色に塗られていた！傷病者たちは担架で収容所まで運んでもらい、他の者は半マイル（約〇・八km）歩かなければならなかった。非常に疲れた！大きな収容所だ。ちゃんとした小屋が五〇戸、一二フィート（約三・七ｍ）の煙突とレンガのかまどが設けられた炊事場もある。小さな市場のような酒保では散髪を無料でしてくれ、ひげも剃ってくれる。

**一九四四年八月二四日　木曜日**

今のところ、食事はチュンカイの頃よりうまい。上手に調理され少なくとも日に一食は御代わりができて、特別に朝食にお粥が出ることもある。

精神的に変になっている者を八人位収容している「精神異常者用小屋」があり、その大半が穴掘り人たちだ。回復期患者を収容する小屋には九人のアメリカ人がいる。そしてこの小屋の一人は食事係として炊事場で働いている。穴掘りの一人が、我々にオーストラリア兵たちの病院があるビルマのBESAR収容所での一九四三年七月の空襲について話してくれた。

連合軍の飛行機が飛んできた。仲間たちは手を振り喜んだが、何の効果もなかった。飛行機は引き返してきて爆弾を投下し、機銃掃射をしてきた。その上、大砲を打ち込み病人が大勢いる小屋を空高く吹き飛ばした。多くの者が体を半分に引き裂かれ、頭も二つに割られた。体はねじ曲がり、頭は木の枝に突き刺さった。日本軍が同じような被害を被らなかったわけではないが。なぜ空襲の前に捕虜たちを避難させなかったのか。我々の同胞連合軍は捕虜がここにいることを知っていたに違いないし、日本軍に民間人を空爆地域から避難させるように指示していたに違いない。何という皮肉なことか。我々がマレーで大英帝国空軍の助けを必要とした時には全く来なくて、我々は退却しなければならなかった。それなのに、来なくてもいい時に空軍は猛烈にやって来る。そして、病気で惨めな戦友たちは、まさに自国の爆弾で空高く吹き飛ばされている。非文明の野蛮人どもが事前に我々同胞を避難させていたら、仲間たちは殺されはしなかったのだ！日本軍はいつ我々を適切に処遇したのか、いつ人道主義のかけらでも示したのか、いつ文明国としてのやり方で我々を扱ったのか。我々に石鹸すら与えない！おお、連合軍よ、奴ら日本軍が許しを請い地面にひれ伏すまで、奴らを打ちのめし続けてくれ！しかし、いかなる処置もなされないだろうし、打ちのめされることも、全滅させられることも、地上から拭い去られることもないだろう。くそったれ野郎の日本軍を、奴らがしたように苦しめてやる機会があればと思う。致命的な潰瘍をはじめ疾病に対して適切な医療処置も施されず、手足をもぎ取られて死んでいく我々の仲間をなおざりにした日本軍全ての犯罪者に、神は罰を下すだろう！

## 一九四四年九月三日　日曜日

美しい日の出を見ようといつもより早く起きた。様々な色調に覆われ移り変わっていく雲、赤色の変化や、青い空を背景にして縁取りのように浮かぶ白い雲、赤く染められていく空と雲。それら全てが印象深く、また西の方には青みがかった素晴らしい満月が見える。こんな光景に接したのは初めてだ。

今日は開戦五年目だ。神がもうすぐ平和を授けてくれるだろう。自分の国や国民を他国より優位にしようとする結果もたらされるあらゆる悲哀、惨状、そして破壊。しかし、それにどんな意味があるのだろうか。貪欲で利己的な国家間の絶え間ない不和に義憤を感ずるからといって、戦争をしてもいいというのか‼

この水溜りの中で洗う以外に方法はなさそうだ。溜まった雨水は今では濃い茶色を帯びている。太陽がその上に照り輝き、汚れを浄化し滅菌してくれるのは幸いなことだ。

話のあった紡績作業所での仕事はしばらく延期となった。数日前に訪ねてきた日本軍司令官が仕事を止めたからだ。シンガポール司令部からの許可がないと再開できないのだ。そういう訳で私には依然として仕事がないが、どっちにしろ、体調がよくなるまでは、そんなに仕事をしようとは思っていない。左足に軽い坐骨神経痛の気があり、神経が締め付けられているようだ。足を持ち上げる時には不快感がある。

収容所内でバイオリン、トランペット、クラリネット、ギター、バンジョー、ダブルベースによるオーケストラのコンサートが、二日前の午後四時一五分に開かれた。仲間のオランダ人が女装で寸劇をしたが、とても傑作だった。

本当に暑い。今日は「パン粥」の後でバナナを六本食べた。夕べ、安く売っていたので買ったものだ。

八月二三日に開設された図書室のお陰で読むものができた。いい読み物がある。そして素晴らしい短編作品や、非常に優れた作品の形式や技法を少々勉強することができた。しかし、大半の書物は見掛け倒しで、どのような経緯でそれらが出版されたのかと思うこともある！人気があり、よく売れる筋の書物には、大衆の好みが反映されているのだろうか。確かにそうだ！

今日、非国教派（プロテスタント）教会の礼拝があったが、イングランド国教会のそれとは大変な違いだ。およそ二五〇人が参列した。『ローマ人への手紙』からの説教は良かった。「私は罪人である」は、とりわけ愛するエリックおじさんを思い起こさせ、涙がこぼれそうになった。赦すという考えは非常に難しいこと

チュンカイの劇場

で、奴ら日本軍による処遇の悪さが、絶えず私の頭の中にある。
微かに風があり快適な日だった。青い空は白い雲で飾られ、その下には明るい緑と濃い緑がつぎはぎ模様をなし、茂った木々が水溜りに反射し、実に可愛らしい鳥が楽しそうにチーチーとさえずっていた。我々が捕虜であるということを忘れさせてくれる、何と素晴らしい光景か。しかし、我々はこの美しさの真っ只中にいて今もなお戦争捕虜なのだ。

一九四四年九月七日　木曜日

五日の午後に偵察機が飛んできた。爆撃機を収容所上空で海岸方面に向かって夜間飛行させるためだ。しかし、爆弾が落ちるのは聞こえなかった。ノーンプラードゥクから対空砲火があった。夜間、爆撃機はそこを何度も集中的に狙っていた。波状攻撃をしようと上空を旋回しているように思われた。鉄道駅近くのイギリス兵下士官の収容所で八〇人が殺され、二六〇人が負傷したと、今日聞いた。我々の仲間が解放間近に自国の爆弾で殺されなければならないとは、何という悲劇だ！　彼らはそこにいるべきではなかったのだ。くそったれ野郎の日本軍には分かっていたはずだ。しかし、奴らは野蛮人で非文明人だ。いつも人間を動物か機械のように扱っている。我々がぼろぼろになるまで働かせるのだ‼　神が奴らを罰して下さるように。そして我々を導き、見守って下さるようにと祈る。

日本兵たちが手足の切断手術を受けた者や年のいったもの、そしてその他身障者だけを集めたので、私のする紡績の仕事は無くなってしまった。五体まともな第二班の者たちは準備をし、三日分の配給物資を持って明日午前中に移動するよう命令されている。シンガポール行きのようだが・・・後で分かったが、違う！彼らはタイのどこか北部の方へと行った。

**一九四四年九月一三日　水曜日**

新たにまたマラリアに罹って五日目だ。今まで何も処方されていなかったので、私は最近届いたばかりのキニーネを昨晩貰った。しかし、しばらくの間しか効かないので、七日続けて飲まねばならない。爆撃をしている飛行機までもがタイ語、日本語、そして英語で書かれたビラを空から撒いた。一番最後に撒かれたビラにはドイツとイタリアの部分が空白になったヨーロッパの地図が載っていて、「そんなに長くはないだろう。もう少しだ。元気を出せ。」とある。天候は夜になって雨、この四日間、汗まみれのシャツがなかなか乾かない。左足と腕にまた神経痛の徴候が出ている。

**一九四四年九月一六日　土曜日**

カナダが舞台のジョン・バカン著の『Sick Heart River』（『傷心の川』筑摩書房、一九七〇年）をちょうど読み終えた。もみの木々、雪に覆われた山々、きこり用ブーツを履いた人々、皮手袋そして雪靴などが心に浮かぶ。あの懐かしいカナダのことを何度も思い出した。私はカナダから戻った時、グレイコットで私が言った言葉をはっきり覚えている。カナダに戻るつもりだ、絶対に帰るのだと断言したことを。我々皆で帰るのだ。幼いロバートが成長するのに、また我々自身にとっても最適な土地だと私は確信しているから。私はまた幸せな生活に戻れるだろう。我々皆が生き長らえて、そこで楽しく暮らすという願いを神が叶えて下さるだろう。戦争はもちろんまだまだ続くだろうし、終わりそうにないが、クリスマス前には何とかこの状況から抜け出していたいものだ。イギリスへの船旅だ！未来と過去への想いが交錯し、楽しい思い出が生き生きと浮かんでくる。

昨夜はまた雨が降り、稲妻が走り雷鳴がとどろいた。

赤十字の配給が昨日あった。タバコ一〇本、ビスケット四つ、小さな石鹸が二人に一個、砂糖少々、ジャム、ミルクだ。ピーナッツもあるにはあるが、重病人たちに回されるので我々にはほとんど当たらない。

**一九四四年九月二六日　火曜日**

今朝は、新しく来たイギリス兵たちの砂糖が全員には支給されなかったという不平不満話で一日が始まった。一人当たりスプーン半分の量では到底味わうことすらできなかった！最近は大きいスプーン一杯分だから前のような文句はなかった。移動によって貰い損ねただけなのに大げさに文句を言っている！全く嫌な奴らだ、僅かな砂糖のことでがたがた言うなんて人間のくずだ！

空爆があるだろうから、そんな場合は小屋を離れてよいという通達が二日前に出されたが、塹壕に逃げ込めるような場所ではなかった。以前は小屋を離れることすら許されていなかったのだから、日本兵にしては何と寛大な通達だろうか。現在、小屋の一つ置きに「福祉官」と呼ばれる日本兵が配置されているが、誰のための福祉なのか、今だに不明だ！

二、三日もすれば満月だし、また空爆があるだろう。小屋の中でまた場所を移動させられた。そして寝具などが臭う薄汚いやつの隣りになった。マレー半島でずっと土壌改善の仕事をしている化学者だそうだ。一昼夜、大方しゃべりっぱなしだ。あらゆる種類の化学合成物の知識を持っているので、彼の話は大変面白い時もある。また、自分の専門分野についていろいろ興味ある事柄をその化学者に語った自称経済学者もいる。私は海外で無駄に過ごし、勉強する時間も本を読む時間も全くないと長年感じている。勉学の場からは完全に離れているので、学ぶべきことが大変多い。退役して、何年も前から自分がやりたいと思っていたことを続けようといっそう固く決心した。自分の目指す方向へ進もうと決意する。しかし、軌道に乗るまでは生活は苦しいだろう。けれども、立ち向かう準備はできているし、後々幼いロバートに影響するかもしれない腐った無秩序に満ちた雰囲気の中に居続けることはない。考えねばならない点は山程ある。私が恩給のつく最後まで勤めないことに対して、ＩＡＣＣインド陸軍部隊の大方のやつは私を馬鹿と呼ぶだろう。彼らには決して理解できないだろう。彼らの考えが浅はかすぎるのだ！

## 一九四四年一〇月四日　水曜日

また新しい月の始まりだ。そして我々は依然として捕虜の身だ。戦争が長引かなければ後二ヶ月の辛抱だと思う。

昨夜は満月でバンコクの方面へと一晩中爆撃が続いた。爆弾が落ちる音を一度聞いた。

今日、ここでのいつもの出来事の例がもう一つあった。オーストラリア人が小屋の一番奥まで行って、誰が配給受給券を持っているかと尋ねた。しかし、誰も何も言わない。それで、彼は皆に一枚ずつ配る。その後で、一人の男が「あいつは昨日配給券を持っていたので、券は他の者に配るべきだ」と言う。全く彼らは私をいらつかせる。くそっ！ほとんどの者が働きたがらない、責任を取りたがらない、未婚既婚に関わらず女性を単に自分本位の動物的な欲求の対象として扱う。平均的なオーストラリア人やアメリカ人とイギリス人との考え方に何と違いのあることか。イギリス人は軍人としてふさわしいのだろうか。

収容所のあちこちの小屋で週に三回バンドの演奏があった。

池の水がますます汚れて濁り、そして水位がかなり浅くなってきている。雨が降らなかったらどうなるのか、神のみぞ知る。

収容所内の古参の中佐が医療用のアルコールを酒として飲んでいたとの報告がある。アルコールは収容所内の捕虜の化学者が醸造している。

## 一九四四年一〇月五日　木曜日

私は小屋の責任者としての仕事をするよう言われた。新しい事を始めるのはかなりの大仕事だった。ジャワの役人で総督に次ぐ監査官の地位にあり、法の知識もあるヨーロッパ系アジア人がいて、書記として適任の男だ。早速新しい小屋の徹底改善に取り掛かり、想像できない程多くのことを変えた。

一、二日前の満月の夜、かなりの数の飛行機が飛んだ。

小屋を担当する朝鮮人は全く卑怯者で、至極些細なことで問題を起こしたり言い訳をしたり人を叩いたりする。全くの大馬鹿者だ！次々と物を欲しがっては、前言を否定する。全くどうしようもない！責任者としての仕事に対して給料を貰ったので、卵を買うことが出来てよかった。ずっと欲しかった物だ。

## 一九四四年一〇月一四日　土曜日

物事に対する典型的なイギリス人の行動についてもう一つの例があった。すなわち、病気の根源を減らすために蝿を捕えることに関してだが、「今日は一匹も見ていない」と言う。いや！蝿を探さなかったからだ。もし、ドル紙幣ならば、彼らは必ず見つけるだろうに！問題の根本は、もちろん彼らにとっては蝿などどうでもいいので何もしなかったということだ！小屋の中で一番たくさん蝿を捕まえたものにご馳走を出すと言ったら、オランダ人がそれを手に入れた。

二、三日前、食後に床掃除をすることについて文句が出た。オーストラリア人は自主的に掃除をしたが、これに反してイギリス人は何もせず、ただ見ていただけだということが分かった。仕事をするように言われると不機嫌になる！こいつらをどう理解すればいいのだろう！口出しするか、何もしないかだ。というのも、イギリス人たちが状況を理解しているのかどうかは不明だが、何か事件が起こると、イギリス人たちは、前よりひどい仕事に就かされたり、自分たちにとって状況が悪くなるので、不満や愚痴をこぼし始める。

## 一九四四年一〇月一六日　月曜日

昨日、私は小屋の責任者をやめるよう命令を受けた。これは全ての収容所において適用され、士官がその後を引き継ぐようだ。ちょっとした小遣い稼ぎになっていたのに残念なことだ。

ジャワ出身のヨーロッパ系アジア人が、目隠しをして物が見えるという透視力を披露しているのを見た。彼は正確にチェスをし、相手にキングの位置が間違っていることさえも指摘した。それから、木製の演壇にチョークで書いた線の上を歩き、時折、地面に書かれた字が何かを言い当てた。とても信じられない！この驚くべき力の虜になっているもう一人のオランダ人が、それはすば抜けた集中力をもって、脳全体を使って心を読み取っているのだと私に言った。

今晩、楽団が小屋で演奏をした。あいにく、私はマラリアの発作で寝込んでいた。元々、オランダ人たちのいる小屋で行われるはずだったので、楽団の司会者はオランダ語でプログラムのアナウンスをした。そのため、「ドイツ人がオランダ人を嫌うのも無理はない。」「だまれ！」「演壇から降りろ！」など、様々な野次や罵声が発せられた。そして、二つ目の話をし始めると、不満の声やもっと卑猥な言葉を浴びせかけた。それは下層階級で育った多くのイギリス人が起こしうる行動のいい例だ。全く嫌になる。一体どんな権利があって「自称優秀な」イギリス人がこんなふうに振舞うのだろうか。というのも、彼らは他国の言語のことを考えるという発想に乏しく、判断力が欠如しており、自分たちが騒ぎを起こしているということが分かっていないのだ。全て英語で話されている時に、オランダ人がこのような行動をとったという例は一度も聞いたことがない。

何日か前、日本兵がある男に柵の近くの池に突き落とされた。その男はシャツの中に包み隠した水筒を持って逃げようとして柵を乗り越える際に、日本兵ともみ合いになったのだ。捕虜たちは午前四時まで立たされた。張本人はその日の夜遅くにやっと出てきて白状した。張本人が出てこなければ収容所の捕虜全員が罰せられるかもしれない、という心配が無くなりほっとした。私はびっくりするような話をあるオランダ人から聞いた。ノーンプラードゥクの一人の男がお金を得るために、蠅を飼育しているというのだ。というのは、ここでは、皆が命令で蠅を捕まえなければならなかったからだ。便所から出てきたウジ虫が成長して、蠅がどんどん増えるので、ここでは蠅の撲滅作戦が活発だ。

## 一九四四年一〇月二五日　水曜日

私は、回復期傷病兵のための小屋に移動せずに、医療棟に戻った。軍医によると、まだ貧血気味のようだ。だから、昨日から卵を一日二個多くくれることになった。

一人あたり、一日二〇匹の蠅を捕えなければならない。ベッドの上や窓やドアの付近などで、皆がいろいろ面白い格好で蠅を捕っている。蠅を捕えないと夕方ご馳走が貰えないからだ。

昨晩、インド人が数人収容所に連れてこられた。そして、彼らについての様々な報告があった！

私は、H.G. Wells の『Pocket History of World』（世界の歴史に関する本）という本を読み終えた。その本には、人間性で最も必要なものは、自制心だと書いてあった。我々が人類は精神的に自制すべきだと言う時、それは、単に言葉のあやではない。我々は、進歩するか、さもなければ滅びるのみ。中庸はない。良くなるか、悪くなるかだ。A. Huxley がその著書『Ends and Means』（著者の人生哲学書、一九三七年）で述べている厳しく罰を科するという対処法が、復讐心を生むのだろうということを戦争後に政権を執る政府は分かっているのだろうか。人に対して、欲、利己主義、貪欲さ、悪意を極力持たず、人に対する善意をより多く抱く必要がある。優しさや思いやり、よい隣人として生きることが求められている。

天気はまだ雨模様だ。収容所はかなり低地にあるので、洗った衣類などを乾かす場所がない。収容所はぬかるんだ場所に建てられているから、当然のことだ！月の明るいこの時期は、予想通り空襲がない。しかし二日前には警報が一度鳴った。

## 一九四四年一〇月二七日　金曜日

私はチージーからの手紙を更に五通受け取った。最新の消印は、一九四三年の五月一〇日だった。まだ手紙が到着するのに約一八ヶ月もかかっているわけだ！駐在所担当官の報告によると、病院用の砂糖の横領があり、「パン屋が砂糖を使っている」と弁明しているとのことだ。しかし、実際に受け取った量の確認はされていない。

兵士の間で評判の悪いある軍医は、患者用の卵から六～八個の卵を盗んでいる。多くの人が卵を必要としているのに、合計の数が合わないのがその証拠だ。だから、その軍医が卵、更には、バナナや缶入りミルクなどを掠め取っているのは明らかだ。何という恥さらし！必要としている者のことを考えずに、誰も彼もが人を騙して少しでも多く取ろうとしている。ここでの生活は、本国社会で起きていることの縮図のようなものだ。ここにいるイギリス兵たちの道徳感が、ちゃんと規則を守って暮らしている他の者たちの生活を少なからず脅かしているのだ。言い換えれば、腐敗し堕落していっているということだ。

チージーは三歳半になる幼いティドリーのことを書いてくれている。彼は学校でのお絵かきや塗り絵、おしゃべりが好きらしい！彼は落ち葉を拾ったりして庭掃除の手伝いをしている。私は彼に美術の才能を伸ばしてもらいたい。私が何年もやりたかったことを、彼に代わりにやってもらいたいと思う。自分自身の代わりに彼を訓練してみようか。これはティドリーの成長過程における一時的なものになるかもしれないが、私は彼に才能があるかどうか見るために彼を音楽にも挑戦させたい。

## 一九四四年一一月二日　木曜日

私はランスロット・ホグベンの『危険な思想』を読み始めた。政治的かつ社会主義の題材をテーマにした随筆が、たくさん載せられていた。本当にいい本だ。

数日前、私はベラ・ブリテンの『異邦人』を読み終えた。その本にはアメリカを訪れた時の印象が書かれていた。時々彼女が利己的に思える所もあるが、彼女の子どもたちにとって、アメリカは最もふさわしくない場所だと言っている点では、私は彼女に強く共感した。私はカナダで起こった多くのことを思い出した。もし再びカナダに行くことができたら、楽しいことだろう！

四、五日前に起こっていた胃の痙攣が、少し楽になっていたが、昨日はまたひどくなった。暑くなったり寒気がしたりする感覚と共に、肋骨のちょうど下、盲腸の辺りの右脇腹に突き刺すような痛みを感じ、心臓の鼓動が激しくなった。しかし、二〇分後には治まった。この状態はすぐに治まったものの、昼食後にトイレに行った後、また二度痙攣が起こった。医者は今日私を診察するように外科医を手配してくれた。その外科医は盲腸辺りが少し腫れているというドナルドソン大尉の診断に同意した。数日間様子をみることになった。私はその状態が続くのが非常に煩わしいので、早く摘出してもらいたいと思っている。

四日前、飛行機が収容所の上を低空飛行した後、ターモワン、ノーンプラードゥク、バーンポーン、カーンチャナブリー、バンコクの端近くを爆撃した。その時、明らかに爆発音が聞こえた。対空迎撃砲がノーンプラードゥクで使われたそうだ。イギリス人四人が榴散弾で負傷し、ビルマの日本軍の劣勢を報じるビラがこの時ばらまかれた。

## 一九四四年一一月五日　日曜日

二日前そして昨晩、再び空襲があった。昨晩はかなりの数の飛行機が海岸の方へ向かって飛んでいった。

昨日の日の出は、今までで最も壮麗なものだった。青い空が筋状に見え、燃えさかる野火のように真っ赤に染まった雲が浮かんでいた。それからあちこちに灰色の雲が出てきて、日の入りもまさに日の出に匹敵する程美しかった。

真っ黒な雲、青緑色の空、深紅や淡いピンクの色が木々の隙間を通して見えた。小さな水たまりや緑の草、空には鷹が何羽か飛んでいた。

数日前、頭蓋骨を割られた下士官が一人、ノーンプラードゥクから連れてこられた。抵抗して罰せられたのだ。監禁されるより殴られる方を選び、その後、歩哨に敬礼するのを忘れたため、その歩哨に追いかけられ頭をライフルで殴られたのだ。その下士官がここで手術を受けた！ご立派な朝鮮人歩哨兵だ！

タバコやその他の物価が毎週上がっている。

昨日、ペギーから葉書が四枚届いた。最新のものは、一九四四年五月一一日の消印だ。葉書や特別に印刷されたものは三セントで航空便で届く。しかし、六ヶ月もかかる！それにしても、日数がかかりすぎだ。宛先は第二捕虜収容所となっているので、ついに我々がどこにいるかが分かったということだ。窓から入る太陽

の光が顔に当たり、カニングでの早朝を思い出す。［一九七七年カニング砦、シンガポールだったか］
何と蒸し暑かったことか。朝仕事に出かける前にもうシャツを着替えなければならない時もあったほどだ！

## 一九四四年一一月八日　水曜日

日本兵が何か金属類を探しにまたやって来たようだ。シャツはまだ見つかっていない。何かの間違いで、おそらく日本兵の中の誰かが盗んだのだろう。

とてもいい天気で、日差しがかなりきつい。

おとといの晩、飛行機がまたやって来た。配給が少し減らされた。

## 一九四四年一一月一三日　月曜日

夜寒く、露がかなり降りている。

赤十字からの物資が増えて、ビスケットが六枚、タバコ、スープ、砂糖が各自に配給され、そして、豆、ピーナッツ、追加の砂糖、タピオカ、粉ミルク、紅茶、コーヒーが備蓄された。私の考えでは、日本軍は多分以前に大量に受け取っていて、それを自分たちの懐に入れていたのだが、今は規定どおりに出しているのではないだろうか。それとも赤十字の船で運ばれてきているのだろうか。


昨夜、収容所に侵入した男たちが捕まったが、二人が逃げた。日本兵は収容所の全員を起こして、もし逃げた男たちが出頭しなければ一晩中我々を立たせておくと脅した。何時間も起立の姿勢で待たされた。皆がそれぞればらばらの服装で、面白かった。幸い、その二人の男は懲罰房に入れられたと後に知らされた。それで、やっと皆ベッドに戻れた。この男たちを厳罰に処してほしいものだ、こいつらのために収容所中の者が罰せられることになりかけたのだから。

また空襲があった。

私は火打石を七〇セントで売った。

蝿取りの割り当てが続いている、一日二〇匹だ。

あるオーストラリア人と話をした。国で羊の牧場をやっているそうだ。生活のためにやっているのだが、うまくやればかなり稼げるらしい。国が開墾に力をいれているのだ。政府が土地に二五〇〇ポンド、羊に六五〇ポンド貸してくれるが、三一年ローンで利子が高くなっているので、この計画は長くは続かないだろう。おまけに必要な農作物はほとんど全て金を出せば買えるから。未開墾の土地は一エーカー五ポンドで手に入る。

いとしいチージーは何をしているだろう。幼いティドリーは学校へ行きたがっているだろう。家に帰ったら精神分析医に診てもらおうと決めている。まだ、何をしたらいいか考えがまとまっていないからだ。何という優柔不断さ。まず第一に、音楽や芸術や小説だが、それらに秀でるのは難しそうだ。軍隊には絶対戻らない、カナダであろうと、オーストラリアであろうと。

## 一九四四年一一月一九日　日曜日

昨日聞いた話だが、赤痢病棟に入っている一人の男が、自分の便を上官や下士官に売りつけているらしい。それで、病気だと認められれば、仕事をしなくてもよくなるからだ。これは、特に北の方の収容所作業場で行われていることだ。私は人員配置の部署を担当しているが、配属先を二度言わないと兵士たちは動かない。一度言ったぐらいでは、さっと動かず、二、三分待たなければ配置に付かない。一体、どんな精神構造をしているのだろうか。罰せられることもないし、捕虜だから軍律を適用されないことにつけ込んでいるのだろうか。

以前より雨がずっと減っている。雨期が終わったのだろう。

今頃、ビルマ戦線は激しさを増していることだろう。

収容所の周りに、高い土壁と溝が作られた。おそらく不法者が出ていくのを防ぐためだろう。

同様に西地区でも同じ目的で防壁の場所を作るため、収容所の南東の隅にある小屋が取り払われた。一握りの馬鹿者たちのために、まっとうに暮らしている多くの者が罰を受けなければならない！カス、下衆、貧民街の卑劣野郎ども！それなのに、その同じ奴らがオランダ人やオーストラリア人など他国の人の悪口を言う。だが、彼らが批判している人々は、昔から自分たちがやってきたことを単にやっているに過ぎないのだ。本当にくだらない、もう一つ、吐き気のするひどい話は、外国の駐屯地についてだ。そこでは、既婚の女が既婚の男と浮気をしているところを見つかったらしい。噂を聞いたことも新聞で読んだこともないが、これはおそらく本当だろう。ああ、何と汚らわしいことか、全く腐りきっている！本国とここの状況には何と大きな違い、大きな開きがあることか。ほとんどどの男も不道徳なやつばかりだ。浅ましい強姦の話をしながら舌なめずりをする。何と腐っていることか。世の中がこんな風に変わってきているのだろうか、まるで盛りのついた犬みたいに。我々の知っている社会に何が起ころうとしているのだろうか。社会は極端に走り、石器時代から現在に至るまで我々が持ってきた規範が失われようとしているのだろうか。

## 一九四四年一一月二三日　木曜日

私はまた移動したが、今度は同じ収容所内の二四番小屋だ。

またしても自分の好むことしかせず、命令に従わず、他の者たちがほとんど寝る場所がないのに自分の場所を独り占めする利己的な奴らがいた。そんな振る舞いをする奴らにはとことん嫌気が差す。実際、国籍は不明だが、彼らは、教育を受けていないか、受けていたとしてもそんな物はかなぐり捨てて、働かずに金や物

チュンカイ収容所周囲の堀

が手に入るなら、いつでも楽な方へと流れてしまう。言い換えれば、他人を騙し、とことん私利私欲を計り、人生をずる賢く生きていく方がいいと思っているのだ。以前使っていた建物の近くに住んでいたインド人の中に「精神異常者」がいて、そこは今、立入禁止になっている。

今、米国人モーティマー・アドラー著、シドニーとロンドンにあるオーガス・ロバートソン社出版の『本を読む本』を読んでいる。いい本なので買いたいと思っている。

## 一九四四年一一月二五日　土曜日

またもう一つ、仕事を任されている傲慢な下士官たちの話だ！他の者が水汲みをするのを許可しない。これは彼ら自身の本性をさらけだすだけで、無様なことだ。自分たちがいない時に、他人がいい目をするのが許せなかったのだが、実際は、ポンプ係が誰かにただで水汲みをさせてしまうのが許せなかったのだ。

野菜の皮剝き係の近くに立っていた時、面白い出来事があった。そのうちの一人が私に近づいて来て、「チリ唐辛子いるかい、ビル」と聞いた。私のことをオランダ人だと思ったようだ。これが初めてのことではなく、何人かのオランダ人でさえ時に間違える。皆の分が十分にあるのでそんな必要は全くない時でも、誰かが行列に割り込もうとすると大騒ぎをする奴らがいる。そいつらは仕事のためだったら、集まったり列を作ったりはしないだろう。本当に愛想が尽きる。

今、一九〇九年ヘンリー・ルーシー著の『60 Years in the Wilderness』の本を持っている。優れた文体の自伝文学で出だし部分がとてもいい。なぜ人々は先ず相手を理解せずに他の人を非難するのだろうか。ある人によると「志願兵らは皆同じだ。彼らはいつも差別されてきた！」という。なぜだろう。人の批判をする人たちはよく知りもしないのに、自分らは英国紳士であると思って志願兵たちを同じように見下している。低俗で根拠のない醜聞を繰り返し言いふらしているのだ。偏見だ。それは理解の欠如であり、また相手を正当に評価していないのではないのだろうか。その偏見は嫉妬心に掻き回された無知と同じではないだろうか。

## 一九四四年一一月三〇日　木曜日

戦争はどれぐらい続くのだろうか。

二日前、バンコクの近くのどこかが四回攻撃された。飛行機を数えてみたら五〇から六〇機程だった。昨夜はバンコク方面から飛来して収容所の上空を南西に飛び去った。高射砲の音が北東で聞こえ、また機銃掃射の音も聞こえた。全ての飛行機が通り過ぎるのに一〇分か一五分かかった。

昨日の午後、太陽と月が同時に正反対の位置にあった。沈みゆく赤みがかったレンガ色の太陽は地平線上にあり、紺碧の空に筋状の光線を放ち、東側の満月は鉄灰色の雲間に見えた。爆撃や上陸には最適な天候だ。モンスーンは終わった。気分が落ち込んでくるので、ふだんはチージーやティドリーの事を考えないようにしている。早く戦争を終わらせて欲しいものだ。彼らは今どうしているのだろうかという思いが湧き上がってくる。故国は今かなり寒いだろうが、たまたま今夜はここも寒い。いとしいマルシンハはどうしているだろう、この数年の間にどれほど年老いただろうか。それにグレイコットの叔母たちも。彼女たちは元気なのだろうか。ああ、いろいろな事が変わってしまっただろう。

## 一九四四年一二月一日　金曜日

日曜日から今日までの日本兵による当番が変わったので、私が「見回り」をした。療養所へ行ったが、そこでは夜おおっぴらに同性愛行為が行われているということを知った。これはもちろん、有色人種を見下している白人の所業だ。連日のように、男たちの間で風気の乱れた同性愛行為や堕落した行為がはびこっているという話だ。

飲み水はふつう井戸から引かれているが、そのまま飲むには適さない。水は必ず沸かさなくてはならない。

昼食はサンバル（辛味調味料）入りの料理、食器には誰かが梨を入れてくれてあった。

あるジャワ人が池の水際にある椰子の木に登り、実を下に落としているのを見た。

一週間、雨の降らない天気のいい日が続いた。

ノーンプラードゥクでは高射砲台四台のうち三台が粉砕されたという報告がある。そして病気の我が同胞も数人この攻撃で死んだとのことだ！

## 一九四四年一二月五日　火曜日

前の日曜日、飛行機の大群が飛来してノーンプラードゥクを爆撃し尽くしたとの報告がある。九人の下士官が死亡または負傷した。また他の地域でも爆撃があったと日本軍からの情報だ。爆撃には全て何らかの目的があるのだが、我々が解放されるのはいつの事だろう。

日本軍の捕虜収容所長がバンコクでの会議に呼ばれたが、それが我々にどう関係してくるのだろう。おとといの夜、路上で点呼があり、皆のてんでんばらばらの服装が面白かった。

## 一九四四年一二月八日　金曜日

我々は更に北へ移動する可能性があり、私は盲腸に痛みがあったので、行く前に手術をして欲しいと軍医に申し出た。外科病棟へ移されたが、ここ二、三日下痢が続き、背中が痛んでデング熱の気配もある。しかし今日は少しいいように感じる。

## 一九四四年一二月一一日　月曜日

八日に良くなったと書いたが、それは長くは続かなかった！夜遅く、震えがひどくなり始め、体を温めるのに時間がかかった。頭痛がひどかった。翌日更に悪くなり、昼食後すぐから便所通いが始まった。ブランカシーで嘔吐と下痢を交互に繰り返した時の発作と同じだ。ベッドの近くにいて、便所へ行って帰る度に横になった。食べたもの全部を吐いたので少し良くなった。眠りにつくのも大変なことで、蚊に悩まされた。キニーネを貰うのに二四時間もかかった。軽い食事にしてくれるように誰かに頼んだら、出されたのは卵とミルクとオヴァルティン（粉末栄養飲料）だった。これまでに卵二個、バナナ二本、えんどう豆四オンスを食べたが、これは来たるべき手術に備えてのためだ。手術の前後は万全の体調でいたい。

天候はこのところずっと寒くて風が強い。

## 一九四四年一二月一二日　火曜日

何と食事の多い朝だ。朝食後、まず卵が二個、その後煮豆少々とバナナ二本、そしてパンが出た。一一時にタピオカ（澱粉の一種）でくるんだトライプ（牛の胃）と小さい燻製ニシンだ。何と大量のご馳走だ！我々がいつも食べているひどい食物からすると、これが捕虜用の食事とは考えられない程だ！

## 一九四四年一二月一五日　金曜日

他人の痛みには関心を示さない事例をまた見た。私の隣にいる男が腎臓結石の痛みで唸っている。それなのに他の者らはその男にうるさい、黙っていろと言うのだ！もうひとつの出来事は、私がマラリアにかかり嘔吐のために洗面器が欲しかった時の事だ。誰かに持ってきてくれるように頼んだが、信じられないことに、二つ向こうのベッドにいた男は馬鹿のように自分のベッドに座っているだけで助けてくれもせず、何かが起きることをただぼうと待っているだけだった。何だ！他人の苦痛に対してこの冷淡な無関心さは何を意味するのか？看護兵らは最悪で、必要な事だけしたら、それ以上何もしない。無報酬で仲間のために何かをするというのはそんなに難しいのだろうか。

昨日はバンコクのこちら側に激しい爆撃があった。一三回の波状攻撃だった。午後に教会の礼拝があり、カニンガムという面白くもないスコットランド人が説教をした。

私の隣の男は膝の間に食器を挟んでベッドに座り頭を下げて、まるで首が無いかのように、肩を高くし背を丸めている。頭はうっすらと禿げて、鼻の上に縁の細い眼鏡をかけている。その様子はいかにもみすぼらしく、食べ物を口一杯にしてくちゃくちゃと音を立てて噛み、膝に挟んだ食器をごつごつした手で握りしめて、時折眼鏡越しに見上げる。その姿は野生人か類人猿が何かを食べているように見える。ここの下士官のほとんどの者は豚のように食べ物をそこらじゅうに吐き散らかす。他の者が一週間に一度、床を洗わなければベッドは動かされることもない。彼らはオランダ人のことを汚い野蛮人のように言うが、大方のイギリス人も汚いし、精神的には確実にずっと劣っている。もしこの収容所が日本兵たちに管理されていれば、はるかに清潔だろうが、ここにはたくさんのゴミや食い散らかした骨などが散らかっている。

今日、体重を量ってみた。たったの一〇ストーン（六四kg）だ。六週間で二、三キロも減っている。

## 一九四四年一二月二一日　木曜日

冷たい北東の風が吹いていた。小屋には隙間風が入り、何人もが風邪をひいている。私もマラリアに罹っているようだ！咳がひどいので、袋を使って首まで覆う袖なしの四角い筒型のカーディガンを自分で作った。それを着たら、あごひげをはやした水兵のように見えるが、暖かくて風を防いでくれる。

私はクリスマス用にミンスパイ（野菜と肉を細かくしたものを入れたパイ）を一〇個注文した。蟻が、自分たちの巣を作ろうと、何匹も一緒になって小枝の葉っぱを引っ張っているのを見かけた。蟻は葉っぱをくっつけるために蜘蛛の巣を使っているようだ。私はそのうちの一匹を抓み上げて元の所に置いた。すると、他の蟻が大勢で助けに現れ、顎を使って傷ついた一匹をなでた。

ついには全ての蟻がその一匹を真ん中に囲んで巣の中に連れていったが、まだ回復はしていないようだ。

先週読んだ本は、『Guilty Men』（CATO著）と、もう一冊はスティーブン・キング・ホール著だと思うが、主に一九三三年から三九年にかけてのナチスの台頭、発展に関するものだ。それにはチェンバレンの政情に関する報告も含まれていた。大変興味深かった。

クリスマスまであと四日だ。家にいられたらなあ。クリスマス用に飾り付けられた店々、大勢の人々、夕方四時から五時の間に点灯されるネオンの明かり、何と素晴らしいことだろうか。それらの光景が甦らせてくれる様々な思い出！カナダ、カーディフでの学校、あの頃はわずか一一歳だった。ヨークやグレイコットの地、ウィーヴァ家の人たちとの日々。ウィーヴァおじさんは、まだビルストン通り三七一番地に住んでいるだろうか。神の導きにより、来年はイギリスでクリスマスを祝っているだろう。私は一本の低木を発見した。見た目にはヒイラギのようで光沢があり、葉っぱの先も同じような形で茎から四方に穂が出ているが、赤い実はついていない。

非常に重い丸太を長年担いでいたために体が斜めにねじれた男がこの小屋にいる。丸太は彼の肩への重圧となり、背骨がずれてしまった。ここの医者が一度矯正したが、またずれてしまっている。

## 一九四四年一二月二五日　日曜日　クリスマス

目玉焼きと炒り卵（どちらも米のビスケットに乗せてある）、マーマレード入りのライスプディング、米を挽き砂糖がかかっているポリッジと甘いコーヒーの朝食で一日が始まった！　昨夜、甘い物を食べたせいかマーマレード入りの物は食べられなかった！

私の「ヒイラギ」でロープと窓際の隙間を飾った。他の者たちも真似をした。昼食はポークパイ（小さなカップ位の大きさ）、ジャムタルト、小さなジンジャーローフケーキを半分、さつまいもをすり潰したもの、肉汁のかかったグリーンピース、オニオンスープと紅茶だった。

素晴らしい天気だった。

昨夜、売店の外で楽団の演奏があった。その売店は椰子の木や赤く塗られた大きなサンタクロース、トナカイで飾り付けられていた。

我々は日本兵から巻きタバコを一五本もらった。

昨日、三基エンジンの大きなタイ国機爆撃機二機が近くの飛行場に着陸し、一機は今朝離陸した。噂によれば、多分、その飛行機で日本軍の司令官が下士官三人を伴って何かの会議に出かけたらしい。

午後に再び楽団の演奏があり、捕虜による騎馬競走が開かれた。私は昨夜礼拝に出席した。二〇〇人から三〇〇人が出席していた。私は故郷の家のことを思った。どうなっているだろうか。午後四時半のお茶の時に、べとべとしたケーキ一切れが配られた。残念なことに、二四時間以上も前の残り物だった。夕食にさじ一杯の「サンバル」、小豆、紅茶と一緒に肉汁のかかった小さな肉一切れが出た。点呼は午後七時半。その後、この日のために竹で新しく設営された劇場でパントマイムが行われた。とても面白かった。半月が輝く夜だった。帰ってすぐ、温かくて甘いお茶と結構いい味だったショートブレッドを食べた。しかし、医療棟に比べると、管理や調理には改善してもらいたいことがある。全体としていい日だったが、一日にあまりにも多くの食べ物があるというのは胃に負担がかかりすぎる。このことは、ここを出て、普通の食生活に戻っても起こりうることだ。我々はまだこれから何ヶ月も米を食べなければいけないだろう。アルコールが皆に当たる程なかったのは幸いだった！ 昨夜、イギリスやアメリカ、ドイツの状況についていろいろと思い巡らせた。そこではキリストの真の信奉者たちが、愛する者を戦争で亡くし、悲しみに沈んでいる。更に信者ではなくても悲しんでいるだろう人々のことを思った。おお！ 何千もの人々！ 我々は今のところ大丈夫だが、国にいる人々は我々のことを心の底から心配しているに違いない。

私は生理学、心理学、生物学、物理、化学に基づく『科学は何ができるか』を読んでいる。これは、それぞれの分野を代表する専門家によって書かれている。また ベラ・ブリテンの著になるウィニフレッド・ホルトビーの人生における『友情の立証』を手に入れたい。ブリテンは素晴らしく、且つ説得力のある作家だ！

## 一九四四年一二月二九日　金曜日

ここ二日間、からっとして最高にいい天気だ。

焼痍爆弾で破壊されたと報告のあるノーンプラードゥクから約二〇〇人の男たちがやって来ている。

軍医（オーストラリア人のクランツ少佐）によれば、手術は水曜日（一月三日）に行われることになっている。やっと手術を受けられるので嬉しい。

この突然の動きからすれば、ビルマで確かに何かが起こっている。前線では主要な機能が麻痺していると報告されている。ノーンプラードゥクの空襲警報は日本軍には一五分間、捕虜にはたったの一〇分間だ。くそっ！

ウィニフレッド・ホルトビーの性格はとてもいい。彼女はきっと周囲の人たちにもいい影響を与えているに違いない。

日本軍が炊事場の食糧を管理している。我々にとって何と不名誉なことか！ 今まで正直にやってきたのに我々イギリス兵を信用することができないのか。日本軍はどう思っているのだろうか。

## 一九四四年一二月三一日　日曜日

ジュネーブの赤十字から届いた新年のメッセージを読む。食事はクリスマス以来悪くなっている。フットボールと荷造り用の紐二本を受け取った。フットボールとクリケットができるグラウンドを作ってくれたらいいのに。オーストラリア人とオランダ人とが、イギリス人に対抗して主導権をとろうと連日何か事を起こす。イギリス人は自分たちがはるかに優れた国民であると思ってプライドを持っているが、それは独りよがりの考えにすぎないのだ！

ここ二晩、飛行機がまた飛来する。

囲いのある水浴び場は、徐々にぬかるみ澱んできている。もし、現地の人たちが使用していたら、我々は不潔で臭いと言うだろう。しかし、自分たちが使っているので、囲いが倒れてきて日毎に壊れかけてきていると不満を言う。自分たちの過ちには目をふさぎ、他人の過ちには目を光らせる。ふん、何という奴らだ！

夕方に礼拝があった。来る一九四五年は我々に何をもたらしてくれるのだろうか。神はこの紛争全てに終止符を打ち、正義と人道主義に基づく平和的な解決をもたらすだろう。我々は、仲間たちが戦い死んでいっている時に、自分たちだけが解放を望むことはできない。我々はここで安全にじっとして自由を待っているだけだ！ その態度は利己的で、我々は今ある権利以上のものを要求しているのだと思う。

今では夜間は暖かく、昼間は蒸し暑い。一二月二一日以来、夜の寒さが和らいできたので嬉しい。

## 一九四五年一月六日　土曜日

日本軍は、我々の持ち物やこの時世で価値のある物、指輪や銀、タバコ入れなどをたくさん没収して保管している。その上、大きなナイフやカミソリ、ジャックナイフまでも没収だ！収容所長の柳田中佐は整列している捕虜を前にして、近くの町へ逃亡することは死を意味すると警告した。

マラリアで精神錯乱となった捕虜が自殺をしようと、首にふんどしを巻きつけ、その端を口に詰め込んで便所に飛び込んだようだ。引き上げたが死んでいた。酷い状態だった。今回は朝鮮人の警官によって更に捜査が行われた。

## 一九四五年一月九日　火曜日

私は日本兵に見つかると都合の悪いものを埋めた。

強力な日本軍ビルマ第四二部隊がペナンからスマトラ経由でビクトリアポイント、タボイ、モールメインへと船で行き、そこから南のタンピュザヤへ行軍したそうだ。そして、道すがら食料缶詰類の木箱を壊して開け、自分たちの背嚢いっぱいに詰めた。後で無くなった缶詰の箱の捜索があったが、物品は埋めて隠しておいたらしい。同行している日本兵が捕虜より先に音をあげて、行軍のスピードを落としたがっているようだ。

夜は比較的涼しい。

北部方面から多くの部隊がやってきて、そして幾つかの部隊は出て行く。

多数の部隊が歩いてサイゴンかシンガポールに向かっているという噂だ。

マラリアに罹って四週間はリッソール二つと卵二個、バナナ、豆とミルク一パイント（約〇・五ℓ）だ。体調は回復し始める！手術は今のところ、来週の土曜日となっている。今回は手術日が変更になるといいのだが。日本の衛生兵たちが収容所北側の小屋を管理下に置くためにやってくるようだ。

外に泥壁が作られて、そこに一定間隔に暴風雨用のランプが取り付けられた。四インチのV字形の切り傷で血だらけになっている足の手当てを受けている男を見たが、足以外は大丈夫そうだ。こんな様子を見る度に、自分が健康で四肢無傷で生きていることを神に感謝する。日本兵たちが権威を誇示して我々に注目させるため、やって来る度に「気をつけ」と大声で命令するので、我々にとっては急いで物を隠すための警報となる。彼らの虚栄心は我々にとって好都合だ。

今日、体重を量ったら六七・五キロだった。あと九・五キロは欲しいが、いつか栄養のあるものを食べて体重を増やそう。

収容所は満杯だ。四角い四ガロン（約一五ℓ）缶をばらしてバケツを作って五〇セントで売った。タイ人に「鍬」を売ったことに対して、何人かの捕虜が数日前に日本兵から処罰を受けた。彼らのうちの何人かはシンガポールでも同じようなことをして処罰を受けていた。日本兵の中にもいろいろな処罰を受けている者がいる。捕虜にニュースが伝えられる。シンガポールが廃墟と化し、使えるのは牛車だけだそうだ。食料は高価で卵は一ドルだと報じられている。

ターマクハームから下ってきた仲間の捕虜たちは、日本の衛兵を無視しているタイ人や身なりのいい中国人のタバコ売りの女から食料を貰ったりして、日本兵に好き放題のことを言っていた。

## 一九四五年一月一三日　土曜日

私はその前日に場所を移されて、午前一〇時に手術室へと連れて行かれた。手術室はきちんとした木の天井とセメントの床になっていて、捕虜たちが唯一気に入っている場所だった。全ての窓はしっかりした金網で覆われ、中は薄暗かった。

私は下半身麻酔用の脊髄注射をされた。脊椎骨から下が麻痺し、局所麻酔薬が効くにつれて足が温かく感じ始めた。そして、最後には両足が砂の桶の中に突っ込まれているかのように感じた。衛生兵らが温かい消毒水で洗い流す。その後まもなく、口の中に冷たい味がし始め、胃が引っ張り出されるように感じた。縫

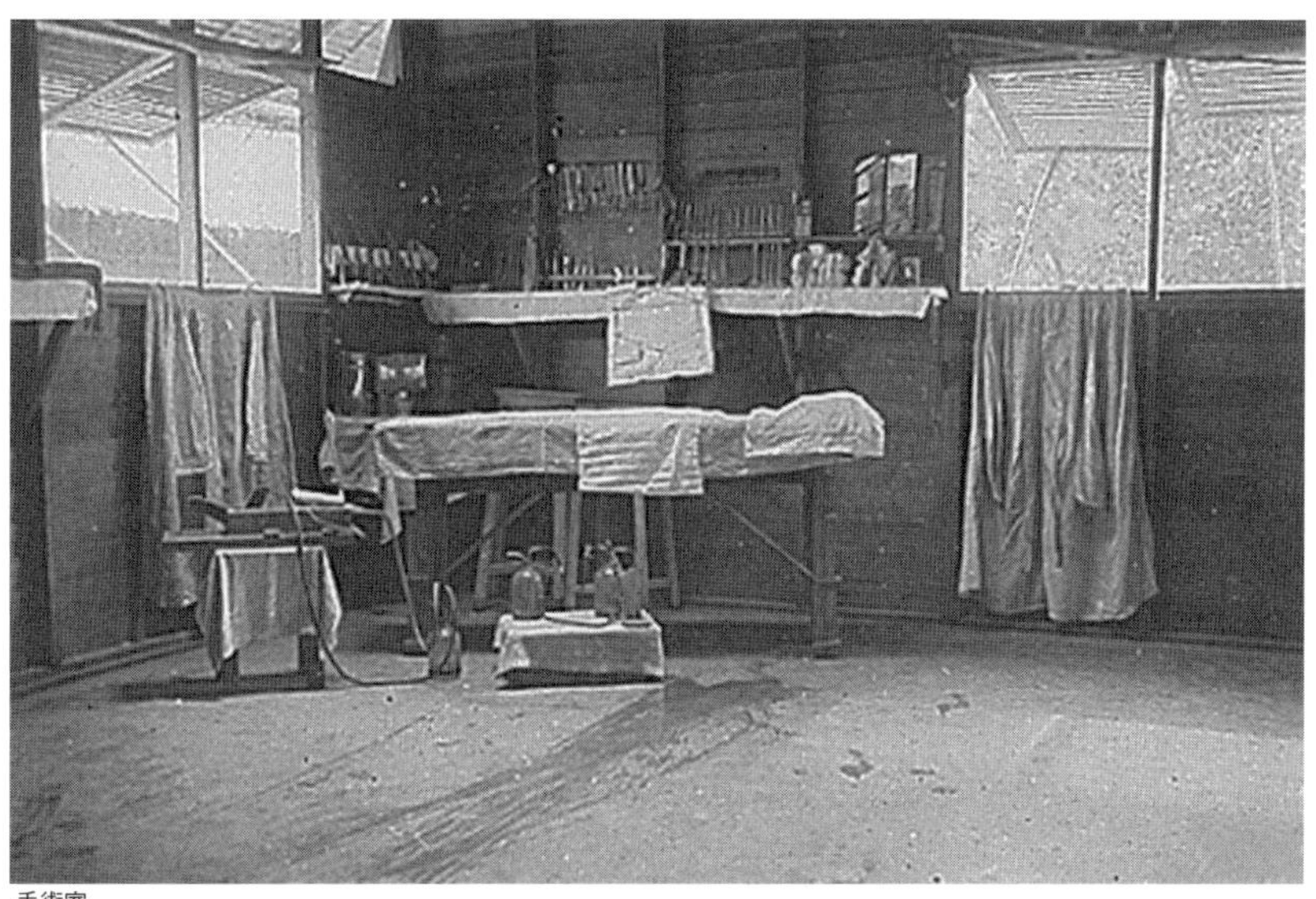

手術室

合が行われている間、気分が悪かった。もちろん全く痛みはなかった。［一九七七年　外科医が小さな布で目を覆い、器具を腹の上に置いた。私はもちろん全てが聞こえていた。］午後には麻酔の効果が脳に影響して、夕方にはモールス信号を送信したり、バンドを指揮したりなどと訳の分からないことをしゃべり始めた。［一九七七年　痛み止めの効果が切れて、無意識に包帯を引っ張っていた。］とても愉快だった。その後でアヘン混合物を飲まされたが、嘔吐してしまった。次に痛みを抑えるモルヒネ注射を打たれて眠りに落ちた。しかし、処置が行われていることは聞こえていて、周りに集まっている人たちが見えていたことをはっきりと覚えている。眠りから目覚めたら午前三時だった。次の日もまだ一日中痛みが続いていた。夕方はガスが大量に出た。ほとんど寝られなかったが、唯一できることといえば、痛い腹を押して更にガスを出すことぐらいだった。恥ずかしがっている場合ではない。三日目にはそれほど痛みもなく、具合よくガスも出て腹が空き始めた。

また寒くなりかける。

四日目―今日は便所で座ることはできるが、腹筋に力が入らず便通が悪い。五日目―クリップが三つ取り除かれた。食事が普通食に近くなり、午前中と夕方に十分加熱調理された食べ物とお茶、治療食で卵一個、バナナ二本、豆少々。少しは体重が増えるだろうか。麻酔薬がマラリアに効くかもしれないと軍医が言っている。私もそう願いたいものだ。

**一九四五年一月一九日　金曜日**

手術はおよそ一週間前に行われ、昨日クリップが三つ取り除かれ、残る二つは明日だ。このところ日本兵から本が戻ってくるのに長いことかかり、少々単調な日々となっている。バーンボーンでは日本軍歩哨が、路上で六回位トラック運転手を検閲していると昨日聞いた。日本兵たちは恐れ戦いているに違いない。ざまを見ろ。

二、三日前、新月だった。我が軍の飛行機がかなり来るのではないだろうか。そうだ、早く攻撃をして、この戦いを終わらせてほしい。しかし、我々は、ある程度危険から回避したところで、ただじっと自由を待ち望みつつ何とか無事にいるが、その他大勢は毎日死と隣り合わせで戦っている。どちら側がいいと言えるのだろうか。

**一九四五年一月二三日　火曜日**

やっと今日歩くのを許可され、一〇〇ヤード（約九一・四m）歩いた。しかし、傷が引き攣ってまだまっすぐに立つことができない。神のご加護で全てがうまく行き私は順調に回復した。心の重荷が取れた！体重が増えただろうか。

昨日とても無精な日本兵が小屋にやって来て、小屋の監督者に人数を数えるように言う。人数を二人程度ごまかすのはいとも簡単なことだ！士官が他所へやられたというのに、どこへ行ったのか誰も知らない。しかし、日本兵たちの中に不安が生じてきて、機会があれば暴動を起こそうとする士官たちを恐れているのは非常に気味のいい徴候ではないか。収容所の周囲に壁を作るために北部から三〇〇人の兵たちが連れて来られ、北地区の一五の小屋がその壁で分離された。小屋の幾つかには既に日本軍が居住しているが、上空から見たら小屋には何の違いもないだろう。連合軍に通じているタイ人や外部の誰かにはそのことが分かっているのだろうか。

日本軍からの最新命令は、収容所に物品供給に来るタイ人や中国人と接触してはいけない、英語を話す者以外は誰も外出してはならないというものだ！連隊の物資補給部将校が収容所内の様々な職務を引き継いでいる。

ピクニックをしたり、郊外にドライブをしたりするには最適な良い天気がずっと続いている。

昨日、脳マラリアで三人死んだ。オランダ人の絵描きであるフランツにスケッチ作品を何枚か売って、タバコを買う僅かなお金を得ることができる。一カティは二五セントだ。タバコの巻紙として使うために聖書が売られている。聖書は一五ドルで売れた。けれど、それを買ったやつはページを破って小分けにして売り、いい儲けをしていた。

一着の半ズボンを全部で三着あると皆が思い込んで回して着用していたという面白い話があった。最初の売り手が変に思って調べてみたら、実際はたったの一着だったという話だ！

今日、長さ三六インチ（約九一・四cm）幅一二インチ（三〇・五cm）のキャラコの布、そして「勝利」（外部の誰かが我々に向けて発したもう長くはないだろうという無言のメッセージだ）の文字が記された歯ブラシと歯磨き粉一箱を受け取った。日本兵は自分たち用にどれだけ取って、どれだけを我々に配給してくれているのだろうか。赤十字の荷物についても同じことに違いない。収容所内では、更に楽観論が広まっている。私を含む多くの者は、まもなく戦争が終わるだろうと思っている。

この素晴らしい天気が、最後には勝利をもたらしてくれるだろう。我々は神がこの虐殺を終わりにしてくれることを祈る。

小屋の一画はオランダ人で半分程埋まり、欧亜混血のジャワ人が箱や瓶の食料を欲しがって、うるさく要求している。食料箱には、青物野菜が少々、白菜、じゃがいも少しとエンドウ豆やソラ豆、一人あたり二分の一オンス（約一四g）の肉が入っている。食料事情は悪くなっていくだろう。絶対そうなる気がする。

病棟に一人オーストラリア人がいたが、手術からの帰りに担架から落とされて首を痛め、六週間ギプスをつけている！診断は頚椎骨折だった。最初の手術が大変だったろうに、更に首を折るなんて悲惨なことだ！　彼は順調に回復しているが、体を動かすことができないので、当番兵に食事を食べさせてもらっている。

早朝は霧が出て独特の湿っぽい匂いがし、カルカッタやそこでの平和だった日々を思い出す。

## 一九四五年一月二五日　木曜日

昨晩、飛行機の飛来音はしなかったのに、また警報が二〜三時間も鳴り続いた。この時期の月は、あまり明るくない。武装した日本兵がオートバイで収容所内を走り抜けていった。バンコクへ行く途中だろうか。あるいは、落下傘兵を警戒して道を巡視しているのだろうか。宣戦布告の後、ドイツ人が使うために配給用の羊毛がルーマニアに送られたという噂を聞いた！イギリス政府が送るように命令したのだ！資本主義政府は自分の国の人々を助けるのではなく、利益を得ることばかりを考えている。一般市民の需要は満たされていないというのに。なぜなら、儲け主義者に牛耳られた政府が取引の後、賄賂を渡しているからだ。ある中立国がそれを黙認したので、その利益に関わった者たちが恩恵を受けた。その責任者たちは敵を助けた裏切り者として、なぶり殺しにされるべきだ。

最近執刀した十二指腸潰瘍の手術について三人の軍医が話していた。その患者は心配する必要はなく気分のせいだと言われてきたが、ここ一、二ヶ月間ずっと痛みが続いていた。それで、ついに軍医たちは自らの所見よりも他の意見も聞いた方がいいと思い、ある外科医を呼んだ。そしてその外科医の手術をするべきだという診断のお陰で患者は一命を取り留めた。利己的なその軍医たちは射殺されるべきだ。十人中九人の医者は、患者に言葉にできない程の痛みや苦しみをもたらし、時には何の処置も施さずに患者を死に至らしめるのだ。我が娘ヴァレリーの場合が何の処置もされなかったいい例だ。問題は彼らが自分たちの無知を認めたがらないことだった！それは犯罪と同じであり、はらわたが煮えくりかえる思いだ！ましてや、この戦争時に！

前にも増して多くの日本軍やトラックなどが、この地域に集結してきている。戦車が飛行場近くに到着するという報告があった。しかし、日本軍通訳は、日本軍はビルマからただ休息のためにここにやってくるのだと説明をして言い逃れをした。

## 一九四五年一月二七日　土曜日

十二指腸で苦しんでいた男は、夜中に脈拍数一五〇の状態で死んだ。三人の軍医が彼に外科医に診てもらうべきだともっと早く助言していたら、彼の命は救われただろうか。［一九七七年　このようなケースは、犯罪的過失で起訴されるべきだ。問題は、全てのことが「説明」の下に隠蔽されているというのが事実だ。］

下士官たちの移動は一時的に止められている。大多数の部隊はこの辺りに何らかの大々的攻撃があるだろうとそれに備えているのだろう。連合軍の襲撃で日本軍に緊張が走った。日増しに楽観的になってきている。戦争がいつ終わるかなどといろいろな賭けが行われている。各自に半ズボン一着とシーツが、「慈悲深い」日本軍から贈られるという噂だ。長靴はいつ貰えるのだろう。チュンカイを出て、おそらく日本へ向かったテッドやタリーやベンやクッキーはどうしているのだろう。彼らはシンガポール沖で魚雷を受け、拿捕された日本軍の船に乗っていたのだろうか。医療設備や薬不足のために、じわじわと死へ追いやられている。もしレントゲンがあれば、もっといろいろなことが分かり、もし薬が手に入れば、手術をしなくてすんだだろうに。愛する者を失った人の悲しみは大きく、その知らせは何ヶ月も経ってから届くのだ。

ニックネームがジャングルジムというある日本兵は、戦争捕虜を殴っているところを新しく来た日本兵に見咎められ、つるはしの柄でひどく殴られた。後に、ジャングルジムは警備の仕事に就いていた。彼は捕虜に謝ろうとして、怪我の具合いはどうかと尋ねていた。

## 一九四五年一月二八日　日曜日

日本兵が帳簿全部を午後四時までに日本軍の敷地内に持ってくるようにと言い、翌日午前一〇時まで持ち出してはならないと命令している。「堤防」内の小屋は劇場に改造されている。地区指揮官の仕事は、日本軍の敷地内に常駐して収容所全体を管理することだ。全て良い前兆であり、日本軍が我々を午後四時以降に外出させたがらないこともそれを示している。何が起こっているのだろう。

　昨晩、南南東方面で二度警報が鳴った。満月だった。

**一九四五年二月三日　土曜日**

　先週の木曜日、私は捕虜で溢れかえる第九収容所に戻った。日本軍飛行士は、上官が同乗していない場合は、逃亡の恐れがあるとして二ガロン（約七・八ℓ）の燃料しか与えられないらしいが、そんなことがあり得るのだろうか。

　竹を切って小屋の近くに物干しを組み立ててあったのに、男たちは結局それをばらばらに壊してしまった。それを見て、バーナード・ショーを思い出した。彼は下層階級の人たちのために多くのことをしてきたが、彼らのためにと建てた施設を無駄にする彼らの態度や行動に不満をもらしている！

　タバコは現在四・八〇ドルで、もっと値上がりしそうだ。

　更に多くの襲撃が一月三一日の午後と昨晩にもあった。南西方面で激しい爆発があり、飛行機の飛来音が聞こえ、海の方からの砲撃も約二時間続いた。

**一九四五年二月六日　火曜日**

　穏やかな天候が続いている。

　昨日の夕方午後五時頃、ターマクハーム辺りで大きな爆撃があり、大変な歓声が上がった。はっきり分かっただけでも二〇回だ。

　私は、二つの小屋で手術後の患者のために奉仕作業をしている仲間の話を聞いた。食事は病人用で治療食だと分かっていて、なおかつその作業に対する賃金も貰っているのに、おかずの残り物を持ち帰ってタバコを買うために売っているのだ！病人には多すぎて残した物かもしれないが、これらの男たちは仕事に対する責任感や最も介助を必要としている人たちを助けねばという気持ちがない。

　日本兵に見つかりたくない物を隠すために、私は荒布でできた運転手用チョッキの下に雑嚢を背負った。朝から晩までそれを背負っていた。

　ある男が、ベッドに腰掛けて歯を磨いていたが、その格好が面白かった。

**一九四五年二月一一日　日曜日**

　今日体重を量ると、六四・五キロだった。前に量ったのは一月九日で、その時は六七・五キロだったから三キロ痩せている。そう言えば、その後で手術をしていたのだ。

　昨日また身体検査があったが、いい加減なものだった。病人たちは日本人軍医の前に連れて行かれたが、離れた位置からおざなりに診ただけで、取り立てて関心は示さない。点呼は今では英語で行われる。これらは日本兵が状況を気にして、日本軍の士気が落ちてきている徴候だろうか。彼らは現在の風向きが分かってきているに違いない。

明日、一人の日本兵が捕虜の収容所を視察することになっている。少なくとも六人の部下を従え、ふんぞり返って収容所内を歩き回ることだろう。彼はなぜやって来るのだろうか。おそらく収容所の設営作業の進み具合を確認するためだろう。

私は西海岸のタボイ近くに駐屯するビルマ部隊の話を聞いた。彼らは地面から六フィート（約一・八ｍ）も上がった高床式の原住民の小屋で住んでいるらしい。それは、モンスーンの時に安全なように基礎杭の上に作られるタイの住居に似ている。

その日本兵はいつもいなくなる。おそらく女たちの所だろう、捕虜たちは勝手に収容所に帰るわけには行かないのでその日本兵を呼びに行った。ビルマ人は捕虜に親切でいろいろな物をくれるが、その気前の良さのせいで日本兵に罰せられている。捕虜たちは少しずつ家の板囲いを剝がして調理の時に燃やしてしまった。その結果、晩に雨が降るとほとんど雨露をしのぐ場所が無くなるので、他の者に八つ当たりして、代わりの板をどこかから取って来ている！この部署には他にも問題がある。担当士官が赤十字のタオルを売っているのだ。今になって、急に全ての衣類を検査し始めたが、もっと以前からやっておくべきだっただろう。イギリス人捕虜が責められるべきだ。機会を見つけては、身の回りの物を売ろうとしている。あと、どのくらい続くのだろうか。よい兆候が見えているが、母国の人々がぐずぐずしているから、我々捕虜はいつまでたってもこの状況から抜け出せないでいる。いとしいチージーはカレンダーを見て言うだろう、「万歳、少なくとも今年のクリスマスはみんな一緒にいられるわね。」これが現実になることを神に祈る。おそらく雪か雨が窓枠に当たって外は寒いだろうが、イギリスの海岸を眺めたり、暖かい暖炉の前でくつろぐのは、どんなに幸せなことだろう。ドアの下から吹き込む隙間風の気配を感じる、波止場で待っている群衆が見える。その中に、いとしいチージーが大きくなったティドリーと一緒に手を振っているのが見えるだろう。何と幸せな日だろう。神がお与え下さるのだ。しかし、愛する者に会えずに失望する人たちも大勢いるだろう。日本兵が連絡を怠ったせいで、ずっと後に悪い知らせが届き、衝撃を受ける人も大勢いるだろう。

今、リン・ユタン著の『人生をいかに生きるか』を読んでいる。もう一冊『我が国、我が人民』も買わねばならない。

ここ四、五日、夜は涼しかった。

捕虜たちは、タンクを艀で川向こうに運ぶのを手伝っている。八〇個あるとのことだ。また、数日前に現場の軍曹が、タンクが運ばれたのと同じように川を渡り、向かい側の土手にある収容所を通って行った。インド・シナ方面に向かっているらしい。

調理場からは、米がほとんど支給されない。米抜きの食事だ。

長い列ができていた。僅かあれっぽっちの米のために何と大げさなことだ。

## 一九四五年二月一七日　土曜日

二月一五日は新月だった。そして、月が次第に大きくなっていくにつれ、世界のこの地で何かが起こる予感がする。チージーは、ヨーロッパ戦線の結果からみて、我々がまもなく帰国するだろうという期待で、小踊りしていることだろう。急げ、連合軍。

## 一九四五年二月二一日　水曜日

町の近くのパゴダから被いが取り払われている。城壁の外の墓地に死者を埋葬することは許されていない。

昨日は朝から晩まで一日中、そして今日の午後まで、ずっと雨が降り通しだった。

今、『ウィンザー・タペストリー』を読んでいる。ボールドウィン首相が事実を歪曲し、あらぬ噂を流してエドワード八世を王位から追い出したと非難している。偽善的で自己憐憫的で、『ユーライアヒープ』を思い出させる。その本を買わなければいけない。

卵はまだ一〇セントだが、タバコは五ドル二〇セントになった。腹持ちのいいもので空腹を満たさなければならないので、たばこの巻紙用として本を売っているやつもいる。

最近非常に疲れやすいし、体重は依然として減ったままだ。六三・五キロだ。

五日間も空襲が無いなんて！

二月八日にペギーに葉書を送ったが、許されたのは二五語のみ。きっと今頃はヨーロッパでの戦争が終わっているだろうから、チージーや伯母たち、マルシンハは非常に喜んでいるに違いない。あと数ヶ月すれば、きっとこれら豚どもは辞めさせられるだろう。パッカー少佐と六人の下士官は、数ヶ月前、風評流布の罪でそれぞれ五年の禁固と懲役の判決を受けている。平和条約締結後も合法的に拘留されるのか、それとも日本が降伏するのか。

## 一九四五年二月二四日　土曜日

あるイギリス下士官が戦後に療養する場所について話していた。彼はアフリカについて、「いや、あそこはよくない。英国的すぎるから！」と言った。普通の人間が英国的すぎる外国に住むのに何の不都合があると言うのか。

ここ二日間、暖かかった。夜は涼しく、日中は風が強かった。第一部隊が、どこか知らない収容所に向けて出発した。いろいろな噂が流れている。

## 一九四五年二月二六日　月曜日

収容所長が、捕虜の担架運搬人たちに「全てが終わった」と伝え、我々捕虜がそれについて何も知らないことに驚いていると聞いた。それは本当なのだろうか。

　これは日本兵から聞いた話だが、ワシントンで行われているという噂の平和会議で、合意に到るまで数日間戦争行為を停止するらしいが、真実かどうか疑わしい。神に祈る、全てが解決し、多くの者たちが心から求めている安らぎと切実に必要としている薬と治療を得られることを。こんな殺戮はやめろ！

### 一九四五年二月二七日　火曜日

　満月で真昼のように明るい中、昨夜、飛行機がやってきた。バンコクの方面で炎と閃光が見えた。収容所の上を低空飛行していった。過去一四ヶ月の間、灯油の配給はあるが、小屋一軒に付きランプは六つということを忘れないように、収容所規則が毎回読み上げられてきたが、こういう馬鹿げたたくさんの約束事は全て形ばかりのものだった。

### 一九四五年三月一日　木曜日

　昨夜、どこかで空襲警報が鳴った。C級の患者は回復病棟に移され、三週間の療養で徐々に普通の仕事量に戻された。昨日、地元の赤十字が、一人当たりタバコ二箱とパイプ数本（パイプタバコの箱の方が中身が多いのでパイプタバコを吸う者が激増していた）、小さな四角い石鹸一個、ビスケット六枚を支給してくれた。この他、全体用として、調理場に大豆と白いんげん豆、コーヒー、砂糖、マーマレード、トマトソースらしきものが配給されたが、これら全ては、一人当たりにすればほんの僅かな量だった。シャツ、半ズボン、セーターも配給されたようだ。

　天気がまた落ち着いてきてかなり暑い。池の水が段々減ってきているが、アヒルたちはどうするだろうと心配なことだ。

　すべての講演、礼拝、コンサートは、日本人通訳の検閲を受けなければならない。我々が反日宣伝活動でもしていると思っているのだろうか。見渡すと、衛兵詰所の周りには有刺鉄線が張り巡らされ、また全ての角には見張りが配置されている。日本兵は、収容所内で暴動が起こるとでも思っているのだろうか。

　トーマス・ハーディの『遙かに狂乱の群を離れて』を読んだ。もっと読まなければならない。全身に倦怠感を感じるが、どうしてだろう。臀部の脊椎注射のためだろうか、マラリアの再発だろうか。しかし、発熱や背中の痛みはない。

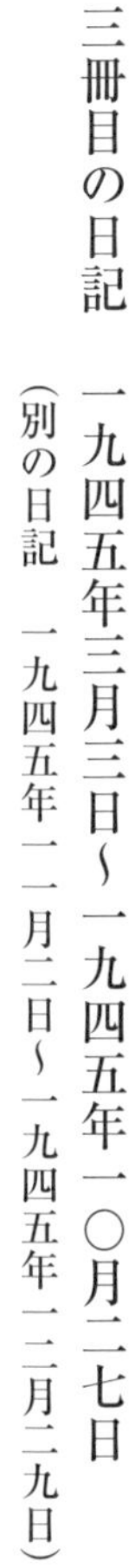

# 三冊目の日記　一九四五年三月三日～一九四五年一〇月二七日

（別の日記　一九四五年一一月二日～一九四五年一二月二九日）

日記表紙

日記本文

## 一九四五年三月三日　土曜日

我々がここを出る前に、私はこの日記帳にどれほど書き込めるだろう。朝食後の点呼の後に食料を手に入れる新しい方法を思いついた。オランダ人の友人フランツ［一九七七年　あごひげのある肖像画を描いた人］は、オランダ人が食べ残した「粥」を全部集める。すると食缶の半分か四分の三程になり、それを腹の足しにするのだ。その戦利品を売れば九ドルぐらいになって卵を買う金になる。追加分として届いた赤十字の物資にはマーガリン、麦芽粉乳、缶ミルクがあるが、これらは重病人だけに与えられる。ピーナッツもあるが、これはそうではない。

オーストラリア人二人の間で言い争いがあった。そのうちの一人は嫌なやつでいつも泣き言ばかり言っている。

昨夜、いつもより多くの飛行機が頭上に飛来した。

私の毛布は、今や半分は木綿でつぎはぎしてあり、そのつぎはぎ部分を二、三時間以上は屋外に干さないようにしている。乾きすぎてボロボロになってしまうからだ。網の外側には蚊がいっぱいいる。

二日前、吐き気がするような酷い朝食が出た。半生のご飯と臭い小魚だった。幸いバナナを持っていたので魚の代わりに食べた。

当番の歯科医はこの一週間ずっといない。命令が下った。それはもっと注意を払って日本軍収容所長に敬礼せよということだ。小屋の班長が読み終わると、ある男が「何かご褒美がありますか」と尋ねた。

あらゆる所が乾燥している。池を満たす雨が切実に必要だ。雨が降らないと洗濯する水がすぐに不足する。井戸はまだ大丈夫だ。今のところは池でアヒルが楽しそうに泳いでいるし、皆が何でも池で洗っているので、汚れた緑色の水がますます汚くなる。

チージーから一〇通、マルシンハから一通の手紙を受け取った。一九四二年一二月の手紙には皆が元気だとあり、日付の古いチージーの手紙にはロバートの日常や発育の様子も書いてある。大きくなって、もう「リトルティドリー」とは呼べなくなる程大きく成長しているようだ。去年の一二月で五歳になっている。波止場で会える素晴らしい日が来るだろうとチージーが述べているように、神の思し召しで家族と一緒に次のクリスマスを楽しむことができるだろう。ああ、何度も何度もその場面を想い浮かべてきた。この思いが生きる希望を持続させてくれる。

日本兵による待遇が近頃だんだん良くなってきている。それは周りの戦況によるものだと思われる。日本軍にとって風向きが良くないので、どうにでもなれと思っているように見える。

脚の無い欧亜混血のジャワ人がいた。ちょうど膝から下が無いのだが、今は近いところは何とか杖の助け無しで歩いている。もう少しすれば、杖無しでもバランスよく歩けるようになるのだろうか。

小屋の一番奥にいる二、三人はいつも何かで口論をしている。静かに話し合うのでなく、声を張り上げたり、ガミガミ怒鳴ったり、愚痴を言ったりしている！ああ、誰に対しても思いやりがなく、このように無知で、育ちの悪い口汚い豚どもは、顔を見るだけでヘドが出る！彼らは小屋の中でも屋外に干してある時でも他人の毛布を踏みつけている。そして自分らが気に入らない事があれば真っ先に文句を言うのだ。馬鹿なくずども！

この二、三日、一〇〇ポンド紙幣が一五ドルで日本兵に売られていると聞いた！おそらく、それらは一枚五〇セントか一ドルでいろいろな人から手に入れた紙幣だろう。そのような不当な事で暴利をむさぼるとは外部の人たちには信じられないだろう。

タイ銀行がいつからかは分からないが、五〇日間閉められたという噂がある。結論から言えば、タイ人は、日本軍が現在多方面で非常に不安定な状況下にあるので、到底払い戻しは出来ないと懸念しているからだろう。我々はここで包囲されているのだろうか。日本軍はきっと陸からと海とに挟まれ、ここで孤立無援になっていると思う。我々は毎日全てが終わるように祈っている。まもなく戦争終結という予想を知らされた日本軍は、我々と同じようにもう疲れ果てて戦うことに飽き飽きしているように見える。彼らの様子には哀れさが見える！我々が全てを得て、彼らは全てを失うことになり、彼らにとってのせめてもの慰めは、日本へ帰れるかもしれないということだろう。

## 一九四五年三月八日　木曜日

日本軍補給部隊員は、半日働いた者への賃金支払いはあるのかと尋ねられると、「本部からまだ命令を受けていない。我々の部隊は切り離されていて大変な状況下にある」と答えた。また別の時、収容所の外で輸送が必要な物資を「トラックで持ってきたらどうですか」と頼まれると、彼の返事は「しかし、ガソリンが無いのだ」だった。「じゃあ、鉄道の駅から手押し車で物を集めるのはどうですか」には「そうだな、でも汽車が無いのだ！」だった。どの返事も情勢を暗示してはいるが、ほとんど毎晩、自分たちが使うのに必要な場合は貨車を使っているのに。

ひどい暑さが二日間続いた後、この二日間は寒い。

今夜の食事は一パイント（約〇・五ℓ）すりきりのナシゴレン、パン半分、コーヒーとタピオカのデザートだ。

便所と食堂周辺に数個の蝿とり罠が仕掛けられ、木枠に網が掛けられている。下の枠と地面との隙間から蝿が餌を目がけて飛び込んでくる。うまくいけば一日一五〇〇匹から二〇〇〇匹捕まえられる。

私はカナダで大がかりな農場経営をすること、そして、最愛の家族と暮らそうとずっと考えてきた。けれども、先ずは私の混乱した心を整理するため精神分析医に診てもらわなければならない。私にはまだ絵画や文筆の適性があり、今でも本来の自然な声が出るので、健康になれば、私の声は十分な声量と特質を増すと感じている。

ペギーとティドリーはニュースを聞いて、もうすぐ我々が一緒になれる幸せに小躍りしているに違いない。ああ、戦争終結が近づいていることを神に感謝する。

フットボール場での体操の時、楽団が下らない日本の曲を演奏しているが、それは捕虜収容所の最高監督官が三日間収容所の査察に来るので「見せかけ」のためだと我々は思っている。捕虜が使っているかのような印象を与えるために、丸テーブルが食堂の前へ出された。あらゆる物が整頓されて小屋の中には何も吊り下がっていない。全くおかしいのは外の竹塀に毛布を掛けていないことだ！全く馬鹿げている。警備の人数は二倍になっているし、今や上底二メートル、下底四メートルの土台の上に壁が築かれている。

木製の釘を使った線路は、収容所内にある日本軍の古い無線通信室から物資などを輸送している外の堤防まで続いている。

リンド夫妻の古典的名著『ミドゥルタウン』を読むと、輝かしい繁栄の影に、貧困やみすぼらしさを覆い隠して栄えたヴィクトリア時代の実際の町の様子がよく分かる。仲間の一人がチュンカイ墓地の一七〇〇本もの多くの墓標について話している。一七〇〇という数は、一〇本ずつひとまとめにして置いてあるのを見たので間違いないと力説している。

## 一九四五年三月一〇日　日曜日

日中は暑かった。午後遅くに起き、声の調子がいいように感じたので、歌いたくなり、歌ってみた。既にそう決心しているが、ここをひとたび出たら、きちんとした食事を摂り体調を回復させよう。そうすれば声もいい状態になるだろう。そう確信している。私にとって歌うことほど大きな喜びはない。

## 一九四五年三月一一日　月曜日

偵察機が昨日も今日も飛んできた。機体から噴出したガスが筋状となり空を横切って白線の雲が出来ていた。モールス符合のWに見えたと言う者もいた。

今日、体重を量った。前回の測定から六週間で約二キロ増え、六六・五キロだ。体重計はかなり正確だと思う。

ある男が、片手にマグカップを持ち、クーリーのように板の上にしゃがんで歯を磨いているのを見かけた。「きれいになった」と思うまで、カップの中に唾を吐き歯ブラシをその中で何度もゆすぎ、その後で窓からそれを全部捨てていた！人が自分の習得したわずかな文明でさえ忘れてしまうのは、環境によるものだろうか、それとも詰まるところ、肌が白いだけで、原住民と変わりない者がいるのだろうか。

空は雲で覆われ、気温が高いために池の緑っぽい水が絶えず蒸発している。

**一九四五年三月一五日　木曜日**

夕方遅く、池の水位を上げるほどの雷雨とともに強く埃っぽい風が吹いた。

屋根葺き用のアタップヤシを積んだ艀に関して、奥地の日本兵を騙しているという噂がある。つまりこういうことだ。積荷を全部艀から降ろしたと、捕虜が日本兵に言う。しかし、捕虜とタイ人が事前に示し合わせて、タイ人が二袋くすねて持ち帰ることになっている。次の日にタイ人はこれらを、時には他の荷物と一緒に、余剰品として持ち出して売り払う。こうして、タイ人は金を手に入れ、捕虜と分けあう。二〇〇ドルだそうだ！

売店ではタバコ一・二キロが六ドル八〇セント、卵が一個二〇セント、グリーンピース一キロが二ドル、麻袋一個が八ドルで売られている。

トーマス・ハーディの本をもう一冊読んだ。『緑樹の陰で』は、田園を舞台にした素晴らしい作品だ。

**一九四五年三月一八日　日曜日**

私は軍医の診察を受けた。収容所を出て第二部隊と一緒に行くはずだったが、病気療養のために二七番小屋へ送られた。担当兵が今日の仕事についての詳細を説明した。毎日行う一時間半の運動は、皆の体力を増進させるだろう。しかし、食事は惨めな程に少なくなっている。

**一九四五年三月二二日　木曜日**

日曜以来毎日、私は怠ける者を働くように部屋から追い出す仕事をしているが、初日の後で不満が出始めた。

運動をするようになってから体調がずっと良くなった。他の者たちにとっても同様だ。九〇分間の日光浴のおかげだ。起床ラッパが鳴ったすぐ後に飛行機の音が聞こえた。それから、ノーンプラードゥクの方向で対空砲火があった。その後、連合軍が爆弾を落とした。我々には何と喜ばしい音に聞こえたことか！

数日前、高射砲と野戦砲が北の収容所へ向かっているのを見た。昨日、トラックがトラクターを積んでいた。いいぞ！日本兵の奴らは敗走している。急げ、同盟軍よ！頼むぞ。

気温はかなり高いが、乾燥している。

マラリアにかかった日本人軍医は、たった三日間休んだだけで仕事を始めた。収容所近くのゴミ捨て場にかなり多くの車やトラックが放置されている。様々な輸送手段で日本海軍の兵士たちがナコーンパトムを通過していく。同様に、女を大勢乗せたバスが二頭の馬に引かれて通過していく。何人かの日本兵が数珠繋ぎに綱で縛られ、引っ張られていった。多分、脱走兵だろう。ビルマのタマカかタマワンから帰ってきている日本軍帰還兵が、食料を要求したが、食糧倉庫の管理をしている朝鮮人に拒絶された。日本兵が店に押し入った時、朝鮮人は奴らに食ってかかった。当然そうだ。まず、食料が減れば彼ら自身が困る。次に、捕虜収容所用の食料保管係として当たり前のことをしたまでだ。これらの出来事は我々の気分を高揚させるいい兆候であり、我々は来るべき戦争終結を辛抱強く待っている。当然のことだ。健康回復のためにオーストラリアへ行くのだろうか。そうすると国に帰るのが遅れることにはなるが、まず療養が必要だろう。私の胃は弱くなり、以前のように重たい食事を受け付けなくなっている。チージーと幼いティドリーは、私が間もなくここから出られると知ったならば、どんなにか喜ぶことだろう。

## 一九四五年三月二八日　水曜日

昨日は何という壮大な光景だったのだろうか！　五〇機から六〇機の爆撃機が飛んでいた。幾つかは戦闘機だと思う。収容所近くを横切った三機をめがけて対空砲火が行われたが、約五マイル東へ飛んでいってしまった。他の爆撃機は空高く雲間を南へ横切った。編隊ではなかったので爆撃は既になされていたのだろう。ざまをみろ、だが、どこへ落としたのか。私は早く爆撃が行われることを祈っている。我々は二週目に入った。初日に担当の日本兵との間に行き違いがあり混乱した。その日本兵が、我々を仕事に配置したあと、考えを変えて他の仕事をするように言ったからだ。

ここ五日間「下痢」状態だった。昨日、朝食に塩を摂り、八回から一〇回位便所へ行った。ほとんど出なくて水様便ばかりだった。何かが胃の調子を悪くさせた。しかし、塩を摂り始めて五日後にはすっかり良くなるだろう。検便の結果は陰性だった。

今朝は、魚やいろいろな物で味付けされた粥を食べたので変化がありよかった。大勢の仲間の中には生真面目なやつが少ない。日本兵が点呼を命じた時、三人見当たらなかったが、幸いなことに何も起こらなかった。もしかしたら、日本兵は私に殴りかかり、私の日当は無しだと言ったり、あるいは、三人を厳罰に処したりしたかもしれなかったが。

曇り続きでどんよりとした蒸し暑い天気が続いている。満月だが、不気味な雲にほとんど隠れている。ジョナが行ってしまった今、ある意味とても寂しい。散歩やコンサートなど一緒に出かけていたし、また炊事場でまるで外科手術みたいに上手に野菜の皮をむいたりした時などの彼の優しさを思い出す。もう一度会いたい。多分、リスボンへ行った時にまた会えるだろう。彼を誘い一緒に楽しく異国の地を見て回ることができるだろう。マルシンハはどうしているだろうか。無事でいてくれるよう願っている。一二年も経ったので、どのように変わっているだろうか。この戦争を呪い、元凶となった奴らを呪ってやる。あたかも小切手に署名をするかのように、苦しみや無数の死の原因となった決定に賛同した奴ら、この戦争を避けることができたであろう奴ら。自分たちの責任を果たしていれば、懐に莫大な利益を詰め込み太い葉巻を燻らしながら傍観していなければ、この戦争を防ぐことができたであろう奴らを呪ってやるのだ。

日本兵が、供出した貴重品の受領書を貰いたい者は、申し出れば手渡されるだろうという。けれどただでは済まず何らかの罰がある。しかし、日本兵を「信用」して受領書を求めない者は、そのままにしておかれるだろう。何とお優しい日本兵だことか！

## 一九四五年三月三〇日　金曜日

もう一ヶ月近くが過ぎたというのに、我々はまだここにいる。しかし、我々皆、その時はもう目前だという思いでいっぱいだ。五〇から八〇機の爆撃機の姿を見たことで気持ちが高揚している。故郷の人たちにはどう伝えられているのだろうか。私の敷布は擦り切れて薄くなり既に二重にして重ねて、もうそれ以上破れないように繕ってある。茶褐色に汚れ、多分洗ったらびりびりに破れてしまうだろう。毛布はあちこち穴だらけだ。全てが朽ちたり破れたりしている。二、三日前に収容所を出ていったオランダ人はたくさん物を持っていたのに！タバコは近頃一・二キロが七ドルだ。昨日、一〇人にタバコの紙が四箱とタバコ一・二キロの配給があった。全然一人分にも満たないものだ。今朝の粥には砂糖一さじと甘いコーヒーがついていた。結構良かった。

朝の礼拝に参加した。夕方には珍しくアメリカ人とオーストラリア人の間で野球の試合があった。午後六時に英国喜劇『グッドモーニング、ビル』が上演された。

薬用塩を二度飲んだけれど、まだ下痢が続いている。回虫がどこかにいるに違いない。療養小屋は満杯で、今やぎゅうぎゅう詰めだ。この一画には他にも小屋があるのに。

## 一九四五年四月一日　日曜日

乾燥していて埃っぽい。涼しい夜が続いている。月は欠けてきているが、空は曇りだ。何度も空襲警報が発令される。

一九四五年三月三〇日にチージーからの手紙が一〇通届いた。一九四三年の手紙は全部受け取ったが、前は知らなかったロバートの成長やおどけた仕種のことなどが書かれていた。そりゃそうだ！随分変わっているだろう。それはともかく、大事なことはペギーが変わらず誠実で、必ずまた会えるのだという思いで励ましてくれていることで、本当に神に感謝する。私も必ず会えると信じている。くよくよせずにお互い元気で笑って会いたいものだ。私はいつも楽観主義なので、必ず帰るのだ、今は苦難に直面しているが、これもそんなに長くはかからないだろうと、神を信じて我が身を奮い立たせている。

フットボールをやりたがらない男どもがいるので、やりたい男たちとの間で諍いが起きている。またしても問題なのは我らの同胞だ。しなくてもいい日課や作業を無理やり押し付ける。日本兵たち、いやむしろ朝鮮兵たちは普段はあまり言わないが、担当の日本兵が現れると途端に口煩くなる。

暑くて空気は乾燥し埃っぽいが、夜は涼しい。神に感謝だ。第四班の一〇〇〇人がここ二、三日で出発し、そして医療関係以外の士官が四月二日、今夜発つことになっているが、一体どこへ向かうのだろう。

## 一九四五年四月六日　金曜日

昨夜もう二通手紙を受け取ったが、一九四四年三月と四月付でたった二五語だけだった。手元に来るまでに依然として一年もかかる！どちらの封筒にも幼いティドリーの写真が入っていた。四八枚のうちのものだ。寝床の足元の所に垂れ下がっているゴザに厚紙を付けて、二枚のスナップ写真と一番最近の小さい四枚の写真を貼った。私の場所は一番角なので、他からはあまり見えにくい。長ズボンの裾部分を切って短パンを作るのに丸一日かかった。

夜はまだやや小寒いが、昼間は暑いほどだ。

司会と寸劇を挟んでバンド演奏があった。通訳がいつも付いていた。しかし、通訳がオランダ語は分からないので、オランダのショーはもうやらないと通達があった。

約二五〇人の士官が二日前の夜中一二時に収容所を出ていった。そして第四班の一〇〇〇人が二、三日中に出発する予定だ。

## 一九四五年四月一〇日　火曜日

昨日の午後三時三〇分頃、凄い光景を見た。ガラガラ、パチパチという爆発音が東方の一マイル離れた飛行場の方から聞こえてきた。と同時に離陸して飛んでいった日本軍戦闘機が三機、それから約一五の小型機が続き、その中の何機かが発射しながら目標めがけて突っ込んでいった。他の機は日本の戦闘機を追いかけた。全員が慌てて飛び出した。正門にいる日本兵の歩哨が小屋の下で屈んで這っていたのに、攻撃が終わったとたんにライフルを肩にかけて出てきて、外で立っている捕虜たちを脅している。我々は小屋の中にいなければならないという命令があり、外に出たものは撃たれる。連合軍にまた今日も来てほしいものだ。現在かなり近くまで来ているに違いない。多分軍用艦から飛んできた飛行機だ。仲間たちを歓喜させた。

私は初めて風呂当番の仕事に就いたが、水はひどく汚い藻の混じったような緑色で、細菌がいっぱいの泥水だ。

## 一九四五年四月一三日　金曜日

ここ二、三日、約三〇〇人の捕虜たちが収容所を去っている。どこへ行かされるのかは神のみぞ知る。彼らは出発する前に身体検査をされ、午後一一時半の出発まで空いた小屋に留め置かれた。

最近ずっと風が強く、何処もかしこも埃だらけだ。一日の終わりには足が真っ黒になる。最近は食費を集計したり、毛布や蚊帳、テーブルを点検したりの仕事をしている。前任者のおそらくQ（いつもの詐欺師Q）のせいでほとんど全部間違っていた。私は自分に渡された時点での数をそのまま引き継いだ。彼の仕事は恥ずべきお粗末なものだ！

何日か前、更に一一通の手紙を受け取った。中にもう三枚ティドリーの写真があった。四歳六ヶ月の時のだ。いつまたあの子に会えるだろうか。来年のクリスマスには皆一緒に過ごすことができるように神がその夢を叶えてくれるだろう。チージーが一九四四年三月に「二年間も便りがないので大変心配している。」と書いている。そうだ、私は彼女がイギリスで無事にいると分かっているが、彼女の側は私のことについて何の消息も得られず不安ばかりだろう。私がどんな状況にあり、どんな待遇を受けているのか全く分からず、しごく形式的な葉書だけが唯一の通信手段だ。彼女からの一九四四年四月の短い便りによると、幸いにも葉書を受け取ったとある。しかし、いつの葉書かということは書かれていなかった。くそっ！

三二一番の小屋の班長と仕事の管理監督を兼務させられている。夜な夜な外出する者たちがいて大変だ。

## 一九四五年四月一八日　水曜日

昨日ラッパが鳴り響いた。そして仕事中の全員が収容所内の日本兵宿舎の方に向いて整列した。日本兵たちがそこらじゅうを走り回る。日本兵が何が起こってもいいように土手の上で構えている。明らかに演習のようだ。はっきり分かった！我々にとってはいいことだ。

ダンロップ大佐が私の喉を診察してくれた。どうやらまだ手術の段階ではないらしいが、次の日曜日に軍医の所に行くことになっている。甲状腺腫の疑いだ。何ということだ、適切な処置がされる前に悪化しないことを望む。マックフローレン大佐は虫が好かないやつだ。不誠実さと意地悪さを合わせ持ち、弱々しい顔つきで日本兵が周りにいるとびくびくするという評判があり、最悪なやつだ。通常上官とはこんな奴らだ。彼の笑いは口先だけで、人柄が顔に表れている。

日曜日以来、私は二つの別の小屋に住んだ。後の小屋は虫が湧いていて駆除のために全ての板を外して上げる結果となった。私は蝿や蚊を防ぐためのネットを使って蚊帳をこしらえた。驚くことに手術以来、マラリアに罹っていない。もう金輪際、罹りたくないものだ。

## 一九四五年四月一九日　木曜日

ここの日本兵たちはなんとお優しい方々だろう！既に色々な制約があるが、今や午後八時～八時半の点呼以後、よその小屋に入ることはできない。厨房の包丁とその他先の尖ったものは全て、毎日午後四時までに日本兵に渡すことになっている。ラッパ手さえも点呼が必要な時には毎回ラッパを取りに行かねばならない。もっとも、はっきりとした指示がないと、我々の仲間はきっと何か厄介な問題を起こすだろう！

私は一〇日間で、二ドル二〇セントを受け取った。それは三、四日病気だった分も含まれていた。私は日曜日に病人小屋の方に移動させられるので、ここしばらくは、これだけのお金で過ごさなければならないようだ。給料は支給されないだろうが、一、二ヶ月程度であってほしいものだ。

夕方はかなり涼しく、新月が一二日に見えたので、二六日には満月になるだろう。おそらく、月が欠けている時は何か変わったことが起こるのではないだろうか。私の収容所には二〇の小屋があり、道路を挟んで両側に建っている。他の小屋は以前は使用していたが、今では立ち入り禁止になっている。

私は今、ハンス・C・アンデルセンの『おとぎ話』を読んでいる。自由時間が以前より増えているため、縫い物をする時間も多くとることができる。私の毛布は古くなってつぎはぎだらけ、ぼろぼろと徐々に布が破れてきているので、縫い物の時間がとれるのはありがたい。両側にオーストラリア人がいて、二人とも無教養で食事の作法がなっていない。でも、彼らは社交的だ。一人はベッドの隙間なんか何も三日ごとに掃除する必要はないと思っているので、全く掃除をしない。このところの風と埃っぽさで、ますますベッドは汚れたままだ。ここ二、三日激しい雨が続いたため、排水路に水が溜まって水溜まりも少しできている。

## 一九四五年四月二三日　月曜日

私は甲状腺腫肥大の疑いがあり、昨日病人小屋へ移った。今日はマックファーソン大尉に検査してもらった。彼は普通の軍医にしては珍しく愛想がいい。

昨晩は豪雨だった。そしてかなり強い風も吹いた。私は風雨の中、ぬかるみを歩いたりしたので、泥だらけになってしまった。

私はロバート・メンデル（愛称ポップというオーストラリア人）と、ずっと話をしていた。それはオーストラリアで酪農を始めるとしての見込みについてだった。もし資金が得られ、常識が経営に活かせるなら、羊でも卵でも農場経営はいい儲けになるようだ。でも、どちらにするか（カナダに帰ることも含めて）決断する前に、必ず精神分析医に診てもらおう。農場で生計を立てるということは、自分自身が経営者になって、野外の新鮮な空気のもとで、品質のいい安い食べ物が得られるということだ。軍でいるよりも健康的な生活を送ることができて、事務所で働くようなストレスもないし、ティドリーのためにもなる。理想に向かって発展していこうとする若い国で生活することが最も重要だ。その上、財産を持つことができる見込みがあるというのは嬉しいことだ。

私はあごひげを剃ってもらった。私のあごひげは、もともと顔の輪郭に沿って生えていたので、見た目にはほとんど変わりはなかった。あごを触ると変な感じがする。あごの辺りがすっきりして甲状腺が大きくなっているかどうか、軍医が診察しやすくなった。

## 一九四五年四月二八日　土曜日

今朝は遅めの点呼があり、少し後にニュースが入ってきた。全ての戦争捕虜は、日本軍居住区から追い出されるようだ。弾丸箱は収容所の入り口近くに通じる衛兵所近くにあった。朝鮮人全員が土手辺りに配置されるとのことだった！これらは一体どういうことだろう。上級士官の日本兵がそこにいた。

昨晩「カフェ・コンチネンタル」のショーを見た。衣装がなかなか良かった。どこから調達してきたのか驚きだ。

ここ最近のボブ・メンデル（ポップ）との会話は、トラクターと堆積裁断機などの費用を折半して一〇〇〇エーカーの小麦の農場を持つことだった。彼は私より経験豊富で経営手腕もあり、前途有望でいい相棒になれそうだ。彼は誠実で正直、何よりもいいのはユーモアのセンスがあるところだ。全ては最終の決定次第だ。彼はオーストラリアに妻も親戚もいないので、我々と住むしかないだろう。その計画は悪くないし、金が手に入るだろう。そのうちに私は土地と政府からの資金を得ることができるだろう。オーストラリアに移住するイギリス人にも同じような条件が提示されるのだろうか。私はいろいろ考えてわくわくしたが、やっぱり全て調子によるだろう。

私はズボンの上の部分を切り取って半ズボンを作った。何とかもうしばらくの間もってほしい。米抜きの食事をとった。それは、小さいひしゃく二杯の濃いシチュー、焼き飯を詰めたコロッケのようなもの、五センチ四方のジンジャープディング、丸いカップに入ったさつまいも、じゃがいもと豆で作った長方形のちょっとした食べ物だった。少なすぎると不満を言う者もおり、人間の本性が表れていた。私はコレラと疫病の予防接種を両腕に受けることになっている。オランダ人の医者は他の者たちにしたのと同様に、私の腕からも血を噴き出させた。

ボブは、一羽の雌鳥で一グラムあたり一〇セント以上、また一頭の乳牛では一ヶ月につき一ポンドの利益が得られなければ飼育する意味がないと、私に教えてくれた。もちろん、酪農は丸一日とか長時間の仕事だが、ほかに小麦や養鶏の仕事もあり得る。しかし同時に、自分の余生を農業をして過ごすことに迷いがある。昔のことを思い出し、今の生活を抜け出してカナダに近いイギリスに帰れば、今後の生活はどうなるのだろうかと考えた。ここ数日間はいい天気が続いている。十分な雨水が溜まっているので、水の心配は全然ない。

昨日、捕虜の指揮官と日本兵との話し合いがあったという噂だ。我々はタイ政府に引き渡されるのだろうか、それとも収容所からどこか別の場所へ移されるのだろうか。ここ二、三日空爆警報はあったが、戦闘機の音は聞こえなかった！

私はモーパッサンの短編小説を読んでいる。彼は素晴らしい作家だが、私は彼に娼婦や別の男との間に子供を持った既婚女性についてではなく、もっと高尚なものを題材にしてもらいたいと思う。こんなことは何も取り立てて皆に知らせることではない。真似をする人たちに、悪い知恵を与えるのではないかと思う。私は今、スコットの旅物語で『世界で最悪の旅』という素晴らしい作品を読んでいる。

## 一九四五年五月二日　水曜日

私はまだここに捕虜として残っている。冗談で言う以外は、来るべき解放の日についての希望を抱くことは良くないことだ。自由になる時を期待して、それが外れたら失望は大きくなる。そろそろ我々の仲間が何かをする時だと強く思う！

日本人軍医は病人小屋で患者を診察した。そして、私は一週間前に入院したのに、他の患者と同じ場所に入れられた。このいつもの日本兵が、回復期病床へ患者を追いやっている。甲状腺腫は大きくなっていないので、私も週の終わりにはそこへ追いやられるかもしれない。

食事はご飯二杯とまずいシチューだった。食事当番兵はひどい奴らだった。

## 一九四五年五月七日　月曜日

昨日大雨が降り、特に昨晩は稲妻と雷が激しかった。そのため礼拝は行われなかった。

数日前、米抜きの食事だった！濃いシチュー、甘いオードブル、一五センチ×二センチの重くねっとりしたプディング、食パンに薄切り肉をほんの僅か挟んだサンドイッチ。どれも皆うまくて満足した。収容所にはほとんど牛がいない。朝鮮人労働者の班長が仲間に「もう二、三日すれば終わる！」と話している。我々はこの戦争が終わるまでの日数を一体何度聞くことになるのだろう。

カエルが他の物音が聞こえないぐらいの大きな声で一晩中鳴いていた。まるで激しく流れる水の近くで回っている水車のエンジン音のようだ。

また、こおろぎの鳴き声は、笛の中で転がる玉のような音がして耳障りだ。

隣のやつが昼食の直前に起きたのに、入れ歯を磨こうとして洗面台に汚れた水をぶちまけてびしょびしょにした。大迷惑だ。彼が終わるまで外で待っていた。先日、そいつが上のベッドに座っている時に咳をしたものだから、飯粒やシチューがそこら中に飛び散った。幸い、私の食器には入らなかったが。

まだ精神的に悩んでいる。戦争が終わったら何をすべきかということについてだ。大金をはたいてオーストラリアで大規模に小麦を作るより、コーンウォールで鶏卵業をしたほうがいいだろうか、貧しくとも心の安らぎがある生活をしたほうが、物質的な富よりいいのだろうかなどと悩む。いや、単に農業で失敗することを恐れているだけなのか。

## 一九四五年五月一三日　日曜日

この二日間、雨が更にひどくなり、カエルの合唱もますますうるさくなっている。数日前、何人かの男たちが、カエルを捕まえて古い袋に入れ、翌朝まで閉じこめ窒息させて、蝿取りの餌に使っていた。学校の牧師だというそいつらが、東洋人は残酷だと指さして言うのだ。ヨーロッパ人も同じように、必要とあれば残酷になるではないか！私は奴らの偽善的態度と自分たちが世界で最も優れた民族だという考えが大嫌いだ。自分自身の欠点には目をつぶり、他人の欠点ばかりをあげつらう。「我々ならそんなことは絶対しないさ」と言う。また、ある時には、私の隣のやつが人の悪口を言い続けた。食事係が自分にたまたま紅茶を少ししか入れなかったといって文句を言うのだ。なんと心の狭い奴らなのだろう。労働者階級に支配されたら、我々は一体どうなるだろう。彼らはとびきりの無知で浅はかにも関わらず、その中から優れた知性を持ち大衆を支配する訓練を受けた者が必ず出てくるのだ。

ここ二晩続けて、ほぼ同じ時刻に同じ方向に空襲警報が出た。全てが静かになったから戦争は終わったのだと思う者もいるが、先月も満月の後こんな状態だった。

今、『ローマ・ドーン』を読んでいる。白癬を患っていた一三歳の時、ベイカー先生のクラスで読んだ覚えがある。もう一冊チェスターの司教の本を読んだ。H．G．ウェルズの『（新）世界秩序』やピーター・ドラッカーの『経済人の終り』を引用していた。これらの引用は、読むに値する。

## 一九四五年五月一八日　金曜日

隣の男が、『ボギー大佐マーチ』と辛い理学療法の時に流す日本の曲の二曲しか吹けないのに、それらを口笛で一日中吹き続ける。これほど耐え難いものはないだろう。ヨーロッパでの戦争による人間性の喪失について話をした。ある男はロシアの悲惨さについて、「ロシアの惨状は壮大な曲を生み出すほどだ」と述べた。この音楽の天才は、更に鳴ったばかりの初めて聞く集合ラッパや空襲警報をまねて吹き自らの才能を示して見せた。私は午後場所を移らねばならなかった。隣で寝ている奴ら二人（特に軍曹）が、この地区に本を運んでくる図書係をひどくこき下ろし、偏見と差別に満ちた自らの下劣な本性をあらわにした。そして、一度文句を言っただけでは事足りず、騒ぎを起こした。実際はそのうちの一人だが、奴らは図書館なんて何の価値もないとけなし続け、こう言った。「地獄へ落ちろ、どうしてここに入ってこなければならないんだ。」そして、数日前に新しく収容所にやって来たばかりの部隊についても同じようなことを言っている！あの男は、同じような状況になったら、真っ先に愚痴を言うだろう。ああいう奴らを軽蔑する。何と腐った役立たずなのだろう。神よ、我々を労働者階級の支配からお救い下さい！

『キリスト教』と『世界秩序』には「自分の行く道が分からなければ、人は一歩も先に進めない。」という言葉がある。イギリス人の持つ馬鹿でどうしようもない自惚れ屋の態度について駐日米国大使が文句を言っていた。「一体、イギリス人はなぜ窮地に陥るまでぼんやりと過ごすのだろうか。」彼らは、自尊心が高すぎて、行動しようとしない、自分たちのためにさえも。せざるを得ない状況になるまではしないという欠点だ。しかし、どんな自尊心だというのか。

## 一九四五年五月二二日　火曜日

チージーから手紙が一通届いた。葉書の四分の三サイズのティドリーの写真が入っていた。四歳半になっているが、どうしてチージーは自分の写真も一緒に送ってくれないのだろう。

ここ二、三日、とてもいい天気だ。

隣の男が、夜間に白い蚊帳をシロアリに食われ、ずたずたにされてしまった。私のは幸い大丈夫だった。

また手紙と葉書を八通受け取った。一九四三年七月付の母の手紙に、私の二通目の手紙を受け取り、私が無事でとても元気でいると知って、皆ほっとしていると書いてあった。

今、一八八二年に初版が出版されたF・アンスティの『逆転の原理』という面白い本を読んでいる。ホームシックにかかった少年の学校時代の物語だ。もっと夜が長ければいいのに。このところ霧雨が続いている。

日本兵は収容所の規律が乱れると言って、全てのスポーツを禁止してしまった。三月二四日木曜日には、夕食にナシゴレンやかなりの量の豚肉が出た。まるで全英連邦祝日のお祝いのようだった。

## 一九四五年五月二六日　土曜日

タイ人は昨夜何曲も歌を歌っていたようだ。また、パゴダの辺りで鐘の音もしていた。収容所に連れてこられたタイ人の女が水を運んでいる。一般作業小屋は、現在収容所から隔離され、大通りの西側も含めて、一～一〇番と一六～二五番に減らされている。

バンコクが非武装都市になったという噂がある。部隊の移動がかなりある。

## 一九四五年五月二七日　日曜日

今月ももう終わりに近づいている！私は回復小屋に戻ってまた理学療法を始めた！明日、五〇〇人の部隊がここを発つ予定だ。体重がここに来た時と同じになった。六四キロに戻った。前回量ったのは三週間位前だが、六六キロあった！今はそれより減っている。一体どうしたのだろう。甲状腺腫瘍のせいだろうか。

朝鮮人の我々に対する態度がとても良くなってきた。一体、何があったのだろう。小屋から外を見ていると、緑と影と光がスライドの絵のように見える。椰子や灌木の深緑、その背景には青い空があり、小屋の壁を通してピンクの太陽の光が降り注いでいる。乾ききった三ヶ月前とはがらりと変わり気持ちがいい。マンゴーの木には葉が生い茂っているが、実はなっていない。その他の木々にも皆ぎっしり葉がついている。至る所で色々なものが育っている。各小屋に二五羽の子ガモが割り当てられ、一人が世話をしている。最初の週、理学療法の回復クラスには、三〇人しかいなかった。なかなか礼儀正しい人たちだった。昨夜は雷と稲妻が激しかった。

小屋の南側は内側に倒れてくる恐れがあり、いつでも自分たちで支えられるようにしていなければならない。稲妻の光が当たって、幽霊のような灰色の影が映っている。自然の力の前では、ココナッツの木は折れ曲がり垂れ下がるしかなかった。カエルはケロケロと楽しそうに鳴いていて、時々、寝床の板のすぐ近くで、耳が聞こえなくなるほどうるさく「合唱」をする。

## 一九四五年六月五日　火曜日

六月だ！

昼頃バンコク方面で対空砲火があった。我が連合軍はいつここで事を起こそうとしているのだろうか。

ビルマ・タイ国境あるいはマレーシア・タイ国境辺りの道路で働いた後、一五〇人が収容所へ戻って来た。酷い状態だ。収容所での初日に二人死んだ。元気な者が病人を迎えに行ったが、彼ら自身が病気になってしまった。収容所の食べ物はご飯と乾燥野菜で、薬はない。一四～一六時間の労働だ。

最近、三晩続けてゲイになった夢を見た。これは全く奇妙な事で、もしチージーがそれを聞いたら、絶対に許してくれないだろう。理由は何だろう。私はずっとカナダへ帰る事を考え続けてきた。

激しいにわか雨が降り、そしてその後に輝かしい陽が差した。

小屋の中でまた変更があり、三人用の場所に四人となる。全長三メートルだから一人に七五センチしかない！理不尽な話だ！我々自身の管理部が配置したのだ。これではつるはしやシャベルで一日中働いた後で体力トレーニングをするようなものだ。日本兵にへつらって計画を立てる馬鹿者は、実際はどうなるかを想像しなかったのだろう。最近この収容所へ戻って来た者の健康状態は、ここでの治療作業が何とも実にいい加減なものだと言う事を表している。演劇『第二・・夫人』があり、二回の上演があったが、両方とも天候に左右されて一回目は三分の二、後のは全員参加となった。舞台装置も衣装も良かったし、女役を演じた者も上手だった。

## 一九四五年六月一四日　木曜日

明日は、一九〇五年のロシアの降伏を日本が祝う日で一日中休みだ。しかし、祝うにしては国家の何と大変な時期なのだろう！この非常時にお祝いなどしている場合ではないだろうに。もし連合軍が負けそうになっていたら、勝利のために全力を注ぐだろう！それとも、タイにいる日本人が面目を保つための祭日なのだろうか。現在の戦況は彼らに何の喜びも与えていないので、祝賀をすることによって何らかの慰めを得ているのだろうか。

今週は綿を回転機に入れて、殻から綿を取り出す選別作業をしている。綿の木は今や根こそぎ抜かれて、土地は何か他の物を栽培する準備がされている。すえた汗の臭い、汚れた衣服や男たちのするいつもの癖は近くにいて気分が悪くなるが、今の状況ではどうしようもできない。

日本軍の司令官が、あるオランダ人が世話をしている白い小さな種馬に乗って収容所内を視察して回った。

自分の歌、そして教会のオルガンの音をまた聞きたいとどれほど願っていることか。私は幼い一一歳の頃に、オルガン奏者ジョーンズ氏の演奏を聞くために一五分も早く教会へ出かけた事を今でもまだ覚えている。その時の様子を鮮明に思い浮かべることができる。ぼんやりとあの懐かしい教会が見える。情景が思い浮かび、あの雰囲気が恋しくてたまらなくなる。

私の右側にいる男は仰向けに寝ていて、体中の吹き出物やかさぶたなどあちこち触っていて、気分が悪くなる。それに加えて彼は鼻をほじるのだ！これからの私の生活の中で、神が私に望まれることを私はできるだろうと感じている。私のように、この年齢になっても自分自身にふさわしい職業を見つけられない者が他にも多くいるに違いない。それに自分が何をしたいのかよく分からないので、物事を進める前に精神分析医の助言を得たいと思う。

彼はいまベッドの端のほうへ自分の毛布を引き寄せている。やれやれだ。そして虱を探したり自分のかさぶただらけの体をいじっている。うっ。

私は今ウイリアム・メイクピース・サッカレイ著『俗物の書』を読んでいる。その中に八世紀末のアイルランド貴族の『ボギー・リンドンの回想録』という冒険小説が載っている。

## 一九四五年六月二一日　木曜日

日曜日以来、私は第五番小屋にいる。ここ一ヶ月間、毎週移動させられている。太陽が暑く、肩が痛む。別の班では、仲間同士で仲が良くなったり悪くなったりの関係を繰り返している。皆で分担する作業や検閲を受けねばならない作業を二、三人がさぼろうとする。芝土で補修している土手は雨で崩れてしまった。

赤十字からの支給物資が配給された。四人に一本の歯ブラシ、三インチ（七・五センチ）四方のビスケット五個、何かコールタールのような匂いがする大型の石鹸。浴用石鹸があるなんて結構な待遇だ。足を洗うにはもったいなくて使えない。石鹸はとても貴重だ。タバコは一人に一オンス（約二八g）ずつだ。私はピーナッツ、砂糖、油、塩づけ豚肉があるのを見たが、貯蔵庫の奥に戻されてしまった。一人分しかなかったからだろう。更に多くの日本兵が土手の向こう側にある日本軍病棟へ運び込まれたが、病状は実に悪そうだ。我々の小屋の数は二〇棟位に減っている。

五〇〇人の部隊が一週間後に移動し、出て行くことになっている。爆撃音が頻繁に聞こえた。朝鮮人たちは今や彼らの主人である日本軍に対してかなりひどい悪口を言っている！彼らへの待遇はほとんど我々捕虜と同じだ！

## 一九四五年六月二三日　土曜日

今日は移動だ！出発前に日本兵による検査があった。

土砂降りのため我々の装備は濡れ、地面は泥んこ状態。パン二切れ、卵二個、リッソール二個、大きいプディングを入れてある配給雑嚢も泥だらけだ。それぞれ二七人ずつトラックに乗り込んだ。朝鮮人でなく日本兵が、我々皆が見えるところで銃弾を五発装填し、逃亡しようとする者は誰でも銃撃するぞと語気を強めて言った。日本兵が我々と共にトラックに乗り込んだ。今までには決してなかったことだ。

## 一九四五年六月二四日　日曜日

空襲警報が出た後に、我々は午前二時から三時の間に移動した。ノーンプラードゥクを少し過ぎた所まで移動し、ジャングル内の野営テントに落ち着いた。カーンチャナブリーで何かが起きたに違いない。我々は激しい襲撃の目標にされていた。ジャングルの中のトラックから僅か一五メートルしか離れていない所にいたので、ひやひやした。ビラが落ちてきたが、日本語で書かれていて片面には崩壊している家の絵があった。

## 一九四五年六月二五日　月曜日

ノーンプラードゥクからまだ三キロの所だ。

## 一九四五年六月二六日　火曜日

ノーンプラードゥクの古い収容所まで行軍したが、そこは炊事場と水を得るのが難しい所だった。日本軍はその日の休憩用に食料の準備はしていたものの、彼らのやり方は要領が悪かった。夜をそこで過ごし、戻ってきた。

## 一九四五年六月二七日　水曜日

我々は午後五時か六時頃出発してカンポンブリまで行軍し、午前一時か二時頃に到着した。三個のランプを灯して効率よくコレラの予防接種を受けた。

破壊された鉄橋

ターマクハームの木橋

我々はターマクハーム川の南東側に着いた。川には三つの渡り間のある鋼鉄とコンクリート製の橋がかかっていて、はるか下流には修理中の木製の橋があった。

落ち着いてから、炊事班は日本兵に川の対岸へ連れて行かれ、大きな丸太を転がしたり持ち上げたりの作業をした。飲み水は乏しく太陽が暑かった。一〇時三〇分頃食事をして再び仕事を続け、とてつも無い重い木材を抱えて対岸へ戻った。

川の冷たい水でかろうじて体を洗うことができた。気持ちが良く満足だったけれど、死体の臭いがした！日本人が大勢通り過ぎたが、彼らの様子が恐ろしい程に酷かったので彼らの死体かもしれない。女性が二人、ターマクハームを夕方に出発し、早朝に到着する。

## 一九四五年六月二八日　木曜日

ケンサオの澄んだ流れの水は冷たかった。雨漏れのする貨車は人間の排泄物でひどく汚れていて、まず掃除をしなければならなかった！病気の日本兵も使っていたので、臭いがひどかった。我々は一日中ここにいて、線路沿いの汚い場所からすくった水を飲料用に煮沸した。土砂降りで、トラックの後部荷台の木枠からも雨漏りがしていた。悪臭は依然として続いていた。背中を弓なりに曲げて座っていたので背中の痛みと足の痙攣を引き起こした。皆は便所へ行くために小屋を出る時、自分たちの装備をまたいで行く。寝るのはほとんど不可能だったが、何人かが連れて行かれると、どうにかぎゅうぎゅう詰めの状態ではあるが寝ることができた。男たちの汚い水に濡れて湿った足の爪先が間近にあるのは不快だが、足の濡れたまま、冷たい隙間風の入る所で凍えて起きているよりはましだった。小川での爽快な水浴びさえも烏の行水、全てに「スピード!」の指示だった。衣服は濡れていたが帰る途中で乾いた。食事は、大体一日に二回、午前一〇時半頃と午後六時半頃だ。見張りの日本兵たちと一緒にスポーツをすることがある。彼らは捕虜と一緒にやるのは初めての経験のようで、かなり神経質になっていたが、総じてなかなかいい奴らだ。捕虜たちは既に回帰熱にやられている。ジャングルでの仕事が始まるとますます悪化するだろう!

**一九四五年七月一日　日曜日**

今、鉄道のビルマ側終点から約一一四キロの地点にいる。トラックの中で寝たが、チクチクと咬む小さなチョウバエにひどく悩まされた。隙間もないぎゅうぎゅう詰めの状態で寝たが、起きているよりはましだった。

**一九四五年七月二日　月曜日**

我々は午前中ずっと屋内にいた。その後で日本兵が隠し持っていた大量の物資を積み込んだり降ろしたりする作業をした。仲間の一人が五〇フィート（約一五m）も行かないうちに気を失い、自分で歩くこともできなかった。前を歩いていた男たちが立ち止まるまで、誰もその倒れた者に気がつかなかった。自発的に担架で運んでくれる者を探したが、大変な仕事なので九九パーセントの男たちは関心を示さず反対側を通り過ぎていった！我々は何という国民なのだ。倒れた者を死なせる気なのか。ジャングルのど真ん中の収容所で、オランダ人のヴァン・ムーラーに会い、二人のオランダ人陸軍旗手に紹介された。軍隊生活に辟易した後だけに、とても親しみやすい心を和ませてくれる人たちだ。彼らは私の装備を小さな小屋まで運んでくれた。そこにはオランダの五〇〇人部隊の上官たちもいた。ソンクライというのはこの辺りの土地の名前のようで、鉄道の南の起点から二九九キロ地点にある。収容所に向かって行進している時、戦闘機が二機頭上を飛んだ。皆が命からがら線路のジャングル側に飛び込んだ。二機は一五分したら戻ってきた。その後、ほとんど逆さまの状態で旋回してきた。一〇〇人用の小屋に二〇〇人もが寝起きしていることが分かった。一二インチの間隔で一四人から一六人の男たちがまるで鰯のように互いの頭と足とがくっつくような状態で寝ている。日本兵の許可がないので便所も足りない。衛生部隊も同じ状態だ。あたり一面泥だらけだ！

## 一九四五年七月三日　火曜日

ここでの二日目だ。ある男が大きな重い短刀で頭を殴られ、足も銃剣で突かれたらしい。口を開けば、自分たちが捕虜だということを忘れるなと言う担当の日本軍准尉に我々は文句を言った！このことで、我々は酷い扱いを受けるようになるだろう！更に文句を言ったら、「他の収容所ではもっと酷いぞ。捕虜は水面僅か一フィート（約三〇cm）の所で寝ているのだ」と言われた。何という論理だ！事のいきさつは別にして、オーストラリア兵が罰せられると皆が思った時、ナコーンパトムでコウツ大佐が言った言葉を私は思い出した。「私はこの男をどんなふうに罰したらいいのだろう。私は国へ帰ったら、また彼と一緒に暮らしていかなければならないのに」と。ここにいる大勢の兵士たちはこんな戦場に送られるべきではなかったのだ。雇用されている一〇〇人あまりの男たちは、交替になるはずだったのに収容所にそのまま取り残されたのだ。これはコウツの責任だ。更に言えば、大勢の死のほとんどの原因は我々連合軍側にあるのだ！

## 一九四五年七月五日　木曜日

ここはジャングルの泥沼の中だ。男たちは午前八時三〇分に出かけ、午後八時から九時の間に帰ってくる。重労働をした後に米と臭い魚の食事だ。そして、翌朝午前六時には整列させられ、また仕事に出される。一体全体どうしたらいいのか。ありがたいことにここでの食事はまだましなほうだし、ご飯の量もまずまずだ。朝と夜遅くに炊事場が混雑する。病人が午後八時三〇分の点呼の後で整列させられ、それが九時か一〇時頃まで続く。その後で担当の日本兵に報告しなければいけないからだ。曹長は緑色の襟のないシャツを着ている。格好からすると、どこかで人力車の車夫をしていたに違いない。昨日上空で飛んでいた飛行機には英国空軍機の印があった。日本軍には医薬品は何もない。その上、作業用の道具はぼろぼろになっている。作業部隊は丘の片側で兵器やタンクトラップ（戦車の前進を阻止するための障害物）を運ぶためにトンネルを掘っている。日本兵士官はこの作業命令を下したものの、戦争にもううんざりしているようだ。

## 一九四五年七月八日　日曜日

ここ数日で、日本軍の実態が暴露された！この二日間、担当日本兵は本当に療養が必要な病人を毎日一〇人ずつ仕事に追いやった。その結果、平均三人ずつが倒れた。日本兵は病人には軽い仕事をさせることを約束する一方、他の「元気」な者には通常の作業量の二倍の仕事をさせた。運んでいる物の重さに耐えかねて作業の効率が落ちた仲間たちは、銃剣や竹で突かれ、拳で殴られた。仕事に出かける者たちは作業場までジャングルを通り抜け、三キロから五キロ歩く。ほとんどの男たちは長靴もはかず、洗う時間もないためにぼろぼろの「ふんどし」だけだった。午前七時三〇分に出発し、午後八時三〇分から九時の間に帰ってくる。病気になりかけの者たちは慌しく暗い中で朝食も夕食も食べる。日本兵からランプの貸与はなく、変わりにオランダ人部隊が病人たちにランプを貸している。その後、午後一一時の消灯まで一時間位雑談をする。仕事、食事、寝るだけだ！担当の日本兵曹長は、本人でさえ自分が何を考えているのか分かっていない。昨日、曹長は病人三人が風呂に入っているのを見つけ、その三人を川から砂を運ぶ仕事に就かせるように私に言った。土手は険しくほとんど垂直だ！私も手伝った。雨の中での作業の後、一人が心臓に負担がかかり倒れた。たった五分ばかり風呂に入ろうとして、持ち場を離れ一〇〇フィート（約三〇ｍ）ばかり歩いて行ったというだけで病人を働かせるとは如何なる理由からか。日本兵は、捕虜は病気の時には風呂に入ってはいけないし、風呂に入れるぐらいならば病気ではないのだと答えた！病人の世話をする十分な人手もなく、どうしようもない。一晩中、雨が降り続く。便所は溢れるし、至る所ぬかるんでいる。インコが数羽いる。タマジョーでインコの世話をしていたことを思い出す。

## 一九四五年七月一二日　木曜日

今、激しい雨が降っている。この一週間、とにかく毎日毎日雨が降った！昨夜、砂糖と野菜を積んだトラックがジャングルの泥沼の中で立ち往生した。砂糖は半分が濡れていた。ひどくぬかるんだ道をトラックで恐る恐る走った日々を思い出した。穴ぼこだらけで木々の倒れ込んだ山際の坂道を足首まで泥につかって重たい鎖を運び、小さなスナバエに体中を咬まれた。トラックを引き上げた後、またタイヤが滑って溝に落ち込んだ。そのままにして暗闇の中を歩いて帰り、線路上で二時間待った。その後、担当の日本兵から収容所に帰れと言われ、午前三時にやっと帰り着いた。午前七時まで寝た。起きてから、また仕事に戻った。私は一〇〇キロの砂糖袋を何度も運んだのでへとへとになった。病人が仕事に出かけなくてすむように私自身が作業に出かけた。今朝もまた日本兵が病人四人を砂利の運搬に駆り出そうとしていた。くそったれ！

## 一九四五年七月一八日　水曜日

ここ二、三日、反連合軍のプロパガンダに洗脳された日本兵の捕虜に対する本音を表すような出来事があった。日本兵たちは我々にジャワ人クーリーたちと一緒に米袋を運ぶように命じた。何人かは一、二回しか運べなかった。主だった作業班でも同じようなことが起きていて、病人たちが地面に叩きのめされたり、からかわれたりしているのを見かけた。通常の二倍の仕事量で、収容所に帰るのも午後八時半から九時と遅く、朝はまだ暗闇の中を出て行く。辺りは泥だらけ、ぬかるみに泥、怒り狂ったように歩き進むジャングルの小道。昨日、一人の日本兵が怪我をした男に食券を渡さなかった。何て意地の悪い奴だろう、人間のくずだ！そして挙句の果てに受け取るはずの者ではないと嘘を言う！食べ物は幸いにも実にうまい。しかし、生野菜が全く無いので、多くの者がビタミンC不足や舌の炎症を起こし、熱い食べ物が口にできない。喫煙などは論外だ。

## 一九四五年七月二七日　金曜日

今日はマラリアに罹ってから後、初めての移動日だ。去年一二月に手術を受けて以来、初めてのことだ。脾臓が胸や心臓を圧迫して痛みがあるので、一九日は一晩中眠ることができなかった。やっとの思いで二〇日に横になった。背中、足、関節に痛みがあったが、熱はそれほど高くはなかった。オランダ人医師が二人この収容所にいたが、薬が無くては病状をどうすることもできない。医者さえいれば病気は治せると考えている担当日本兵が更に苛立ちを募らせている！ここにはキニーネが無い。もうすぐバンコクから届くといういつもの空約束が繰り返されるだけだ。

二五日に仲間の一人が初めてチフスで死んだ。［一九七七年　埋葬式をした。幸いまだ小さい新約聖書があった。］　オランダ兵が野の花で作った花輪を手向け、ジャングルの中の小さな墓地へ続く小道に沿って病人たちが整列した。

このところ、天気がよく青空が広がっている。満月となり、何かいいことがあるかもしれない。

最近はそれほど無慈悲に働かされることもなく、事態は好転してきている。私の部隊は総勢一六五人いて毎日平均五〇～六〇人の病人が出ている。男たちは戦争の終結が視野にあるので、精神的にはかなり良くなってきている。しかし、ここに来て以来、何の情報も与えられていない。

## 一九四五年八月四日　土曜日

二七日にまた脳マラリアで一人死んだ。担当日本兵が葬儀に参列した。そして、南部の収容所での劣悪な状況からすれば、彼の死は極めて当然なことと皆が考えている。［一九七七年　日本兵の態度から察すると、日本は敗北したようだ。もし、日本が勝っていれば、おそらく態度が違うはずだ！］

孤立した三五人の部隊のうちの四人が死んだという噂を聞く。ニーケの近くで働いていたとすれば間違いないだろう。二、三日晴天が続き、作業班のためには良かったとつくづく思う。

小屋の近くの日本兵歩哨がしばしば任務中に眠っている！

二日前、九人の男たちが病棟小屋から引っ張り出されて作業班と一緒に連れて行かれたが、彼らは極めて軽い仕事を与えられ、休憩も認められた。私はもう一人の男と一緒に雄牛の足を二本、収容所の外にいる日本兵の所へ運ぶために出かけた。そして彼らが一面泥海に囲まれたジャングルのど真ん中の小屋に住んでいるのだと知った。周囲の状況は我々の収容所のほうが一〇〇パーセントましだ。

作業班は最近早く戻ってくる。しかし、男たちは酷くやつれ、憔悴しきった顔つきだ。切り傷や潰瘍で足を痛め、頬骨がげっそりと痩けている。男たちは睡眠不足と緑黄野菜の欠乏で病んでいる。担当日本兵はもっと多くの野菜を確保すると言うが、距離からしても到底ありえないと分かっている。卵も同様だ。厨房にいる大半のオランダ兵は真面目にちゃんと仕事をしている。担当者が二五〇ドルを受け取り、タバコ、砂糖、ピーナッツを注文した。後でもう二品も追加した。けれど、全部がきちんとここへ届くのか疑わしい。赤十字がキニーネと他の薬品を送ってくれたが、ほんの少量だった。輸血用乾燥血液の大きな箱が届いたが、それに付随する備品が無くては意味がない。

## 一九四五年八月一〇日　金曜日

私の誕生日だ！三五歳になったが、ありがたいことに気分は二五歳だ。本当に二五歳だったらなあ。気持ちはいつも若く、今後も変わらないだろう。ペギーからの手紙によると、三五歳になったことを気にかけているようだが、一緒にいられない状態で年齢だけとっていくのだから、女性にとっては心落ち着かないのが当然だと思う。共に三六歳になる時には、また一緒にいられるだろう。

昨夜、担当日本兵がすこぶる上機嫌だった。しばらくしてから、小屋の両側の男たちに質問をしてきたり、タバコや葉煙草をくれたりした。しかし、タバコはほとんど粗悪品だ。典型的な気分しだいの「プレゼント」だ。とりわけ多い我々病人に対しては何の慰めの言葉も無いのに、この愛想のよさ。その裏に何があるのか不思議だ。病人は一五三人中五六人、ほぼ三分の一の割りだ。病気でソンクライ病院へ移されている九人の下士官が二、三日中に南下してくるようだから、病気とは認められていない男たちが更に移動させられるのは必至のようだ。ニーケから伝わってくる噂からすると確かだろう。他の者も全員ここから抜け出せるといいのだが。担当官は育ちの悪いやつで、イギリス兵もいた前の収容所ではしばしば飲んで大騒ぎをしていたという。あいつは人に嫌がられることばかりしていた。

他の日本兵ですら、やつを好きではないようだ。態度ではっきり分かる。この男に代わって、ミツグシという若い日本兵がやってきた。作業班にとっては暴力を振ったり、悲惨な状況で働くことを強要するやつがいなくなり安堵している。報告書によると、仕事は今ではそれほど厳しくなく、担当日本兵は我々に仕事は徐々に楽になるだろうと言った。疑わしいものだが。

日本兵の乗った列車が二輌、二、三日前に南下していった。兵士たちの多くは皆非常に青ざめた顔つきだ。万々歳だ！公式には伝えられていないが、警護の日本兵の疲れきった顔つきから真実は容易に想像できる。午前中いっぱいとか時々丸一日、小屋とその周囲の片付けをした。運の悪いことに、我々の小屋は傾斜地の底部にあるため、このところ二日間雨が降り続いたので高い所にある他の小屋からの排水が全部流れて来ている。

故郷に帰ること、船が到着して波止場の群集を見下ろし、再びチージーと幼いティドリーに会うことをずっと考えている。喜びを分かち合う何と幸せな日になるだろう。年を重ねて母タニカはどんな様子だろう。きっとまだ元気で生きていてくれると思うが。オランダ人旗手と二人の軍医は立派な人物で、いちいち頼まれなくても我々のために何かと手助けをしてくれ、大変寛大だった。おととい、また死者が出た。赤痢でトーマス・マンチェスターが死んだ。彼は三七歳だった。捕虜番号一五七三二、部隊番号三六二五三八二。七月二五日に部隊番号七三七四〇二（捕虜番号一二〇八八）大英帝国軍医療班の兵卒ノーマンが一一時三〇分にチフスで死亡、二八歳七ヶ月。七月二八日部隊番号二五九一三三二（捕虜番号二二八七）大英帝国通信隊の兵卒G・ベイリー が午後二時二〇分、二九歳六ヶ月で脳マラリアにより死亡。

いつものようにほとんど眠れない。午後一一時三〇分、まだ雑用が残っている。そして整列をしている男たちを点呼するために六時三〇分に起床。現在班の人員を統括している卑劣なやつとは顔を合わすこともなく、せいせいしている。この三週間、飛行機は飛んできていない。毎日、朝食用に豆を挽いて作ったパンが焼かれている。昼食には米と魚の干物が一切れ、時々ほんの少しだがサンバルが出る。午後には米入りシチューと魚介類のサンバルもあった。たまには食事にナシゴレンがでる。でも野菜が不足しているので、きちんとしたものは作れていないが、今の状況からすればいいほうだ。それでも文句を言うやつがいる！他人の努力に対して何の感謝もしないやつが仲間内にいるとは信じ難い事だ。全く馬鹿としか言いようがない。

## 一九四五年八月一八日　土曜日

昨晩、明日の作業予定の連絡があった後、所長から突然明日は全員休みだと言われた。しかし、私には砂利を運ぶ男たちを割り振る仕事がある。もし我々が何もしなかったら、日本兵は休みになるのだろうか。この魂胆は何なのかと思った。今日午後遅くに、我々は彼の前に呼ばれて、屋外の仕事は終わったと言われた。しかし、実際には新しい仕事が始まっている。我々はここでどのくらいの期間待ち続けて、いつ自分たちの家に帰ることができるのか、皆目分からなかった！所長が米は十分にあるが、野菜の入手が困難だということを話した。イギリス兵たちの一小部隊と大勢の日本兵を乗せた満杯の列車が何輌も南下していった。

## 一九四五年八月一九日　日曜日

アメリカと日本が平和条約に調印して戦争が終結したと、調理場の日本兵が、オランダ兵に話していたという噂を聞いた。何かの報告か宣言文が読み上げられた後、日本兵は四、五分間直立不動だったとのことだ。今朝、その調理場担当兵が、通訳に戦争が終結しアメリカと日本が和解したと伝えた。神に感謝だ。全てが終わった。これで待ちに待ったイギリスへ帰ることができる。チージーやティドリーにやっと会えるのだ。母タニカはどうしているだろう。この国でこれから何が起こるのか、誰にも分からない。しかし、日本兵によると、我々は故郷へ戻され、日本兵も当然日本へ送還されるようだ。連合軍が自分たちの目で確認するまで我々捕虜をここに留め置くように、日本軍に命令をするかどうかは現時点では不明だ。「祝うべき」この時期に、皮肉にも私はオランダ兵医務官に、バチルス性赤痢に罹っていると言われた。それが胃の腫れた原因で、二、三日続くだろうとのことだった。私は病室に行かなければならないが、面倒なことだ。今日の午後、全ての隊の隊長が日本軍所長に呼ばれ、正式に戦争が終わったこと、日本兵と我々は同じ立場で仲間であるということを伝えられた。彼らにとっては選択の余地がないとはいえ、虫のいい話だ！私は赤痢に罹っているためにこのまたとない場に出られなかった。食器にはずっと細心の注意を払っていたのに！責任は、我々を担当していた当番兵があまり衛生面に配慮をしていなかったことにある。日本兵と捕虜の間が険悪にならないように気を使っている通訳がとても親切なオランダの商人で日本兵には低姿勢だ。その日の遅くに、我々はいつも通りに日本兵に死亡者の報告をするようにその通訳に言われた。赤痢に罹って死んだクレバー軍曹を含め、合計四人だった。私は自分たちの隊の者に報告書を提出すると言って反対したが、通訳が再度頼みこんできたので結局、事を荒立てないように折れた。

ほとんどの者は、戦争が終わっていることを知らない。日本は降伏を強いられたのだと思う。赤痢は酷い病気だ。下血が続いて体が衰弱してしまう！皆、骸骨のように痩せ細ってうろうろ歩き回っている。吐き気を催す者や粥しか受け付けない者もいる。いずれにしても、体はどんどん弱っていく。代わりの者が受け取りに行ったが、収容所長は半病人への報酬の支払いを拒否した。通訳はそこにはいない。所長は部隊長が戦況による立場の逆転につけこんでいると、ひどく怒り鞘から半分刀を引き抜いた。しかし、しまいには何とか気を静めて、当初状況がはっきりしていなかったからだと説明した。実のところは、少尉が捕虜として当然払うべき敬意を上官に対し示さなかったことに彼は腹を立てていたのだと思う。戦争が終わった今、彼は我々に何を望んでいるというのか！現況をしっかり把握しているのだろうか。仲間の何人かはソンクライの食糧配給班に志願し、砂糖袋や油缶を勝手に取り込んでいたが、もちろん日本兵は何も言わなかった。砂糖は小屋の者たちにちょうどうまく二ポンド（約〇・九kg）の瓶一本ずつが分けられた。仲間の一人は、元サーカス団員の詐欺師役だったが、我々の中では性格が良くて正直者だ。どこからか一一羽のアヒルを捕まえてきたが、それらを持ち込もうとして、オランダ人の見張りに阻止された。

## 一九四五年八月二二日　水曜日

私は若鳥の分け前を貰った。正直なところ、赤痢を患っているので食べるべきではなかったのだが、戦争が終わって皆ほっとし、もうじきここを出て行けるのだという気の緩みから、つい食べてしまった。

## 一九四五年八月二三日　木曜日

早朝の起床ラッパと午前九時の移動の前に、私は皆に仕事の段取りと不満も言わず仕事をしてくれたことに対しての感謝の気持ちを伝えた。不満をほとんど言わないというのは、イギリス人にとって非常に稀有なことだった。我々は三時間線路の上で待機した。

ナコーンパトムを出発したのは、二ヶ月前の今日だった。列車がやっと到着して、我々は後ろの車輌からどっと乗り込んだ。汚い車輌もあった。収容所を後にしてやっとひと安心した。ニーケで三五部隊、他オランダ兵と駅のある収容所からとで合計九五人だった。何人かは実に酷い状態だった。一人は赤痢を患い、左脚に潰瘍ができているために何日も洗っておらず悪臭が酷かった。その左足を袋で包んでいた。彼がいた収容所では日本兵による扱いが酷く、早朝から夕方遅くまで働かされ通しだった。死者は暗闇の中、仕事の終わった後に埋められた！酷い奴らだ。どうやって償おうというのか。四〇キロ進むのに午後一時三〇分から六時までかかった。ワンポーに到着するまで、エンジンが一つしかなかったために何度も何度も止まった。予定通り、八月二四日の午前八時にカーンチャナブリーに到着した。黄色いくそ野郎が「スピードを出せ、こらっ！」と言うかわりに、「急がなくてかまわないよ。用意ができたら収容所まで来なさい」と言った。私は窮屈な体勢だったので、昨晩は全然眠れなかった。いや、急に目が覚めたので一時間やそこらは寝たかもしれない。我々は収容所に到着したが、私はひどく疲れ果てていた。そこは鉄道のかなり近くにあり、驚くほど大勢の士官が収容されていた。我々はそこに落ち着いて、米と豆とゆで卵とパン一切れを貰った。

## 一九四五年八月二八日　火曜日

我々は、口の中でとろけるような美味い食事を貰っている！野菜は地元で取れたものを使っており、ほうれん草のような匂いがする！ピーナッツバターだ！卵が時々食事に付いてくる。単品か、他のものと一緒に茹でてある。それに加えて売店では、卵を一個四〇セントで売っている。しかし、英国通貨一ポンドが八〇バーツのレートの時にはそれほど高いとは思わない！

正式な降伏文書は、昨日バンコクで署名された。そして昨晩、全ての日本兵は武器を差し出さなければならなかった。日本兵が乗っている列車が何輌か通り過ぎていった。日本兵がぎゅうぎゅう詰めにされていて、屋根の上にも座っているのを見た。昨日、英国陸軍士官と英国空軍軍曹がパラシュートで降り、収容所にやってきた。彼らは無線通信機を持っていた。日本兵全員が月末までにサイゴンに送られることになっている。せいぜい楽しむがいい！多分、奴らが移動した後、我々が移動の対象になるだろう。

赤痢の症状はここ数日次第に良くなってきている。しかし、まだ日に八～一〇回は便所に行っている。腹の痛みはなくなってきたが、まだ便には少し血が混じっている。粉薬を三服、総合ビタミン剤六錠、ビタミンB三錠を毎日飲んでいる。まともな物を食べれば、元気を取り戻し、何日もしないうちに普通の状態に戻るだろう。こういう薬を全部仕舞いこんだ挙句に、何百人も死なせてしまったこの黄色い豚どもに、どんな処罰が下されるだろうか。ああ、人間のくずだ！

## 一九四五年九月一日　土曜日

今日はかなり興奮した。大型飛行機が二機、収容所の近くまでやってきて、一機は二回旋回した後、プレイヤーの煙草が入った木箱を落とし始めた。一人につき一〇箱あった。他にも入っていたようだが、それが何かは教えてもらえなかった。

ニュースによると、日本軍捕虜収容所にいたヒース、ステントン、トーマス、その他の司令官が、今日カルカッタに到着したそうだ。ヒース司令官が無事でいてくれてよかった。

米とかぼちゃ入りの水っぽいスープと、ビタミンのない食物、というひどい食事を摂っていた我々にとって、今の食事は贅沢すぎるぐらいだ。つい食べ過ぎて、胃腸を壊してしまう者がたくさんいた。［一九七七年　今までの年月を考えれば、誰も責められはしないだろう。］

アマンチンの注射をしているのに、赤痢がまだ治らない。ここ二晩、八回以上も水様便の下痢をし、大量のガスが出て胃腸が痛んだ。今日はまだ便が出ていないが、これはアヘンを飲んだせいだろうか。病人が一日に三〇〇人ずつ、ナコーンパトムから飛行機で輸送されている。噂によると、ラングーンへ行き、そこからバンガローかディオラリに移り、その後、おそらくボンベイを経由して船で国へ帰るようだ。

## 一九四五年九月二日　日曜日

戦争は終わったが、お互いに対する寛容さのような、人と人との関係には何の変化もないようだ。たとえば、今朝イギリス下士官で食事係の看護兵が数人、食べ物を運んできて、馬鹿みたいに大声でベッドに横になっている患者たちに向かってこう喚いた。「めしは自分で取りに来い、寝たきりじゃないんだから。俺たちだって病人なんだぞ！」自己中心的で仲間を助けようとしない！世界の秩序を立て直さなければならない時に、一体この態度はなんだ。寛容さと無欲さこそが、きちんとした基礎を築くのに必要な時なのに、これがイギリス人の特性なのだろう。いつもお互いにいがみ合っている。こいつらは、長い捕虜生活で何も学ばなかったのだろうか。戦争に積極的に関与してこなかったイギリス人は、自分では何もせずに他人が頑張って勝ち取ったものを享受している。それなのに、社会における自分の存在を正当化するための努力を全くしていない。

今朝早く、五〇〇人が列車に詰め込まれバンコクに向かった。僅か三〇分前にそれを知らされたのだ！我々はいつ発つのだろう。今、我がいとしのチージーは何をしているだろうか。クリスマス用のすもものプリンを作っているだろうか。それとも、私の到着の知らせを今か今かと待っているだろうか。ほとんど米だけを食べてきた三年半のジャングル生活の後、再びイギリスの海岸を見るのはきっと最高の気分だろう。通りの店を見て歩き、顔にかかる霧雨や寒さを感じ、また合唱隊で歌うのだ。元のように元気になれば、私の声もきっと戻ってくるだろう。

私は今、流動食を摂っている。固形物は胃にもたれるので、この方が調子がいい。アヘンが効いてきたのか、下痢が止まってきた。九時半以降、次に便所に行ったのは一〇時半だった。赤痢菌は無くなったのだろうか。昨日はまだ、アマンチンの注射をしたが、おそらく、アヘンを飲んだので最初に二回注射した時のようなことにはならなかった。病院での看護兵の無能さはまだ目に余る。ちょっと聞けば済むことなのに、なぜ各種病人食の正確な数を把握できないのか理解に苦しむ。やり甲斐のある仕事なのに、どうしてきちんとやらないのだろうか。

その日遅くなってから紙と封筒を与えられ、家に手紙を書いてもいいと言われた。三年半、ずっと二五語以内で書くように言われてきたので、急に自由に書いてもいいと言われても何だか変な気分だ。結局、紙を母とグレイコット宛に分けたので、手紙は一ページだけになった。急いで書いたので、残念ながら言いたいことがほとんど書けなかった。

昨日、更に多くの飛行機が物資を落としていった。幾つかは、パラシュートが開かず、地面に激突してぺちゃんこになり、練り歯磨きや肉や野菜の缶詰が、そこら中に散らばっている！今朝ここを発った五〇〇人のほとんどが病気で、健常者はほとんどいなかったはずだ！移動は一緒に行った大半の士官の都合だけだったのか。病棟の回診をしていた軍医でさえ、病人のことをすっかり忘れて、自分が逃げることしか頭になかったのだろう。輸血センターにいた病人たちも、そこで仕事をしていた人たちも皆連れて行かれた。大慌てで逃げたのだろうか、強欲な者は、全てを見捨てて真っ先に逃げたがるのだろうか。何たる利己主義か！軍医が本当に病人のことを考えていたら、行ってしまいはしなかっただろう。［一九七七年　平時であれば患者を見捨てて行ったりしただろうか。このような倫理に反する行為をすれば、おそらく除隊処分になるだろう。］　我々は赤十字基金から週二ドル貰っている。イギリス兵がほとんどいなくなったので、全てのオランダ人が炊事場に入っている。昨日投下された新聞は『世界のニュース』など、ほんの二、三ヶ月前のものばかりだった。一九四五年八月一九日付のものもあった！再び英字新聞を見て、本国でどんなことが話題になっているのかを知るのはとてもいいものだ。「間もなく帰国する」という定型電報を家へ送ることが許可された。

## 一九四五年九月五日　水曜日

トラックでナコーンパトムまで南下したが、そこへ行くまでの道中、道路はあちこちひどい状態だった。日本兵が運転したが、もう黄色い豚どもにこれ以上会うこともないだろうと思った！日本兵に、もっとスピードを落とすように言ってやった！道中の揺れが激しかったので、降りた時はへとへとだった。一〇〇フィート（約三〇ｍ）離れた便所に歩いていったが、帰ってくるのが大変で、もう少しで失神しそうになった。イギリス人はほとんどこの収容所から出ていき、オランダ人、オーストラリア人、病院の看護兵だけが取り残されていた。男たちは緑っぽいカーキ色のズボンをはき、ポケットは英国空軍の胸当て付きズボンのそれに似ていた。そして、上着は英国陸軍のようでなかなか洒落ていた。大量の物資が収容所に投下された。ボブにまた会えたのは幸運だった。この時は脂まみれのつぎはぎシャツではなかった！

## 一九四五年九月六日　木曜日

マウントバッテン卿夫人が収容所を訪れた。明るいビスケット色のスカートとセーターを身につけ、色の付いたハンカチをバンダナ風に巻き、運動靴を履き、赤い口紅をつけていた。全身流行のファッションだ。彼女の話し方は全く普通で、言葉遣いや身のこなしも庶民的にと努めているようだった。話しぶりは少し無理をしているように見えた。愛想を振りまく役目を果たすためだろうか。中将一人を含めた約一五人の随行員を従えて、整列する兵士たちの一人おきに話しかけていた！今頃になってここに来るなんて。兵士たちの状態が回復してきて、収容所が半分空になり、ベッドがきれいに整えられ、薬も豊富にある！これらの収容所を見ただけでは間違った印象を与えてしまう。北部の収容所の劣悪な状態や捕虜の労働環境などを見てもらうべきだった。本当はこれが実情なのに、本国に帰った後、酷い話の大半は誇張されているだけだと言うだろう。

## 一九四五年九月九日　日曜日

昨夜、私はオーストラリアに行きたいと名前を届け出たが、あとになって、そこに行くまでにかかる時間や、クリスマスまでにイギリスに送還される可能性を考慮し、考え直して届出を取り消した。しかし、名簿は既にバンコクに送信されていたようだ！チージーは私がクリスマスに帰国しなければ失望するだろうし、オーストラリアへ行くとなれば、帰るのが遅れてクリスマスを一緒に家で過ごせないので、ますます悲しむことだろう。だからオーストラリアへは行きたくない。名前を外してもらっていなかったら、どんなに後悔していただろう。しかし、ペギーの思いやロバートのことも考えた上で、もしオーストラリアへ行くとなれば、ボブがオーストラリアについて話してくれた事をもとに後でいろいろと決めなければならないだろう。とにかく現時点での一番の目的は帰国することだ。

食べ物は量的にはまあまあだが、時にはもっと多かったらと思う時もある。今日の朝食は、焼き飯と炒り玉子半パイント（約〇・二ℓ）、ビスケットとココアだ。昨日の晩は、脂ののった豚肉一切れ、潰したさつまいも、同じく潰したかぼちゃと野菜少々で脂っこい肉汁がかかっていた。しかし、とりあえず腹は満たした。実のところ、まだ胃腸の調子が悪いので多すぎるぐらいだ。かなりガスも出るし、下腹部は張っている。ひどい状態だ。だが、そのうちに治り、また走ったりスポーツを楽しんだりできるだろう。隣の小屋のオーストラリア兵たちは、毎晩大騒ぎをして、ほとんどの者は地酒で飲んだくれて金を浪費している。

天候は、時折雨が少し降り、コーンウォールでの少年時代の思い出を呼び覚ましてくれる。海岸に強く打ち寄せる波を眺め、崖の上に座っている。ただそれだけのこと、それをどれほど切望することか。懐かしいコーンウォールよ。

## 一九四五年九月一〇日　月曜日

昨日、給料を受け取ろうとしていた時、急に野戦病院からの指令がありナコーンパトムを出発した。地獄のような混雑だったが、一七〇バーツを手に、その場をやっと抜け出して救急車に乗り込んだ。しかし、日本人が働いている渡し船で川を渡ってすぐにパンクしてしまった。左側の車軸をあれこれ直そうとやってみたが、雨が降り始めたのであきらめた。それで、その場に一晩泊まることにした。かなり窮屈だったが、我々みんな雨にも濡れず何とか一夜を過ごした。

腹の調子がまだ少し悪かった。一回だけだが、道端へ用を足しに行かなければならなかった！今朝、タイの女の人にご飯、目玉焼き、えび、脂ののった豚肉、たけのこの煮物を料理してもらった！五人分で一〇バーツ払った。朝まで待って、一一時に数人の日本兵とおそらく生き残りだと思われる三人の慰安婦と一緒にシボレーのトラックに乗ることができた。

午後一時三〇分にバンコクに着いたが、人込みの中やビルの合間にいるのが何だかとても嬉しい気分だ。まるでシンガポールだ。我々は川を渡り、多くの運河を通り抜けた。ジャンク船やボートがひしめきあい、東洋のヴェニスのようだ。川の近くの広東人がタイ語で名前が書いてある学生かばんを持った男の子を渡し船で学校へ連れて行くところだった。八歳ぐらいの少年がプレイヤーのタバコをうまそうに吸っていた！病院に着いた。説明を聞いた後で一〇床ある病室に落ち着いた。真っ白のマットレス、蚊帳、毛布、洗面器に水道水、必要な物は何でもある。体を洗った後で、昼食を食べにベッドに戻った。ゆで玉子二個、白パン六〜八枚、ロースト肉数枚、オレンジと水のような飲み物だ。午後、身なりをきちっと整えたオランダ人女性がやって来て、葉巻タバコとタバコ一箱をくれた。その女性を見て、ウィニー・デヴィソンを思い出した。天候は晴れだが、暑い程ではない。食べ物は素晴らしく一級品だが、ここに長くはいたくない。

## 一九四五年九月一二日　水曜日

その病棟勤務の軍医、金髪のディワーナー大尉は以前のように薄紺色の半ズボンを穿き、白いシャツを颯爽と着こなし、ピーターパンを連想させた。私の声を覚えていてくれた！私の声には、良かれ悪しかれ何か特徴があるに違いない。

朝食は、目玉焼き二個、レバー、パン、そして甘い紅茶だ。昼食は、煮魚、よく冷えた甘いマッシュポテト、パンとバナナだ。夕食は、柔らかいステーキとさやいんげん、パン、胡椒入りのチキンコンソメだ！

ペギーとマルシンハに手紙を書いたが、出すのがしばらく遅れた。

私は一両日後に飛行機に乗り、インドで一週間かそこら滞在しなければならないだろうと思う。当然、そこで有給休暇や給料等の手続きをすることになる。ジブラルタルで降りて、マルシンハに会いにリスボンへ行かなければならない。私は日本人が運転するトラックで、五時三〇分に病院を出発して飛行場へ向かった。小さい用具入れ、日本製毛布、寝台付きで、着くまでに四五分かかった。夕食には牛肉の缶詰、本物のパン、マーマレード、それにミルクと砂糖入りの紅茶が出た。タバコ二〇本の支給があり、五時三〇分の朝食後、移動待ちの命令が出た。ここにいるサイゴンの人たち大勢が先に出発し、おそらく我々一七人は明日まで待機だろう。国に一歩近づき、もうすぐ帰国だ。天気が持つとよいのだが。

## 一九四五年九月一四日　金曜日

私は待機だと言われていたが、後になって、急に移動の命令が出た。担架で運ばれる者五人を含めて一三人だ。二八人搭乗できる双発の便所付きダコタ機に乗り込んだ。ニュージーランド人の准尉が操縦して英国空軍士官が添乗した。雲の上を風で上下しながら約二〇〇〇フィート（約六〇〇ｍ）上空を飛行した。バンコクからラングーン（正確にはミンガラドンだが）への二時間半の旅だった。一時間半の間、とても寒かったので毛布をかぶり、ビスケットとチョコレートの混合飲食物を食べて腹を満たした。貧素なご飯や水っぽいシチューだけで、必要なビタミンなどを含む砂糖やミルク、バターなど何も無かった後だけに、それはなんとまあ素晴らしい食べ物なのだろうと思った。ほとんどの者はこれを全く当然の事と思っている。そして体調不良とは言うもの の生きて帰れるという幸運をもはや忘れているのだ。空港の待合室で、アプリコット、パイナップルとクリームを貰った！バターを塗ったパンとチーズのサンドイッチも出た。チーズだなんて！

何年間も夢に見た食べ物だ。そこからトラックに乗ってラングーン総合病院へ行った。シンガポールで退却した時のひどい道路や輸送車輛を思い出した。そこで、またお茶が出たが、私はライムジュースにした。私は食べ過ぎて、胃の具合が芳しくない。軍医に診てもらい、病棟へ送られた。ここには英印軍事務官が大勢いて、他に私の知っている者も二、三人いる。夕食は、冷製鳥肉、じゃがいも三個、正真正銘掘ったばかりのじゃがいもで、シンガポールで捕虜になって以来初めてだ。もちろん、刻みキャベツの後で果物やクリームも出てきた！この豊かな食べ物があまりにも次々と出てきて、腹が苦しい程だ！あるバンガローの中で、ここで会うとは思わなかったオキーフィ中尉を見つけた。我々はラム酒やオレンジジュースを飲みながら昔のことを話し合った。しかし、飲むべきでなかった。腹が痛くなって、夜間に二回も下痢で便所に走った。書記官がとても不足していて昇進は早く、給料も増額になると聞いているが、滞在し続ける価値はないと思う。コーンウォールへ帰る方が重要だ。

## 一九四五年九月一六日　日曜日

マウントバッテン卿は今日一〇日以内に皆を出発させると我々に知らせ、二隻の船が二〇日に出航し、その後二、三日毎に、二、三隻ずつ出航すると話した。しかし、まだ少々胸やけがして、ガスがよく出るので胃の具合が早く治まってほしいと思っている。

昨夜、『To Have and Have Not』（アーネスト・ヘミングウェイ原作）『持つと持たぬと』という映画を観た。それについては何の感想もないし、今は映画に何の興味もない。［一九七七年あまりにも作り物であり真実味がない。それは勿論、俳優が画面に映っているだけで、平面的以外の何物でもない。］午後になって足首や両脚が少し腫れてきたが、筋肉がついてきたようにも感じる。ありがたい。

## 一九四五年九月一八日 火曜日

検便の結果、十二指腸虫がいることが分かり、灯油のような味のする特別な液体を、午前六時の朝食前に服用しなければいけなかった。薬の副作用で眠気に襲われ寝てしまった。しかし、英印混血の少年が薬用塩を一服渡そうとして私を起こしたので、この眠りは妨げられた。その後で錠剤、そして再び薬用塩をもう一服。やれやれ、私は一体いつ寝られるのか！ぼんやりしたり、眠くてたまらない時にいつも薬のために起こされる。またすぐに眠りに落ちた。その結果、医者が回診に来た時にはあまり眠くはなくて問診に答えることができた。食事をする前に便が出るのを待たねばならなかった。幸い、昼食の前に便通があった。昨日は一日中気分が優れなかったが、夜、ウォーカー少佐との夕食には何とか出かけることができた。少佐のところでカナダビールを一杯ごちそうになったが、私の胃に悪影響はなかった。ありがたい。

近頃、部隊が次々と出て行く。今日知った最新情報によると、英印軍の軍人はイギリスへ帰る前にまずインドへ送られるらしい！一体全体、軍の幹部たちは我々の帰国報告申請書に何か不満でもあるのか。なぜインドに行かなければいけないのか、私には分からない。煩雑な下らない事務手続きばかりだ！　帰国するのが遅くなる。ちくしょう！

## 一九四五年九月二三日 日曜日

朝食の後、マラリア治療病院6ＩＭＦＴＵを出て仮宿営地の5ＦＡＨＲＵへ移るように言われた。私は午前一〇時三〇分に移動を完了した。病院の様々な部署から全体でおよそ二〇〇人がミンガラドン空港方面に移動した。そこで、我々は病院とは手続きの段取りが異なる大きなテント張りの宿営地に収容された。

雨は三日間降り続いた後、止んだ。

## 一九四五年九月二八日 金曜日

五日間待った後で、ついに我々は波止場に移動することになった。私は副隊長としての任務に就いた。思った以上に大変な仕事だ！　他の者たちもまた帰国用の船で昨日到着した。私は午後一〇時から一一時の間に、帰る準備のために装備をまとめなければならなかった。あちらこちらで混乱状態となり、命令が繰り返されていた。我々が出発の準備をしている間中、ずっと雨が降っている。船は軍用船チトラールだ。ペギーとグレイコットの人たちに手紙を書いた。

## 一九四五年九月三〇日 日曜日

ここ五日間、また胃の調子が悪くなっている。軍医にそう報告し、できるだけ早い時期に病院へ送り返してもらえるよう頼んだ。とにかく気分が悪い。トラックで第三八ラングーン総合病院へ帰されたが、移動中の振動で一層気分が悪くなった。まだ胃腸の具合がよくない。ペギーへ送った手紙は彼女の期待を膨らませるだろうが、もう一ヶ月間彼女を待たせることになるので、がっかりするだろう。いずれにしても、健康の回復を妨げるような病気もなく、寒さに耐えることができる元気な状態で帰国する方がいいだろう。私がいる病棟は恐ろしく喧しい。両側で工事が行われ、発動機で水を汲み上げたり電気を起こしたりしているからだ。加えて近くの洗い場で皿を洗うガチャガチャという音がとても騒々しい。何という場所だ!

**一九四五年一〇月六日 土曜日**

ずっと気分が良くなり、心地よく食事をすることができる。

**一九四五年一〇月九日 火曜日**

私は一〇日前にここに来た。かなり疲れていて足元がふらつく感じだったが、今では大分良くなった。まだガスが出たり、腹が張ったりはするが、以前程ではないのでありがたい。治療が効力を発揮し、この不幸の元凶である細菌系赤痢とアメーバ赤痢の終焉に繋がるといいのだが。六回もエメチン注射をされ、多分水溶性の抗赤痢液を何回か直腸に注入され、「洗浄」が始まった。時折、帰国に関して少々心配になるが、まだ時間はある。もし、遅くとも一一月の一〇日か一五日までにインドか、あるいはこの地を出発したら、クリスマスまでには家に帰れるだろうから。私は辛抱強くなければいけないし、今はいい病院にいるので、適切にこの治療をしていかなければいけない。食べ物もいいし、食事も楽しい。ありがたいことだ。

ここには本が何冊かあり、読書をするにはいい機会だ。おお、いとしいチージーと可愛いティドリーに会える日が何と待ち遠しいことか。それから、マルシンハに会いにリスボンへ行こう。

**一九四五年一〇月一五日 日曜日**

このところ爽やかで清々しい。モンスーンの時期が終わり、インドを思い出させるような気候だ。

昨日我々はりんごを三個ずつ貰った。りんごだ!これまでの四年の捕虜生活と比べると何といい待遇だろう。その上たくさんある。捕虜たちは、これが当然のことと思っている。窮乏生活中の粗末な食事は彼らの習慣や行動に何の影響も与えなかったように思われる。ほとんど仕事もせず、責任も持たず、娯楽の溢れた気楽な昔の生活に戻りたくて、魚がすんなりと水に帰っていくように、彼らは良かれ悪しかれ、元の生活へと喜び勇んで戻っていく。何と馬鹿な奴らか。これが我が国の現状なのか。ここでは食べ物が非常に多く捨てられている。ヨーロッパにいる何百万とは言わないまでも何千人もの飢えている人々のことを考えると心が痛む！ 両親を失った幼い子供たちが大勢いる。戦争という残酷な踵によって踏みつけられた数多くの柔らかい若芽、それは戦争によってもたらされた結果なのだ。新聞がインドシナ、フィリピン、ジャワ、パレスチナ、ヨーロッパや本国イギリスの政情を報じている。全ての国が困難の渦中にあり、今ではより大きな問題が人類の前に立ちはだかっている。世界の国々は、「汝を愛するごとく汝の隣人を愛せよ」というキリストの言葉を胸に、いつ、その礎を隣人愛という人道主義の原理の上に置くのだろうか。それとも、貪欲や利己主義や憎しみという危険で油断のならない状態の上に置くのだろうか。今こそ世界が一つの家族のように結びつくまたとない素晴らしい機会ではないだろうか。しかし、それは人類が地上に存在する間に実現するだろうか。あるいは、人は最終的にはキリストやその教えに向かうのだろうか。ありがたいことにまた気分が良くなっている。二晩ほど前、吐き気を催し、かなり体の具合が悪かった。しかし、翌朝まだ病気がちではあったものの、体調不良の原因となっていた吐き気は無くなった。今、浣腸をしている。腸の壁にできた潰瘍を洗浄するために茶色っぽい液体を一パイント（約〇・五ℓ）注入するのだ。非常に良くなっているように感じるので、それが効いたのだと思う。よかった。

フランシス・パーキンソン・カイズ著の『レィディ・ブランチエスの農場』をちょうど読み終えたところだ。アメリカ合衆国マサチューセッツ州ハムステッドを舞台にしたユーモア溢れる素晴らしい作品だ。主人公メアリーは家族のためだけに生きている。そこに描かれている道徳感はいい映画の材料になる。世の中をもっと住みやすい所にする生き方を示唆している物語だ。

清々しい朝の空気は最高だ。シャワーを浴び、胃の痛みもなく深く呼吸できるのは素晴らしい。着実に回復していることをどんなに神に感謝していることか。

私の隣にいるやつは子どもが四人いるのだが、一二年間働いてきたのでもう十分だと思っている。とりわけ娘が間もなく仕事に就く予定なので、彼は帰国しても更に働こうとは思っていない！ この態度は、本国のストライキの原因となる態度と同じではないか。こんな時にストライキをするなんて！自国のためになるとでも思っているのか！

## 一九四五年一〇月二七日　土曜日

神のご加護で、ここ三、四日胃腸の具合はすっかり良くなり便通も大方正常だ。少し体重も増えてきている。日が経つにつれ、良くなってきているのを実感できるのは何という喜びだろう。お茶を飲む時にはチーズやジャムの前にゼリーや果物を食べたり、滅多に手紙が来ない者が、届くやいなやその返事を書き始めたりする、何ともイギリス人の奇妙なところだ。ノートの代わりに書き留めておくための紙片をもう何枚か使わねばならないだろう。

この前、自分の雑嚢からノートを取り出しておけばよかったのに。他のやつに対してと同じく、自分の馬鹿さ加減にほとほと嫌になる。

一九四五年一一月二日　金曜日

病棟担当のストーク陸軍中佐が私を診察して、赤痢完治と断言してくれた。腸は正常で排便にも問題なしと言われた。よかった！検査は九インチ（約二三cm）の銀製の管を直腸へ挿入するものだった。痔のせいで少し痛みがあった。いつものように軍医から別の軍医（赤痢専門）に回された。その軍医はいろいろ問診をしながら患者を診察した。日々診てくれる軍医は全く無関心で、代わりに張り出された通知書などを読んで時間を過ごしている！いつもの軍医は患者に関心を持っているだろうかと考えたくもなる。専門医の問診に答える患者の返答から何か自分の得になるようなことを学んでいるのかも知れない！

一九四五年一一月三日　土曜日

私はもう退院だ。婦長が決まりきったように「大丈夫ですか。」と聞くが、何か体の不調はあるかとは聞いてくれなかった。食堂での会合の時、幾つかの不正があると私が文句を言って以来、彼女に要注意人物だと思われている。だからといって気にもしていないが。彼女が私にしてくれたちょっとした事に対して、他の修道女の前でお礼を述べたら、彼女は、それを素直には受け取らなかった。その後の彼女の態度や顔色、病棟での振舞いなどに安っぽく薄っぺらで自己中心的な性格が現れていた。彼女が気に掛けていることと言えば、自分が良く評価されるために病棟がきちんと整い清潔であることだけだった。軍医たちへの彼女の態度は横柄で、彼女が勝手に患者に薬を渡しておいて、軍医にそれについて聞かれたら、以前に報告してあったはずだと言って平気で嘘をつく。彼女は無作法で嘘をついたのはこの時だけではなかった。あの女とはもう会わなくてもすむ、やれやれだ。

ちょうど昼食前に5FAHRUに到着した。そして前の病棟とは違う所に送られた。我々は六日に出港する定期船「キャッスル号」を逃した。何ということだ！くそっ！赤痢の再発のために前の船を逃したのに今回はこれだ。まあ、三度目は大丈夫だろう！クリスマスの一〇日前位には多分到着するだろう。神のご意思だ、明日を信じ、気持ちを落ち着けて、できるだけ日光浴をしておこう。

一九四五年一一月一〇日　土曜日

ここでもう一週間滞在していることになるが、来週には確実に乗船できるだろう。神のご加護で今回は全てうまくいっている。晴天のお陰で作業が楽にできるが、汗をよくかくので水がたくさん必要なのに、いつも不規則にちょろちょろ出るだけだ。シャワーはできず、水筒を満たすぐらいしかできない。改善されるべきことがそのままに放っておかれているので本当に腹が立つ。ここ二日ばかり胃腸の具合が少し悪い。二日前の見慣れぬ食べ物と少し疑わしい肉のせいだと思う。食べ物には必ず火を通し、腹に負担をかけないようにしなければならない。今日は暑く、午前中、まさにプールいっぱい程の汗をかき、テントはまるでオーブンのようだ。我々はまだ冬用の衣服はしまったままだ。連合軍の捕虜復員以前に故郷に帰る船に乗った男たちがいる。彼らのほとんどが一年しかここにいなかったのに、二八日間の休暇をもらって帰ったのだ！私は一二年近くここにずっといたのに、まだ待たねばならないとは！シンガポールに移動するのを九月からずっと待っているオランダ兵が二六〇人以上いる。彼らはインドネシアの気の毒な奴らからジャワを守るために戦う準備をしているのだ。家族が日本兵によって抑留され、家族と話すこともできなかった捕虜の日々。そして今も混乱が続き、何人かは依然として消息不明のままだ。彼らの酷い状況には大変同情する。ジャワだけでなくオランダ本国もまた全く悲惨な状態だ。

## 一九四五年一一月一二日　月曜日

あと六日ある。昨晩、礼拝用に建てられた近くの小屋で英国国教会の礼拝が行われた。地元のビルマ人男女からなる約二五人の聖歌隊が真のバプティスト派とプリマス同胞協会の賛美歌を何曲か情熱的に元気よく歌った。女たちは毎度の事ながら人数的に少なく、男たちの声が少し強すぎた。あちこちで音程がはずれたやつがいたが、全体的には皆が一緒に上手に歌った。白髪混じりの牧師が日本占領下におけるビルマのにわかキリスト教信者八万人と彼らの受難について話した。彼らはかわいそうな信心深い人たちなので、神は彼らがかつて所有していたものをお戻しになるだろう。彼らは連合軍の力を信じ、そして迫害によってその信仰は更に確かなものになった。彼らが魅力的な際立つ発声で少女のように歌う声を聞いた時、感動で涙が流れた。彼らはキリストについて歌い、浅黒い男や女たちがキリストの生き方を探求し、自分たちの権利を模索しているというのに、彼らにキリスト教をもたらした人々が住む遥かかなたの地では、白人たちは新しく見つけた「文明」の中でキリストを無視している。彼らはキリストの教えを気にも留めていない。多忙な日常の雑事にかまけて、この地の人々が崇めるいろいろな宗教的なことに構っていられなくなっている。ピンク、赤、白のシャツを見るとあの優しいエリックのことを思い出す。彼の教区はほとんどが中国人だが、同じような雰囲気だろうか！絶対的統治下において白人の神の聖堂にお参りしている有色人種の人たちは、キリストについての話を聞いて、しばしば慰めや喜びを感じるのだろう。

## 一九四五年一一月一六日　金曜日

ペギーと母にまた手紙を書いた。これがここから出す最後の手紙であってほしいものだ。くそっ！三日以来ずっとここに滞在している。船は一八日から二三日に延期されている。信じられない！更に一週間だ。これでもう二三日間もこの地で船を待っている。ここにいる間に食べたもののせいに違いないが、ここ四日ばかり腹の具合が少し悪い。また普通食に戻るまでの食料として軍医がマーマイト（黒いペースト状の栄養食品）を八オンス（約二二七g）と四ポンド（約一・八kg）缶のビスケットをくれた。

這ってでも船に乗り込まなくては。この船を決して逃しはしないぞ！なにぶん赤痢の後だから腹の具合も非常に敏感だし、また腹を下す恐れもあり、食べるものには神経質な程に注意をしている。神のご加護で回復状態にある。天候も良く、夜はもっと涼しくなりそうだ。先日の朝方、木の下に座っていたら、突然、長靴の近くで何か光るものが動いているのが見えた。屈んで見たら、長さ四・五フィート（約一・四m）の蛇が草をかじっていた！数秒間それを眺めたが、武器になるようなものを何も持っていなかったのでハンカチを振って追っ払った。蛇は近くの藪の方へと向きを変えた。少しも怖くはなかった。というのは、蛇は最初から逃げようとしていて現にいなくなったたし、私を襲ったわけではなかったからだ。しかし、それがもしコブラだったら話は違っていたかもしれない！私の隣のやつは、夜以外はいつもベッドの毛布にシーツを敷かずに寝る。しかし、夜はシーツの上に寝ないと眠れないようで毛布の上にシーツを丁寧に敷いて眠る！それはあたかも彼にとっての儀式であるかのように、日中はシーツ無しでベッドの上で寝るが、夜はシーツをかけている。被害妄想に取り付かれている！売店が今朝開いたので行ってみたら、憲兵が一人ドアのところに立っていた。仲間の一人が中に入ろうとしたら、その憲兵が入り口で通せんぼうをして、「二時からだ！」と言った。つまり、「食堂は今の時間は入れない。今度は午後二時に開ける」ということだった。それにしても、どうして彼は丁寧に説明せずに、そんなぶっきらぼうな言い方しかできなかったのか。なぜほとんどのイギリス人は、お互いに礼儀正しくものが言えないのか。オーストラリア人やオランダ人とは大きな違いだ！

## 一九四五年一一月二四日　土曜日

日は過ぎるのに、私たちはまだここに留まっている。しかし「特別な通達」が昨日出て、「ランギビー・キャッスル号」という船が一二月四日にラングーンに寄港する予定になっていたが、それが一五日遅れるとのことだ！私は飛行機で帰還したいと申請したが、どうもまだ連合国捕虜帰還副管理局へ個人で申し込みに行かなければならないようだ。私の荷物は五〇ポンド（約二二・七kg）位に減らさなければならないだろう。飛行機での帰還については不安もあり、必要以上に神経質になっているので、飛行機での帰還許可が万一下りないとしても、それはそれであまり残念とも思わない。船は九九・九七％安全なのに対して、飛行機での移動は、過去に数回墜落事故による死者が出たために、幾分評価が悪い。それらの事故のせいで、皆がより安全な移動手段を選びたがる。こんなに長期間待ったのだから、今さら帰国に際して危険を冒しはしないのだ！もう、あれこれ考えたくもない。食べ物について家族への手紙に書くようなことは何もないが、米とシチューよりは少しましな程度だ！毎日タバコと雑誌一冊、そしてビタミン剤二錠の配給だ。それと、時々四オンス（約一一三・四g）の板チョコの配給、一一月三日以降はたった一度だけだったが。水は調理場の主要パイプだけに流れていて、シャワーは全く使えない。映画上映用の建物には、二つの拡声機付きのラジオがあり、昨日は午前一一時から午後九時か一〇時頃まで、騒音が周りの収容所全体に聞こえていた。一九三三年頃の音楽とブギウギの耳障りな音楽が絶え間なく鳴り響いていた。私はオランダ兵が持っているラジオを聴く方が好きだ。彼が選ぶラジオ局の方がいい曲を流している。夜は涼しくて少し露が降りるが、天気はいい。ありがたいことに今では胃の具合も良くなり、腸は以前のように回復しつつあるようだ。気持ちよくものが食べられるのは本当に嬉しいことだ。毎回食事の度に苦しまなくてもいい。ほぼ毎朝、我々三人はお世辞にもきれいとは言えないプール（一〇〇×二五フィート（約三三×七・六m））に泳ぎに行っている。時には水牛が数頭一緒に泳いでいることもある。プールはここから約一・五マイル（約二・四km）離れているので、炎天下を歩くと帰り着く頃にはかなり汗ばんだ状態になっていて、また水に浸かりたい気分になる。ミンガロドン飛行場が非常に近いので、毎日飛行機が飛んでいるのを見るのが気晴らしになる。

## 一九四五年一一月二六日　月曜日

はっきりとしたことが分かるまでにどのくらいの時間がかかるのだろうか。「ランギビー・キャッスル号」が一二月四日に出港予定だが、疑わしい。やれやれ、いつになったらこの苦境から抜け出せるのだろうか。テント内で横になっていると、電灯用発電機の音が始終ぶんぶんと聞こえる。近くのテントで、一人のオランダ人が『サイレントナイト（きよしこの夜）』を口笛で吹き始めたが、途中でやめてしまった。一匹の蚊が耳元でぶんぶん飛び回っている。収容所から離れた所で犬が急に吠え始め、そして突然鳴きやんだ。西から涼しい風がテントの中まで入ってきている。夜は蚊帳をしているのに、テント入り口の垂れ布を下ろさないと寝られないという者もいるが、私は自分のテントの垂れ布は上げたままにして空気が澱まないようにしている。どうも仲間のほとんどは、健康的な冷たい空気よりも臭くて換気の悪い所で寝るほうが好きなようだ。それは英国でも同じだ。

一九四五年一一月三〇日　金曜日

今日は一一月最後の日で、明日でここに四週間いる勘定になる。しかし、今日「ランギビー・キャッスル号」が二日早く到着するという話を聞いた！良かった！我々は明日移動する。もしクリスマスに家に帰ることができたら、万歳だ！国に帰るのに我々病人を飛行機に乗せないでほしい。ここ数週間のうちに、飛行機の墜落事故が数回あった。そのせいで不安になり、無理もないことだが神経質にもなっている。私はペッグとグレイコットと母、そしてレン・シルビアに手紙を書いた。昨日私はラングーンに行って、カフスボタンを買った。

軍人たちの女性に対する態度はいつも同じで、上品さや礼儀を欠いているので嫌われる。今日、食料を取って帰ってくるときに、調理場でまたこんなことがあった。奥の部屋から出てきた下士官は、私が待っているのに気づいていたはずなのに、塩を勝手に取ってそのまま戻っていった！私は出入り口に行って、職員の一人に食料をくれるように頼まなければならなかった。その職員はもう一人の男に無造作に手で指示をした。それは私の要求を聞いて、くれてやれという意味だ。彼はとても疲れているように見えた。立ち上がって私を見もせずに、出口のインド人に向かって、「こいつにカンナをやれ」と叫んだ。全く教養の無さ丸出し

UNION-CASTLE LINE TO SOUTH AND EAST AFRICA.
THE UNION-CASTLE LINE M.V. "LLANGIBBY CASTLE"　12,039 TONS.


ランギビー・キャッスル号

だ！時々、彼らはどんな育ち方をしてきたのだろうと思う。彼らはインド人を見下して憎悪に満ちたあらゆる汚い言い方で怒鳴りつける。たいていの場合、下士官といえどもインド人の地位と変わりはないのに！

## 一九四五年一二月二日　日曜日

我々は今船の上だ！マドラスに着いたら、希望者は国へ飛行機で帰ることができる。しかし、実際に飛行機に乗り込むまでにはどんなことが起こって遅れることになるやら。嫌だ！たとえ家に着くのがクリスマスの後になっても、私は絶対に船で帰るのだ！そうさ、ただ速いというだけよりも、遅くても安全な方がいい。ペギーは失望するだろうが、最終的には帰れるのだから、それが何だというのか。クリスマスは、家で過ごす代わりに海の上でということになるが、これから毎年クリスマスは家で過ごせるのだから。大勢のオランダ人家族と子供たちが乗っている。男たちが戦死したか、あるいは日本兵の酷い扱いによる病死のために残された女や子供たちも乗っている。ほんの一万一千トンしかない船で時速一四ノットで進む。最初の四〇人の准尉は船室に入ったが、我々残りの准尉は一般デッキに行かなければならなかった。しかし、それは以前乗った軍艦輸送船よりは良かった。軍艦輸送船では、配管の上に厚手のキャンバス地のハンモックが三段張ってあり、寝心地は良かったが、それらがかなりくっついていたので窮屈だった。頭上の格子棚はおそらく装備などを収納するためのものだろう。何ていい考えだ。しかし、あいにくそれらは通風口で塞がれている。洗面設備はよくできていて、シャワーが四つ付いているところが一、二ケ所ある。我々には上等な食事が振舞われ、回りには給仕が付いて何だか優雅な気分になる。

## 一九四五年一二月五日　水曜日

私はペグとライリーズとグレイコットにクリスマスカードを書いた。母には5FAHRUから手紙を送ったので、今回は書かなかった。収容所から出て、船に乗れて、食べ物にも恵まれ、何と素晴らしいことか。腹いっぱい食べ、若い船員が大盛りに給仕してくれたり、おかわりもしてくれる。船の中では娯楽もあった。

船の周りを飛び回っているカモメたちが落ちているパンを啄ばんでいる。戦争捕虜だった頃に、こんな日の来ることを夢見ていたのを思い出す。ああ！平凡な日々の中では昨日思ったことは簡単に忘れてしまい、あれほど切望していたことが実現した時には、以前にもあったことだからとそれが当然のことだと思ってしまう。同様に、昔の慣れ親しんだ環境、美味しい食事ときちんとした身なり、そんな捕虜の頃とは全く異なった雰囲気の中にいると、辛く苦しい時や戦争捕虜生活時代の不自由さも、今ではほとんど忘れてしまっている。過去は、今の時代のみを生きる人たちからはやがて忘れられてしまうことだろう。准尉専用室で本が借りられるが、先に二ポンド保証金を払わなければならない。

一九四五年一二月六日　木曜日

午前八時半頃出航し、現在コーチンに向かっている。そこでもっと士官を乗せると思う。また右脇腹に少し痛みが出て胃の調子が悪く、一日三回も便通があるので、今朝軍医に診てもらい病棟に入った。この忌々しい胃は、いつ治まるのだろうか。

一九四五年一二月七日　金曜日

今朝、少佐の診察を受けてから退院した。少佐は、胃の調子が悪いのはおそらく赤痢と三年半に渡るビタミン不足のせいだろうと言っている。退院許可が出て、一週間分のビタミン剤を貰った。毎日一〇時半と夜七時半に行って病状の報告をして、ビールを一瓶貰う。

一九四五年一二月九日　日曜日

私がまだ寝ているうちに、コーチン港に入った。川の両岸には赤い瓦の家が点在し、それは深緑色のココナッツや椰子の木に囲まれた高床式家屋のように見えた。四フィート（約一・二ｍ）の柄の櫂が付いた丸木船が三隻、横に泊まっている。港の周りは木の生い茂ったジャングルだった。波止場にいる部隊が船の横にきて、乗る順番待ちをしている。この後、途中何事も無くサイド港に直行できるといいのだが。ペギーとグレイコットに手紙を書いた。ここで投函するが、二週間以内には着いてほしい。でないと手紙より早く私が家に着いてしまう。腹の調子が正常に戻ってきた。本当にありがたいことだが、今、ビールを朝晩と毎食ごとに半パイント（約〇・二ℓ）飲んでいる。現在ひどい風邪をひいていて、昨夜メントールの吸引をしたので少しましになったが、まだ治らない。しかし、海の風にも次第に慣れてきているし、栄養のある物を食べればもうじき良くなるだろう。

午後五時にコーチンを出航した。一八日までにスエズサイド港に、そして三〇日にはイギリスに着くだろうと船長が知らせてくれた。新年をイギリスで過ごせるかどうか、ギリギリのところだが、何とかそうなってくれることを願っている。

昨晩、映画の上映があった。おそらく最近の映画だろう。以前ラングーンで見た非常に趣味の悪いまた画質の荒れた映像のものとは違っていた。以前のは、ずっと長い間放りっ放しにされていたに違いない！コーチンを出発する時に乗船していたのは、士官一九五名、准尉一三六名、下士官三二〇名、看護兵八三〇名の総勢一四八一名だった。本を読むことは出来たが、恐ろしく退屈だ。病棟の仕事はほとんどない。カナダ人の男やオランダ人全員を除いては、他の捕虜たちと関わりたくない。口では説明できないような不安感がある。体もまだ本調子ではない。ここ数日、気分が良くない。完全に回復するまでには時間がかかるので、我慢しなければならない。しかし、逆にここ何年も食べたことがないようないい食事だったので、そのせいかもしれない。退院してから、まだ一ヶ月余りしか経っていない。

あらゆることに思いを巡らせる。帰国した時、ペギーはどんな服装をしているだろう。太っただろうか。老けているだろうか。ティドリーはどんな様子だろう。背丈はどれくらいになっているだろう。我々捕虜は皆、今まさに起きようとしていることをずっと夢見てきた。見渡す限り青い海に浮かぶ飛沫を眺めながら、頬に当たるそよ風を感じ、船の舳先を見やり、母国を想う。しかし、その母国という言葉を聞いてほとんどの者の心に浮かぶのは、世界のいかなる場所よりも馴染みのある唯一の地、イギリス。そしてそれは単に住んでいるだけの場所であり、その文化や歴史や価値には何の関心もないようだ。そういう男たちがたむろする場所の人気度を計る通常の判断基準は、「酒場は何軒あるか、無料のショーは幾つあるか、売春宿はどこか」ということだ。彼らは、もっと高尚なことに思いが至らないのだ。もちろん、これはもっと品行方正な少数派の者たちには当てはまらないが。

### 一九四五年一二月一二日　水曜日

バンドが二つある。クイーンズとＹ＆Ｌだが、これまでのところ、クィーンズの方がずっといい。昨日は日中気分が悪かったので、横にならなければならなかった。風邪気味で熱があった。今はもう大分良くなったが、まだ少し頭痛がして鼻が詰まっている。

昨日船長が、スエズ港に一八日に到着し、その晩に海峡を通過してポートサイドに一九日に着くと我々に教えてくれた。到着まであと六日だ。

船の食事について、

朝食―粥の前にプルーンとイチジクが週三回。

主食は粥または膨化米。副食はベーコンエッグが週二回。他の日はソーセージか魚とマッシュポテト。

ロールパン一個、運が良ければ二個とコーヒー。

昼食―スープ、冷たい肉料理、細切り肉か挽肉の料理、プディング、ロールパン、コーヒー。

三時半にお茶で、小さな丸いパンかケーキ一切れが付いていた。

夕食―スープ、魚、豚肉か牛肉のロースト、プディング、ロールパン、コーヒー。

ほとんどいつも同じだが、時々、キャベツと人参が付いてくる。たまにマロー（カボチャの一種）かカブが出て、食べるのが楽しみだ。皿はとても清潔とは言えないような時があり、堪えられない気分だ。

## 一九四五年一二月一三日　木曜日

一般部隊用甲板で担当士官に会った。煙草の配給に関する権限は自分にあるということ、また、私の分が誰か卑劣なやつに横取りされていることについて、彼は言い訳ばかりしている。

## 一九四五年一二月一四日　金曜日

鏡で自分の顔を見たら、頬に赤みがさしてきた！万歳！数年に渡る食料不足で痩せこけていたが、近頃血色が少し良くなってきている。これはおそらく、徐々に治ってきている白内障と何か関連があるのだろう。今日は食事を全部食べられた。ありがたいことに、船長が予想していた正午より早く、早朝にスコッティア島を通過した。船長が船内放送で言っていたが、現在のところ、我々は一二月二九日にイギリスに到着する予定だ―一日早くなった！更に早まることを願う。

## 一九四五年一二月一五日　土曜日

午後一時から二時の間に一五度線を通過した。左舷に家畜運搬船、右舷に駆逐艦がいる。昨日、小さな貨物船を追い越した。その船は時速五ノットぐらいで進んでいたので、こののろい船でも追い越せたのだろう！昨日アデンを通過した。一九日にはポートサイドに着けるだろう！ああ、最高の幸せだ！長年、家へ帰りたいと思い続けてきた夢がやっと叶おうとしているのだ。最初は、チージーと一緒にいるのは妙な気分だろう。何だかジャラパラーで二人が付き合っていた時のような気持ちだ。神様、いつも愛する人と一緒にいられて、彼女を幸せにできるように私をお助け下さい。インドとマラヤでの出来事が次から次へと思い出される。あの頃、私は非常に怒りっぽく、夫と呼ぶには程遠い振る舞いだった。あまりにひどかったので、ペギーは、こう言って私を責めた、「どうしてわざわざ私と結婚なんかしたのよ」。どんなにあの当時のことを後悔していることか。捕虜の日々、何度そのことを悔いていたか。私は本当にいやな男だった！実際にそうだったのだ、「そうだっただろう」というあいまいなことでは断じてない。

おお、再びペギーを我が胸に抱けるとは何と素晴らしいことだろう。話し合うことがたくさんある。二九日の早朝まで、時間はもう飛ぶように過ぎていくだろう。たった一四日間だ―一四だ！あと二週間で我々は再び一緒になれるのだ。夢のようだ。神が私の前途に大いなる喜びをお与え下さることを祈る。ペギーの次は母マルシンハのことを考える。どんな様子だろうか。リスボンで母と最後に会ったのは一九三三年の末、私がインドに向かうためにジブラルタルを発つ二、三日前のことだった。その時、私は東洋の何処へどのぐらいの期間行くのか全く知らなかった。彼女が岸壁に立ち、涙を浮かべて小さいフェリー蒸気船が出て行くのを見つめている姿が、まだ私の瞼に焼きついている。私がどのぐらいの期間出征するのか母は知らなかったし、私にも分からなかった。今はどんな様子だろうか。白髪になっただろうか。痩せただろうか。一番年下の息子である私をいつも気に掛けていてくれたのを知っている。ああ！母のいとしいエリックはもうこの世にいないのだ。彼が生きていてくれたらなあ。大人になってからはほとんど会っていなかった。妹はどんなだろうか。リスボンには幼少期から少年期の思い出を呼び覚ましてくれる人がたくさんいる。

私の風邪はメントール吸入剤で少し良くなっているが、とても頑固だ！あらゆる点において、その体の持ち主と同じだ。旅の初め頃の軽い不調からすれば容態は良くなってきている。朝の半パイント（約〇・二ℓ）の黒ビールと夜の少量のポートワインのお陰で、腹の調子はまた落ち着いてきている。神に感謝だ！男たちはまだ豚のような振舞いを続け、あれもこれも何もかも欲しがり、善良な行いは何もしない。あいつらは何て野卑で身勝手なのだろう！どんな家庭の育ちなのだろう。シャワー室では連日この下品な奴らが、空の石けん箱や石けんの使い枯らしを散らかし、布きれや包帯などを浪費している！ああ、もうこんな下品な奴らを見るのもこれでおしまいだと思うと、せいせいして嬉しくなる。

今日はやや暑かったのでいつも以上に汗をかいている！何て心地良い日なのだろう。もう何日かすれば、暑さで汗をかくようなこともなくなるだろう。

## 一九四五年一二月一七日　月曜日

涼しい風が体を吹きぬけ、手の冷たさを感じ、甲板と船内との温度差を感じるのは何と心地良いことなのだろう。暑い地域を離れ、これから寒い所に行けるのは何とありがたいことか。ああ！身の引き締まる寒さだ。朝は爽やかに目覚め、生きている事を実感する。夜中に二回も三回も起きることもなく、あのうるさい蚊に悩まされずに心地よく毛布の中にいられるなんて！ああ、これが幸せであり、帰って再びペギーと一緒になれるという満足感でいっぱいだ。共に暮らしたあの頃から、もう四年以上が経つ。決して幸せとはいえない日々だった。

食べ物が体に合ってきて毎日神に感謝している。風邪も回復してきた。明日午後一一時にスエズ港に着き、夜中にポートサイドを通過するはずだ。乗船しているオランダ人やスウェーデン人、スイス人やデンマーク人、両親のいない数人の子供たちのために衣類を手に入れるのが、おそらく停泊中の急ぎの仕事になるだろう。イギリスに近づいていることはカナダに近づいているということだ。手紙はインドから一ヶ月かかるが、イギリスからはたったの六日だろう。私はあの美しいカナダの雪を何度も何度も見るつもりだ。思い出すのは、私が寒さに備えて黒っぽい小さい外套を着て、白い襟巻きをし、豚革の黄色い手袋をはめていたことだ。おお、全てが満ち足りた愛する故国での夢のような日々。神のお導きでそこへ帰るのだ。耐え難い暑さや酷い環境、物質的かつ、道徳的にも腐りきったこの数年間の日々。それらが終わるとは全く信じられない程だ。軍隊にいて、今さら教え込むには年をとり過ぎて、どうすることも出来ない者たちの中で暮らすために、忌まわしい下衆どもと付き合い、奴らの卑しい態度に堪えてきた。何としても、陸軍を除隊することが一番いいことだ。夢はゆっくりだが確実に現実になってきている。神に感謝だ。私の愛するペギーは、今や六歳になる我々の可愛いティドリーも一緒にもうあと僅か一二日で、三人が共に暮らせると知ってどんなに幸せを感じていることだろう。

## 一九四五年一一月一八日　火曜日

スエズに午後一二時に到着した。今日ペギーと母と叔母たちに手紙を書いた。一九四五年一一月一八日付けの手紙をレンから受け取った。これは解放されてから初めて受け取る手紙で大歓迎だ。ここから返事を出す時間はないが、ポートサイドで出せるかもしれない。ここで荷の積み込みがあり、停泊後まもなく、六人の地元の商人が商売用に革製品やスーツケースを持ち込んできた。品物を買った者もいたが、何だか高値をふっかけられた気がした。私は故国で買う質のいい物と比較して値は安いが、ここのどんな物を買っても本国の上質な品物と比べれば買う価値がないと思う。だから、ラングーンでも靴を一足も買わなかった。我々は一九日水曜日の早朝にスエズ港に着いた。港には多くの船舶が停泊していた。一隻は焼け落ちていた。物売り船が鞄や茶器、また品質の怪しい宝石などを売りに群がってきた。我々は午後五時にポートサイドを離岸した。今や、もう後一〇日だ！大きな黄色いチーズのような満月が我々の右舷方向の水平線上に昇ってきた。海はとても穏やかで静かだ。

## 一九四五年一一月二二日　土曜日

船長は今日の一一時三〇分にマルタを通過すると言っている。もう後七日でイギリスに着く。全く信じられない。

## 一九四五年一一月二三日　日曜日

起きてすぐに担当官から聞かされたのは、我々はガリタ島を左側に見て通り過ぎているということだ。もうあと五日半だ。おお、神様、再びイギリスへ帰り、愛するチージーと可愛いティドリーの許へ戻れるのは何と素晴らしいことだろう！次の火曜日のクリスマスの日、ちょうど我々がジブラルタルを通り過ぎる頃に、おそらく悪天候に見舞われるだろう。

## 一九四五年　クリスマス・イヴ

階上の休憩室でクリスマス賛歌を歌っているのが聞こえる。医務室の近くの船室では数人がスカンジナビアのクリスマスの歌を歌っていて、私の心は故国へと向いている。

あの段取りの悪い看護師のせいで私の治療が二日間も延び、ダーラムキャッスル号に乗り遅れてしまったが、もし乗船できていたら、今夜私はどの辺りまで行っていただろうか。まあいい、それはしょうがない。故国では通りや店に人々が群がり、多くの店の床にはおがくずが撒き散らしてあったり、荷箱を山積みにしてあったり、何人かが集まって家々を廻り、クリスマスの歌を歌っていたものだ。一一歳の時、カーディフで初めてクリスマスを祝ったのをよく覚えている。寒くて雪が降っていて、多分私と同じ年齢ぐらいの二人の少年合唱隊がベルを鳴らし、歌いながら玄関の外で演奏をしていた。私が一・五ペンスを彼らにあげたら叔母がそれを聞いて、そんなにたくさんも！と仰天していたのを覚えている！そして今、心に想い浮ぶのは、ペギーと可愛いティドリーが私が早く家に帰ってくることを願って暖炉のそばに座っている様子だ。または、おそらくエリンの家に訪問客がいっぱい集まってお喋りに花を咲かせ、私への思いは頭にないかも知れない。しかし、今夜は私がチージーのことを想っているので、チージーも私のことを想っているに違いない。

また私は雪の降る懐かしいカナダや何年も前のノーフォーク通りの教会での日々を思い出していた。しかし、今我々はイギリスに近づいている。更にもう少し行くとカナダだ。カナダを再び見るのはいつだろうか。愛する懐かしいカナダ。カナダの気候がとても好きだった。

一二年前の一九三三年一二月のちょうど今日、私の前途に何が起こるのかを知る由もなく、インドを見るために東方へ行こうとして、ちょうどこの同じ場所にいた。そして今、ついに正しい方向に向かい、独身ではなく結婚もしている。これらの歳月はどのようなものであったのか。それらは無益な歳月であり、ペギーに関すること以外は二度と経験をしたいようなものではない。アジアを見たいとはもう決して思わないし、そこに再び住みたいとも思わない。アジアはアジア人に任せればいい。アジアは酷いところだが、依然としてイギリスによる真の援助を必要としている。

## 一九四五年　クリスマス

我々は午後六時四五分頃、ジブラルタルを通過した。陸地は見えず、明かりのみが見えた。午前一一時のカボット礼拝を除いて、一日中変わったことは何もなかった。午後三時に国王のスピーチがあったが、私は帰国してからのことばかり考えていたのでほとんど上の空で聞いていた。夕食の後、クィーンズ楽団がCデッキで演奏をした。

一九四五年一二月二六日　水曜日

我々は午前七時頃サンビセンテ岬を通過したが、午前一一時三〇分になっても、まだリスボンは視界に入らなかった。おそらく陸地からずっと離れたところにいるのだ。

一九四五年一二月二七日　木曜日

日々が過ぎ去り、今ではイギリスに再び近づくのに明日一日を残すのみだ。おお、これら長かった歳月の後でいとしいチージーに会った時、自分がどんな反応をするのだろうと今またあれこれ考えている。我が家に帰る前に、私は多分、どこか一時的収容施設に行かなければいけないだろう。だから、チージーには波止場に来ない方がいいだろうとスエズ港から送った手紙に書いた。しかし、彼女は「そんなことはないわ、私はとにかく波止場に行きます。」と思っているかもしれない。もしチージーが現実に波止場で待っていたとしても私は驚かないだろう。

一九四五年一二月二八日　金曜日

おお、ついに実現した帰還とこの寒さに対し神に感謝する！汗だくの中で過ごした日々がはるか彼方に遠ざかったように思われる。違いを生じさせるのは距離だろうか。そして今、段々と近づいている、なお一層近づいている。チージーは今、時を数えているだろう。そして、多分昔の日々のように気持ちを高ぶらせていることだろう。「明日、我々はイギリスにいるのだ」と今断言することができる。幸福がまさに手の届くところにある。ありがたい。神に感謝する。最新の情報では正午頃に投錨するそうだ。夜がまだ更けぬうちにニューモールデンに着くよう願っている。おお、神よ、明日の今頃、いとしい人の腕の中にいるかもしれないということが信じられないほどだ。少し期待をし過ぎかもしれないが、期待すること自体は悪いことではない。

船上の男たちは皆、国にこれほどまでに近づいたことで大騒ぎをしている。そして当然のことだが、一刻も早く船を抜け出して国に帰りたくてたまらないでいる。週末に到着するのでいろいろ厄介だ。最近、波止場や輸送機関で起きているストライキのせいで、帰国に際して何か支障が起きないだろうか。見るもの、考えること、新しい思想、生活に慣れることなど、国を何年も離れて暮らした後ではとてもたくさんある。しかし、家鴨（あひる）が水辺に戻っていくように、新しい生活に馴染んでいくのに苦労はないだろう。インドやマレーで何もせず怠惰に暮らした後、再びイギリスでの生活に馴染むことができないだろうと言う人々は、自らの精神的順応性の欠如を表しているのにすぎないのだ。

一九四五年一二月二九日　土曜日

船は午前一一時二〇分に係留した。近くで軍隊の楽団がダンス音楽を演奏していた。船が波止場に接岸した時、英国国歌（国王陛下万歳）が演奏された。愛する者たちを待つ家族数組を波止場で見た時、私は胸がいっぱいになった。ひょっとしてペギーが来ていないかどうか探してみた。しかし、一時間後に受け取った彼女の手紙から、来ていないということが分かった。ペギーは私がいつニューモールデンへ着くかをエルシーに電話で知らせて欲しいと言っている。

呪われたアジアから遙かなるイギリスに無事に帰国できたことを、そして間もなくいとしいチージーを再びこの腕で抱きしめられることを何度も神に感謝する。少年時代の旅の思い出、特にコーンウォールへ行ったことは何と鮮明なことか。ウォータールーからボリンブロークへ行き、そこで四〇分待った後でアマーシャムの連合軍捕虜復員施設へ行き、全ての書類手続をした。我々は退役許可証、配給カード、余分の衣類等を受け取って二時間で終了した。

電報を打つ時間はなかった。メイルボーンで時間があったが、私の正確な到着時刻に関する書類を持っていなかった。とにかく、大事なことは、いとしいチージーやティドリーのいる家へ帰ることだ。ティドリーは今では大きく成長し、いろいろなことについて話もでき、とても賢くなっているだろう。ティドリーの描く絵は、六歳にしては想像力豊かで、表現力に優れており、その年齢の子どもにしては実に素晴らしい。寒くて霧がかかっている。しかし、夢にまで見たロンドンの通りや行き交う人々、これら全てを現実として見られるのは何と素晴らしいことか。ありがたい。無事に帰国できたこと、そして愛する者たちが無事でいてくれたことを神に感謝する。

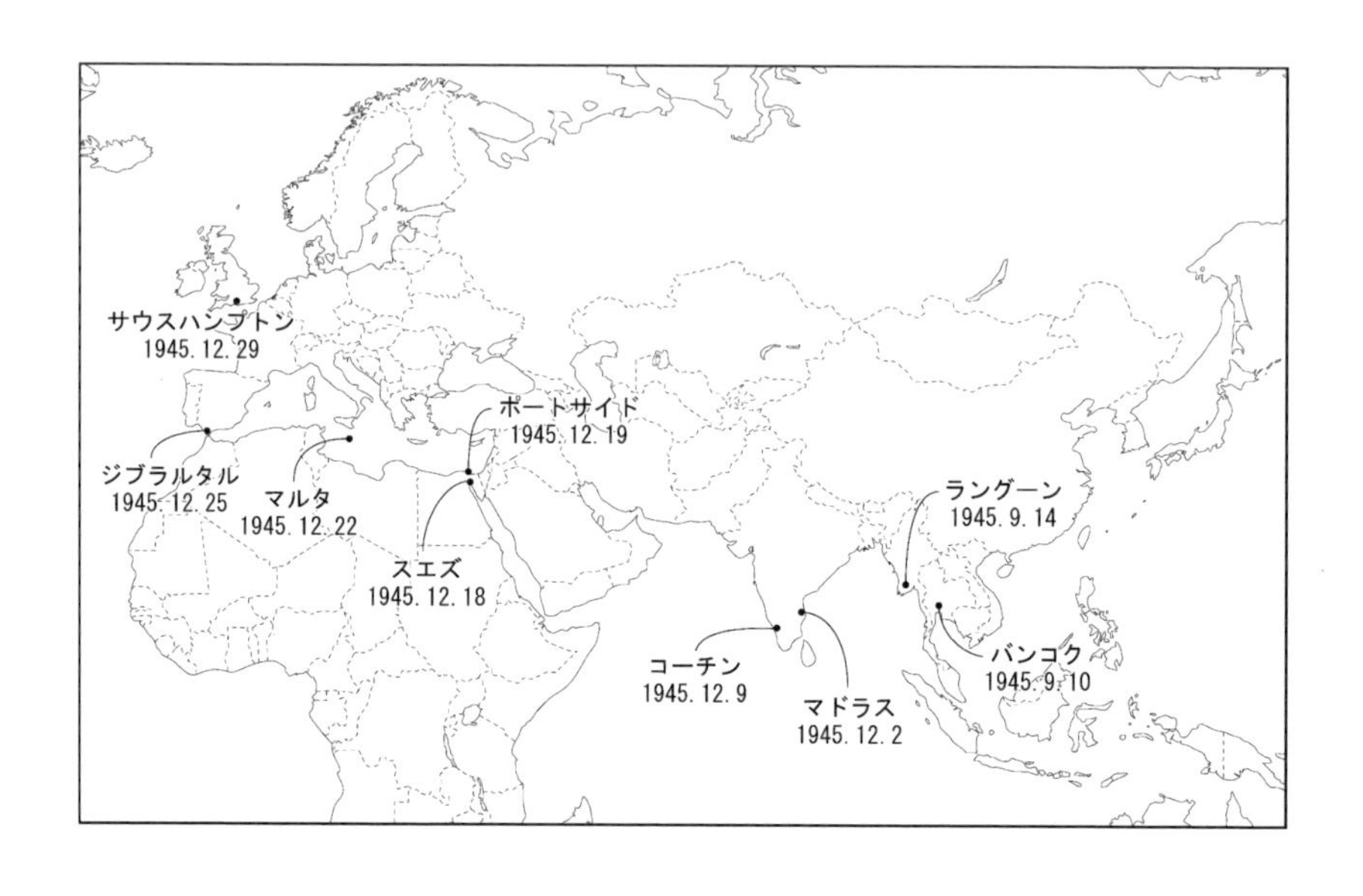


帰国までのルート：一九四五年

九月五日　：ナコーン・パトムに到着

九月一〇日：救急車でバンコクに移動

九月一四日：飛行機でラングーンへ向う

一二月二日：マドラスに到着

一二月九日：コーチン港に到着

一二月一八日：スエズ運河に到着

一二月一九日：ポートサイドに到着

一二月二二日：マルタ島を通過

一二月二三日：サリタ島を通過

一二月二五日：ジブラルタルを通過

一二月二六日：サン・ヴィセンテ岬（ポルトガル）を通過

一二月二九日：サウスハンプトン港に到着

## その後のアルバート・モートン

一九四五年十二月二十九日付の日記を書いて以降、アルバート・モートンにどのようなことが起きたのだろうか。陸軍を除隊したのか。戦争中あれほど夢見ていたカナダに移住したのか。戦争中の体験を誰かに話したのか。戦争中に罹ったマラリアなどの病気で苦しんだのか。戦後、どんな仕事に就いたのか。このような疑問に全て答えられればいいのだが、情報源となるのは、一九四七年十一月までの日記と、二人の息子、ロバートとピーターだけだ。

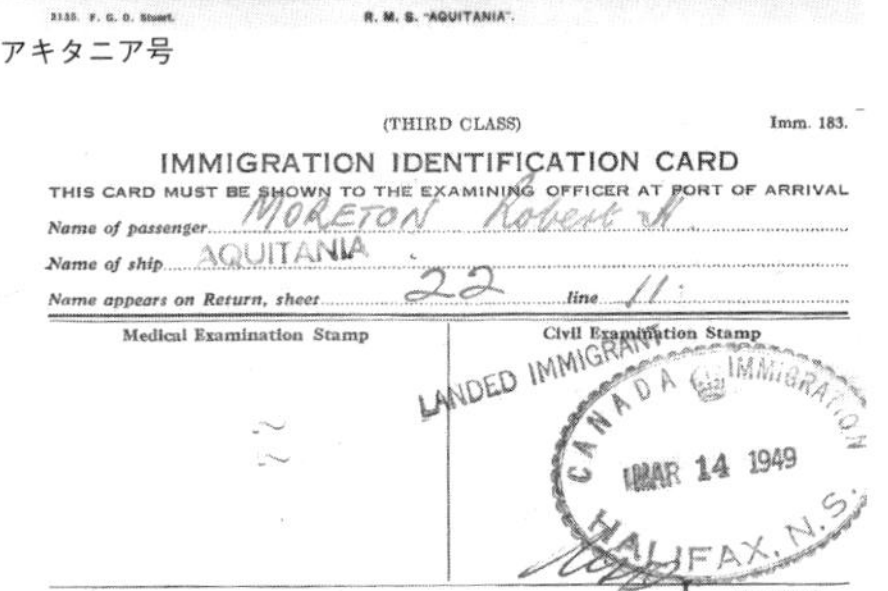


アキタニア号

(THIRD CLASS) Imm. 183.

IMMIGRATION IDENTIFICATION CARD

THIS CARD MUST BE SHOWN TO THE EXAMINING OFFICER AT PORT OF ARRIVAL

Name of passenger MORETON Robert A

Name of ship AQUITANIA

Name appears on Return, sheet 22 line 11

Medical Examination Stamp

Civil Examination Stamp

LANDED IMMIGRANT

CANADA IMMIGRATION

MAR 14 1949

HALIFAX, N.S.

(See back)

ロバート・モートン　カナダ入国カード

ロバートによれば、アルバートがイギリスに帰国後、家族はしばらくの間、ロバートの母の両親と暮らし、その後ハンプシャー州ファーンボローの陸軍住宅に移り住んだ。しばらくして、アルバートは陸軍を除隊し、保険の販売をした。一九四六年一月、アルバートはマラリアが再発し、コーンウォール州グレイコットで療養した。のちに、一九四六年四月に健康が回復してきているようだ、と書いているが、医師によれば、元戦争捕虜によく見られる精神不安状態に陥っていた。しかし、一九四七年三月の日記には、東アジアで日本軍の捕虜として過ごした時期に十二指腸虫がわいたとある。その駆除のため、三月から八月までの間の数週間入院した。一九四八年、アルバートはカナダの方が家族にとって暮らしやすいだろうと考えたようだ。一九四九年三月、アルバート、ペギー、ロバート（九歳）、ピーター（二歳）の四人は、アキタニア号でイギリスを発ちカナダへ向かった。その船について、ロバートは次のように述べている：

「僕たちの船室は、船の真ん中を通っている喫水線のすぐ上のFデッキにあった。パパと僕は他の男の人や男の子と一緒の部屋だった。ママとピーターは、別のデッキにある同じような船室にいた。何の飾りもない殺風景な部屋だった。海水を沸かした大きな深い浴槽があったのを覚えている。食事はとてもおいしかった。生まれて初めて真っ白な食パンと皮の固いロールパンを食べた。食事の度に、アキタニア号の絵が描いてあるメニューが出た。すごく洒落ていた。」

三月十四日にノヴァ・スコシア州ハリファックスの港に到着し、カナダに永住許可移民として認められた。そこから汽車でオンタリオ州ゲルフまで行き、バウアー夫妻（マーヴェルとエリック）のところに身を寄せた。夫妻は、アルバートが一九二〇年代、十代後半にカナダに行ったときに知り合った人たちだ。モートン一家は、バウアー家に厄介になり、しばらくして、アルバートは、ゲルフ西部のウッドローン通りに土地を買った。

仕事については、アルバートは、再び、保険のセールスをしたり、新聞へ寄稿したり、その他いろいろな仕事をした。たとえば、ゲルフ大学で最初は画家として働いた。その後、獣医学部で検査技師の仕事をした。最後の仕事は、ホームウッド精神病院の正看護師だった。職場では、皆に好かれていたようだった。そして、妻のペギーが亡くなって三年後の一九八三年四月に七二歳で亡くなった。息子のロバートによると、アルバートはカナダでは決して幸せとは言えなかったようだ。

アルバートは捕虜生活について話したことがあったのだろうか。ピーターはこう述べている、「父は戦争について全く話をしなかった。唯一、捕虜時代の事を話したのを聞いたのは、ノーフォーク通りにあるユナイテッド教会で行われた行事の時だった。それは、私が十代だった頃（一九六〇年代）のある日曜日の夜だった。」しかし、アルバートは、戦争日記の中で述べていたほど、音楽や絵画に対する熱意を持ち続けることはなかったが、長年、地元の劇団で活躍していた。教会の合唱隊で歌い、地元の芸術家協会の人たちとスケッチや絵画を描き、俳優としては、ニューファンドランド州で行われた全国演劇祭で賞を獲った劇に出演したこともあった。

二〇〇三年に、一九三七年～一九四七年の日記（一九三九年～一九四二年の十一月までは無し）を初めて受け取った時からずっと、私は祖父アルバートが他に日記を付けていなかっただろうかと考えていた。祖父が亡くなった後、この日記がどこで見つかったか尋ねてみると、ピーター叔父は、「日記は、父さんの古い茶色の皮のブリーフケースの中から見つかったんだ。家（ゲルフ市ウッドローン通り二六四）の寝室にあるクローゼットの一番上の棚に置いてあったものだ。」と言った。父ロバートにも聞いてみた。「一九四七年以降、お祖父さんが日記を付けていたかどうか知っている？」答えは、「日記なんて見たことがないよ。実際に日記を書いていたかどうかわからない。きっと書いただろうね。カナダで何とか生きていこうと必死だったから、その時どんな苦労があったか、もし日記が残っていたら私も読んでみたかったよ。カナダについてはいつもあらゆる事に腹を立てていた。本当の安らぎを与えてくれたものはほとんどなかった。」ここでは、なぜ祖父アルバートがカナダであまり幸せでなかったのか、安らぎを感じられなかったのか、その理由に注目するつもりはない。

ともかく、戦争中の体験と同じように、祖父はこういう話題についてあれこれ話すことは決してなかっただろう。

　戦争中の日記については、答えの出ない疑問もたくさんある。たとえば、捕虜時代、なぜ日記を書き続けようと決心したのか。なぜ、一九七七年に戦争中の日記を書き直して、原本から大量に削除しようとしたのか。また、日本兵による所持品検査が頻繁に行われ、収容所をあちこち移動し続け、雨期の大雨を三年も経たにもかかわらず、どうやって日記を無事痛めずに持っていられたのか。

　私は、この日記を通して、祖父について知り、捕虜として何を感じ観察し体験したかを学べたことに深く感謝している。日記を読む前は、祖父が日本人との関わりの中でどのような体験をしたのか、知るよしもなかったし、日本語を学ぼうとしていたこともまったく知らなかった。その孫である私が、大学で日本文化や日本語を専攻し、日本に約二十年も住むことになり、そして、この戦争日記を活字にして翻訳することになろうとは、誰が予想できただろうか。

　日記の中で、アルバートは、日本人に対してだけでなく、意外にも、同胞であるイギリス人に対しても、頻繁に怒りを表している。たとえば、一九四四年八月二四日木曜日に、「くそったれ野郎の日本軍を、奴らがしたように苦しめてやる機会があればと思う。致命的な潰瘍をはじめ疾病に対して適切な医療処置も施されず、手足をもぎ取られて死んでいく我々の仲間をなおざりにした日本軍全ての犯罪者に、神は罰を下すだろう！」とある。後に、終戦後同胞の連合軍兵士について次のように書いている、「窮乏生活中の粗末な食事は彼らの習慣や行動に何の影響も与えなかったように思われる。ほとんど仕事もせず、責任も持たず、娯楽の溢れた気楽な昔の生活に戻りたくて、魚がすんなりと水に帰っていくように、彼らは良かれ悪しかれ、元の生活へと喜び勇んで戻っていく。何と馬鹿な奴らか。これが我が国の現状なのか。」

　更に、戦後の世界状況についても嘆いている。「ここでは食べ物が非常に多く捨てられている。ヨーロッパにいる何百万とは言わないまでも何千人もの飢えている人々のことを考えると心が痛む！　両親を失った幼い子供たちが大勢いる。戦争という残酷な踵によって踏みつけられた数多くの柔らかい若芽、それは戦争によってもたらされた結果なのだ。新聞がインドシナ、フィリピン、ジャワ、パレスチナ、ヨーロッパや本国イギリスの政情を報じている。全ての国が困難の渦中にあり、今ではより大きな問題が人類の前に立ちはだかっている。世界の国々は、「汝を愛するごとく汝の隣人を愛せよ」というキリストの言葉を胸に、いつ、その礎を隣人愛という人道主義の原理の上に置くのだろうか。それとも、貪欲や利己主義や憎しみという危険で油断のならない状態の上に置くのだろうか。今こそ世界が一つの家族のように結びつくまたとない素晴らしい機会ではないだろうか。しかし、それは人類が地上に存在する間に実現するだろうか。」

　残念ながら、今でも、彼のこの質問に対する答えは得られないままだ。六五年前、彼は、世界とそこに住む人々の状態を憂慮していた。全ての人々に戦争がもたらした悲惨な結末を嘆き、愛と尊敬は将来この世に存在するだろうかと心配している。祖父、アルバート・モートンの戦争日記を読み、私は、戦争の狂気と戦争が我々にもたらす混乱について知った。どちら側にも（敵にも味方にも）悪い人も良い人もいる、助け合い支え合うことが生き残りへの鍵であり、敬意をもって人と接し、友好の精神を持つことがこの世界には不可欠である、ということが分かった。このような記録が、埋もれることなく、誰でも手にとって読めることが肝要であり、それによって我々は過去から学び、よりよい未来を作ることが出来るのだと思う。

二〇〇九年六月　ディビット・モートン

# 訳者あとがき

ディビット・モートンさんとの初めての出会いは、二〇〇五年の中頃だった。その後何度かお会いする中で、第二次大戦時にタイで日本軍の捕虜だった彼の祖父が戦時中に書き記したという日記の存在を知った。祖父アルバート・モートンさんが、当時どこで何をしていたのか、何を考えていたのかなど、その日記の中身に猛烈に興味が湧いた。

というのは、私にとってニュージーランドの父とも言うべきローリー・ウイリアムズの二年前の突然の死が心に大きくあったからだ。彼は私が愛知県青年海外派遣団の一員としてニュージーランドを訪れた時のホストファーザーだった。その一年後、再びニュージーランドに単身渡り、その付き合いは約三〇年にも及んだ。それにも関わらず、若かった私は、なぜ彼が戦後熱心に日本語を学び、Auckland Japan Society に所属して日本との親善交流に努めたのか、それを考えることもないままに年月が過ぎ去っていた。彼の死後、彼の長年の友人からその理由の一端を聞いた。戦時中ジャングルで日本軍と遭遇したとき、なぜ我々は戦わなければならないのか、もしお互いに言葉が分かれば理解し合えるのではないか、同じ人間同士が何のために殺し合わねばならないのかと思ったそうだ。彼は日本とニュージーランドとを繋ぐ架け橋として戦後を生き、日本に多くの友人を作った。

私の年代の父親たちは青春時代を戦争で戦い、戦中を生き抜き、子孫を残した。今の平和な時代、人はとかく自分のことや子育てなど目先のことで精一杯で、親の青春時代のことに思いをはせる機会が少ない。私自身も、父やローリーが亡くなった後になって、もっと話を聞いておきたかったと後悔した。

恋愛のことを語る時、赤い糸に結ばれて・・ということがよく言われるが、ディビットさんとの出会いにも何か縁のようなものを感じる。ある出来事があり、ある人を知り、そしてそれが次々に繋がっていく。出会うべくして事は始まり、強い意志があれば思う方向へと進んでいくことができる。過去に敵味方として戦った人たちの一人ひとりが国籍を超え年月を越えて、目に見えぬ糸で繋がっているような気がした。

今もなお世界のあちこちでは性懲りも無く、戦争を繰り返している。人間は歴史や先人から学ぶことはできないのか。アルバートさんが戦争というものを憂い、「今までの過去の戦争を全て忘れ、良き隣人として生きる努力をするべきだ。そうしない限り、戦争はいつの世にも起こるだろう。」と日記に綴っている。

捕虜として泰緬鉄道建設に駆り出され、あの過酷な状況の中で、米粒ほどの字で妻や子どもへの想い、母国の将来に対する憂いなどを克明に書き綴っている。日記の中で何回となく繰り返される神への感謝の言葉、家族への想い、何としても生きて帰るのだという強固な意志、また、そんな日々の中でさえも自然や文学に深く関心を示している姿に人間らしさが溢れている。

ぜひともこれを日本の人たちにも読んでほしいと思い、翻訳チーム編成を考えた。英語に堪能な三〇代から七〇代という仲間四人に声をかけた。歴史を遡って、当時の状況や一人の人間の心の内を覗くような作業に皆がのめりこんだ。メンバー各人が分担部分を翻訳してきて、それを皆で検討しあうという形で進めてきた勉強会も三年間で七〇回以上となった。

この翻訳作業に人一倍打ち込んでいたチームの一人、西岡泰子さんが本の完成を見ることなくこの世を去ったのが、我々にとっては非常に辛く悲しい出来事だった。自分の担当部分を最後まで完璧にやり遂げて逝った彼女。本人は自分の病を知った上で最期の一年を病院で過ごすより仲間との会合を選んでいたようだとご子息から後に聞いた。彼女の冥福を心から祈り、共に仕上げた本の完成を墓前に報告したい。

二〇〇九年三月、翻訳本出版を前に、チームＰＯＷで再度カンチャナブリーを訪ね、タイランド・ビルマ鉄道センターのロッド・ビーティーさんやテリーさんの案内でアルバートさんの足跡を辿った。大変お世話になり感謝している。

最後に、我々の日記翻訳に関する新聞記事に強い関心を示し、出版をお勧め下さった雄山閣の久保敏明氏に深く謝意を表する。

薄墨百合子

## 訳者（チームPOW）紹介

**薄墨百合子**
一九五〇年愛知県生まれ　名古屋の貿易商社勤務、その後約二年日産自動車ニュージーランド社及びイギリスの代理店で勤める。徳島県板野郡藍住町在住、学習塾指導者

**山田多佳子**
一九五六年徳島県生まれ　一九八四～八五年アメリカ合衆国に住む。帰国後、教育学修士取得（英語教育・日英語比較研究）。徳島市在住　徳島大学・四国大学英語非常勤講師、日本語教師

**近清慶子**
一九三〇年ソウル市生まれ　英語教員歴三六年、退職後、イギリス、ニュージーランド、オーストラリアへ短期留学。徳島県阿南市在住

**西岡泰子**
一九四三年香川県生まれ　高松市教育委員会勤務の後、アメリカ合衆国及びノルウェーに約九年住む。帰国後、徳島にて英語教員、また市役所で翻訳通訳者として勤める。二〇〇八年五月永眠

監修
David C. Moreton（ディビット モートン）
1969年　カナダ生まれ
1995年　ブリディシュ・コロンビア大学東洋学部日本文化専攻卒業
2001年　同学部修士課程（日本宗教史専攻）修了
2001年～2016年　徳島文理大学客員講師
2016年～現在　徳島大学教養教育院准教授

著書
2011年　「泰緬鉄道への巡礼」・愛媛大学「四国遍路と世界の巡礼」公開シンポジウム実行委員会編『四国遍路と世界の巡礼―アジアの巡礼・公開シンポジウムプロシーディング』pp.25-31
2018年　"Ryozen Kannon: A Temple Built for World Peace"（霊山観音―世界平和のために建てられた寺院）『POW研修会・会報』20号, pp.28-36 英文, pp.37-43 和文
2019年　"From the Thailand-Burma Railway to a Journey of Peace and Reconciliation." The Last Post Magazine 20, p.11

平成21年（2009）8月10日　初版発行
令和2年（2020）11月10日　第2版発行　《検印省略》

泰緬鉄道からの生還【第2版】
―ある英国兵が命をかけて綴った捕虜日記―

著　者　アルバート・モートン
監修者　ディビット・モートン
翻　訳　チームPOW
発行者　宮田哲男
発行所　株式会社 雄山閣
東京都千代田区富士見2-6-9
TEL　03-3262-3231 / FAX　03-3262-6938
URL　http://www.yuzankaku.co.jp
e-mail　info@yuzankaku.co.jp
振　替：00130-5-1685
印刷・製本　株式会社ティーケー出版印刷


ISBN978-4-639-02734-8 C1022
N.D.C.223 176p 21cm